MIRI SMITH

Elsy Moore
Ungesund ist der Tod

Die Autorin

Miri Smith wurde 1982 geboren. Schon als Kind begeisterten sie vor allem rätselumwobene Geschichten. Ihre Liebe zum Schreiben und Backen entdeckte sie als Jugendliche. Nach ihrem Oecotrophologie-Studium arbeitete sie viele Jahre als Rezeptentwicklerin für Kochbücher und Magazine. In dieser Zeit veröffentlichte sie ihre ersten beiden Fantasy-Romane. Mit Elsy Moore erfüllt sie sich einen Herzenswunsch und widmet sich fortan dem Cosy Crime. Weitere Informationen auf Instagram (@miri.smith.autorin).

MIRI SMITH

Elsy Moore

UNGESUND

IST DER

TOD

Krimi

Bibliografische Information der Deutschen Nationalbibliothek: Die Deutsche Nationalbibliothek verzeichnet diese Publikation in der Deutschen Nationalbibliografie; detaillierte bibliografische Daten sind im Internet über http://dnb.dnb.de abrufbar.

Illustrationen, Cover: Miri Smith
Covergestaltung: Miri Smith

Herstellung und Verlag: BoD - Books on Demand, Norderstedt

ISBN: 978-3-7543-7799-4

Playlist

Bright – Echosmith

World Spins Madly On – The Weepies, Deb Talan,
Steve Tannen

Sweet Dreams – Eurythmics

Prisoner – Miley Cyrus

Would I Lie To You – Nico Santos

Don't Start Now – Dua Lipa

Kings & Queens – Ava Max

Better Days – Dermot Kennedy

The Middle – Zedd, Maren Morris & Grey

Ultraviolet – Freya Ridings

Strong Enough – Cher

Time After Time – Cyndi Lauper

The Book Of Love – Peter Gabriel

Something Just Like This – The Chainsmokers & Coldplay

Prolog

»Ich fasse es nicht, dass du … Wie konntest du nur?«

»Das verstehst du falsch! Das Ganze macht einen völlig verkehrten Eindruck.«

»Ich denke schon, dass ich das richtig verstanden habe, und es sagt eine Menge darüber, wer du bist.«

»Bitte, du darfst es niemandem sagen!«

»Das werde ich auch nicht. Das musst du selber tun.«

1

An einem Samstag, Ende Februar

Von oben aus der Vogelperspektive betrachtet, war Stricktony ein winziger Punkt auf der Landkarte. Ein grünes Fleck-
chen Erde, das oberhalb des Dartmoors im Südwesten Englands zu finden war. Flog man näher heran, bestimmten
Wiesen, Wälder und noch ruhende Felder das Bild. Ge-
schwungene Landstraßen bildeten ein simples Netz zwischen
Stricktony und seinem Nachbardorf Broktony sowie seiner
kleinen Nachbarstadt Hoktony. In Stricktony führte eine jener Straßen genau durch das Dorf. Dort entlang versammelte
sich das Leben.

Stricktony war ein aufgeräumtes, kleines Dorf. Die alten,
aus Kalkstein gebauten Häuser waren in Schuss und die Gärten stets gepflegt, als erwarteten die Dorfbewohner im nächsten Moment niemand Geringeren als die Queen höchstper-
sönlich zu Besuch. Selbst jetzt Ende Februar, wo das Grün
noch matter schien und das Braun der Äste vorwiegte, strahlte das Dorf. Stricktony hatte seinen ganz eigenen Charme. Es
war eine Mischung aus Gemütlichkeit und auch etwas leicht
Mystischem. Etwas, das man allein in alten, pittoresken Dör-
fern Englands fand.

Nur ein Gebäude stach in diesem Idyll deutlich hervor.
Was kein Wunder war, wenn drei unterschiedliche Bauarten
in einem kombiniert waren. Wer auch immer auf die Idee gekommen war, an ein kleines, uriges Cottage einen Gemeinderaum im Siebzigerjahre-Flachdach-Stil und dann wenig später einen Anbau mit Schrägdach als Küche zu setzen, hatte

augenscheinlich seinen ganz eigenen Stil oder einen ausgeprägten Sinn für Humor. Nicht selten mussten Besucher des Dorfes bei diesem Anblick schmunzeln. So war es nicht verwunderlich, dass die Dorfbewohner dafür gesorgt hatten, dass das Gebäude, das am Ende der Dorfstraße in der Nähe zum Hügel der Kirche stand, umringt von Bäumen und Büschen lag. Efeu hatte Besitz von dem flachen Anbau ergriffen und schloss es gänzlich ein.

Trotzdem, das Gemeindehaus war praktisch, besonders da es auch Platz für die Leihbibliothek des Dorfes bot, die im ursprünglichen Cottage untergebracht war.

Genau dort herrschte derzeit reges Treiben. Die Leihbibliothek hatte dringend einer Renovierung bedurft, ein undichtes Dach hatte für einen Wasserschaden gesorgt, und so waren viele Helfer vor Ort. Zwar war das meiste schon von Handwerkern getan, aber den Innenanstrich übernahmen die Dorfbewohner, um die Gemeindekasse zu schonen.

Elsy Moore, die nicht nur beim Anstreichen half, sondern auch für das leibliche Wohl sorgte, stand in der Küche und räumte auf. Ein Geruch aus frischer Farbe und Zitrone, dem Putzmittel geschuldet, kitzelte ihr in der Nase.

»Und du packst wirklich Mr Crispin die Reste ein!?«, echauffierte sich Imelda lautstark. Sie konnte es nicht glauben, dass ihr werter Nachbar gerade Elsy gebeten hatte, die Reste des Lunchs, der vor gut einer halben Stunde beendet war, für ihn und seine Frau als Abendbrot einzupacken.

»Pst!«, ermahnte Elsy und machte eine hektische, fuchtelnde Bewegung in Richtung der Leihbibliothek. Elsy und Imelda standen inmitten der großen Küche, von der links die Bibliothek abging und halb rechts der Gemeinderaum. Das Gebäude war ein verrückt verwinkeltes Konstrukt. »Er kann dich hören!«, erinnerte sie ihre beste Freundin, musste dann jedoch selbst lachen.

»Wenn man *so* dreist ist, muss man sich nicht wundern,

wenn das nicht immer auf Begeisterung stößt«, wiegelte Imelda ab. Entspannt lehnte sie sich an die lange, aus Stahl gefertigte Arbeitsplatte.

Dort hatte Elsy das rustikale Büfett, das aus Schinkensandwiches, einer Käseplatte mit Cheddar und Stilton sowie Gewürzgurken bestand, aufgebaut.

Mr Crispin, einer der Helfer, der vornehmlich sein Talent des Delegierens zur Schau stellte und damit beschäftigt war, den jungen Leuten Anweisungen zu erteilen, war eben über dieses Büfett wie eine Heuschrecke hergefallen. Dass er nun auch noch so frech war und nach den übrigen Sandwiches fragte, wunderte Elsy kaum mehr.

»Hauptsache, ich bekomme meine Aufbewahrungsbox wieder …« Elsy haderte und entschied sich dann kurzerhand um. Sie packte das Essen weniger umweltfreundlich in Folie ein. Wer wusste es schon, hinterher sah sie ihre Box nie wieder.

Imelda zog die Augenbrauen hoch und lächelte wissend. Die beiden Frauen verstanden sich oft ohne Worte, obgleich sie nicht unterschiedlicher hätten sein können. Elsy war ein ruhiger Typ, offen, aber eben auch zurückhaltend. Sie beobachtete liebend gern ihr Umfeld und lauschte Gesprächen. Nichts war interessanter und aufschlussreicher als Menschen einfach zu betrachten. Imelda hingegen war extrovertiert. Wenn Imelda James einen Raum betrat, schauten die Menschen auf und hörten hin. Vermutlich lag es an ihrem Äußeren, da sie mit ihren Anfang Fünfzig wie die ältere Schwester von Marilyn Monroe daherkam, vielleicht aber auch an ihrer tiefen, samtigen Stimme, mit der sie vor allem Männer in ihren Bann zog. Elsy jedoch vermutete, es war ihr Inneres, ihr Selbstbewusstsein, das ihr diese Strahlkraft verlieh. Für Elsy war Imelda ihr Fels in der Brandung. Und sie war der ihre. Gegensätze zogen sich offenbar öfter an, als man dachte.

Hier, in der recht kühl anmutenden Küche, wirkte Imelda

in ihrem schicken Hosenanzug leicht deplatziert. Sie hatte bei den Renovierungsarbeiten an diesem Samstag nicht helfen können, mal wieder hatten ihre Verwaltungsarbeiten, vorwiegend Termine mit Freds Pächtern, sie in Beschlag genommen. Sie konnte lediglich zu einer kurzen Mittagspause vorbeikommen.

Auch Elsy stand im Widerspruch zu der funktionalen Küche. Elsy trug ihre Renovierungskluft, einen Overall, den sie sich eigens für die Reparaturarbeiten auf Stricktony Hall zugelegt hatte, und da sie bereits seit dem frühen Morgen mit angepackt hatte, zierten Farbtupfer aus mattem Grün nicht nur ihre Kleidung. Der eine oder andere Klecks hatte sich auch auf ihre braunen Haare verirrt.

»Noch drei Stunden, dann sind wir für heute fertig!«, seufzte Elsy freudig, nachdem sie auf die Uhr geschaut hatte. Die letzten paar Wochen waren anstrengend gewesen. Kurz nach Weihnachten wurde in der Leihbibliothek der Schaden festgestellt und seitdem hatte sie beinahe jedes Wochenende geholfen. Zumindest sollten sie heute mit dem Anstrich fertig werden und dann mussten nur noch die Bücher zurück in die Regale. Obwohl sie viele Bücher wegschmeißen mussten, da sie durch eingedrungenes Wasser zerstört worden waren, war das auch noch mal viel Arbeit, und darüber wollte Elsy jetzt nicht nachdenken.

Imelda schaute sie mitfühlend an. »Um vier machst du Schluss?«

»Yeap! Und dann will ich nur noch schlafen!« Elsy gähnte und rieb sich ihren überanstrengten Nacken.

»Ich kann uns was kochen!?«, schlug Imelda wie selbstverständlich vor.

Elsy lupfte die Augenbrauen. Imelda konnte nicht kochen. Gar nicht! Sie musste also wirklich einen verdammt müden Eindruck machen, wenn ihre Freundin ihr dieses Angebot machte. »Nein, danke.« Sie grinste, als sie weitersprach: »Erstens würde das bedeuten, du brennst wieder irgendetwas an, und zweitens bezweifle ich, dass Efrem so begeistert wäre, dich heute Abend mit mir zu teilen.« – Efrem Martinelli war Imeldas Freund. Als Bio-Landwirt am Rande von Stricktony verfügte er über wenig freie Zeit, und die, die er hatte, verbrachte er mit Imelda. Bis vor nicht allzu geraumer Zeit ging er als eingefleischter Junggeselle durchs Leben. Gewiss vertrugen sich ihre beiden Leben so gut, weil sie beide in ihrer Arbeit aufgingen.

Imelda zog gespielt eine Schnute. »Das war frech! Ich färbe viel zu sehr auf dich ab. Wo ist meine liebe Elsy geblieben?«

»Die liebe Elsy ist müde und hat sich für heute schon mal verabschiedet. Du musst mit mir vorliebnehmen: Meinem mürrischen Ich, das dringend ein Stück Schokolade benötigt.« Elsy zwinkerte Imelda zu und holte aus ihrem Weidenkorb eine Tafel feinherbe Schokolade. Sie schloss die Augen, während sie ein Stück langsam auf ihrer Zunge zergehen ließ, und stöhnte auf.

»Diese Ekstase!«, nahm Imelda sie aufs Korn. »Kann ich auch was davon?«

»Ganz sicher nicht! Du hast einen Freund, ergo Sex. Ich habe *nur* das!«, spaßte Elsy und reichte Imelda, die mit dem Kopf schüttelte, die Schokolade.

Imelda brach sich ebenfalls ein kleines Stückchen ab und genoss den kräftigen Kakaogeschmack. »Bleibt es eigentlich dabei, dass dein Kochkurs erst wieder im April startet?«

Elsy musste nicht lange überlegen. Ihr Kochkurs, der seit vergangenem Herbst einmal im Monat hier in der Gemeindeküche stattfand und jeweils unterschiedliche Themen behandelte, hatte aufgrund der Renovierung pausieren müssen, aber im April sollte es wieder so weit sein. Sie freute sich sehr darauf, ihr Wissen mit den kochbegeisterten Dorfbewohnern zu teilen. »Ja, leider. Früher werden wir einfach nicht fertig. Immerhin steht der ganze Veranstaltungsraum voller Bücher. Wir werden einiges aussortieren, dank Fred neue Bücher bestellen und bis alles eingeräumt ist, wird es noch dauern. Judy hilft zwar und Hazel ist auch eine fleißige Biene, trotzdem braucht es seine Zeit. Aber das Schöne ist, ich habe mir schon ein Thema überlegt!« Elsy strahlte über das gesamte Gesicht. Kochen war ihre Leidenschaft. »Es wird süß, rot und beerig!«

»Du machst was mit Erdbeeren!?«, mutmaßte Imelda zuversichtlich.

»Stimmt, so war der Plan. Was hältst du von einer Konfitüren-Kochschule? Ich könnte Mrs Talbot einladen, die mit mir den Kochkurs begleitet. Bei der Gnocchi-Kochschule war schließlich auch Efrems Mum dabei. Und Mrs Talbot hat so viel Ahnung, was Marmeladen und Konfitüren anbelangt! Ich muss sie nur noch fragen.« Elsy grübelte. Ein weiterer Punkt, den sie auf ihre To-do-Liste setzen musste.

Imelda musste nicht lange überlegen. »Solange du mir ein Glas schenkst und ich nicht selbst Hand anlegen muss, bin ich schwer begeistert.«

»Du besorgst mir aber doch die Erdbeeren, oder?«, lächelte Elsy ihre Freundin mit großen Augen an. Imelda, die als Freds Verwalterin unzählige Bauern kannte, konnte Elsy mit Sicherheit günstig Erdbeeren besorgen. Darauf spekulierte sie zumindest.

»Sicher! Den Punkt kannst du von deiner Liste streichen!«, neckte Imelda sie. Imelda wusste um Elsys Vorliebe für Listen. Alles, was organisiert werden musste, hatte bei Elsy eine Liste. Ob nur im Kopf oder auf Papier, eine Liste gab es immer.

»Wenn ich die Damen kurz stören dürfte?«, tönte jetzt eine junge Männerstimme.

Elsy wusste sofort, zu wem die Stimme gehörte. Es war Josh Weatherbee, einer der Helfer. Josh war, wie Elsy per

Zufall heute erfahren hatte, als sie die jungen Leute hatte reden hören, gerade erst achtzehn geworden. – Wohlgemerkt, sie hatte nicht gelauscht! Na ja, zugegeben vielleicht ein bisschen, einfach, um zu hören, worüber Teenies heutzutage so quatschten. – Und er hatte die hellsten blauen Augen, die Elsy je gesehen hatte, und damit, da war sie sich sicher, ließ er bestimmt das eine oder andere Mädchenherz höherschlagen. Überhaupt sah er sehr gut aus: Er war groß, drahtig und seine blonden Haare fielen ihm unordentlich ins Gesicht. Elsy vermutete, dass es gewollt war. Wenn sie sich so seine Kleidung anschaute, wusste er genau, was er tat. Selbst in seinen Renovierungsklamotten sah er durchgestylt aus.

Imelda, die normalerweise einem hübschen Gesicht nicht abgeneigt war und dann augenblicklich in ihren Flirtmodus verfiel, hielt sich jetzt automatisch zurück. Sie wusste um ihre Wirkung, auch bei jungen Männern, und Josh war für sie immer noch ein Kind. Aufmunternd lächelte sie ihm zu. »Du störst doch nicht. Bitte!«

»Was kann ich für dich tun?«, wollte Elsy erfahren.

Selbstbewusst trat Josh ein. Er wischte sich die feuchte Stirn und stieß angestrengt die Luft aus. »Hast du eine Flasche Wasser für mich? Mir ist irgendwie heiß.«

»Klar!« Elsy gab ihm eine kalte Flasche aus dem Kühlschrank, die er sogleich gegen seine Stirn drückte.

»Alles gut bei dir?«, hakte Elsy nach. Kritisch beäugte sie sein Gesicht, etwas was sie häufig instinktiv tat. – Oft verbargen die Menschen ihr Innerstes, aber wenn man sie nur genau genug betrachtete, sah man mehr, als sie bewusst preisgeben wollten.

»Ja, alles bestens. Mir ist nur warm. Keine Ahnung!« Josh lächelte aufrichtig. »Sorry, hast du vielleicht noch eine Flasche?«, fiel ihm ein. »Für Amber und Hazel. Die zwei trinken viel zu wenig. Ich habe schon drei Flaschen gekillt und sie zusammen, glaube ich, eine. Mädchen!« Josh schüttelte vielsagend den Kopf.

Elsy war bereits aufgefallen, dass er sehr aufmerksam war. Er sah, wenn jemand Hilfe bedurfte und bot direkt seine Unterstützung an. Er war ein netter Junge.

»Um vier ist Schluss, richtig?«, wollte er wissen, als Elsy ihm eine zweite Flasche reichte.

»Auf jeden Fall! Allerdings, wenn du schon früher losmusst, ist das kein Problem.«

»Nein, das passt. Ich habe gleich nur noch Nachhilfe. Meine Lieblingsbeschäftigung für einen Samstagnachmittag, versteht sich. Na ja, was soll's. Ich muss unbedingt was rausholen für den Abschluss.« Josh war, wie Elsy von Hazel wusste, im Abschlussjahr, bald würde er studieren gehen.

»Fleißig, fleißig!«, bemerkte Imelda neckend.

»Ja klar«, entgegnete Josh trocken, dann grinste er. »Ich würde eher sagen, mein Vater verpasst mir einen ordentlichen Arschtritt, wenn ich nicht mit einem guten Abschlusszeugnis dastehe.«

»Auch eine gute Motivation«, gab Imelda zu.

Josh zwinkerte ihr schelmisch zu. »Sie glauben gar nicht, was für eine!« Wie er sich so mit Imelda unterhielt, fiel sein Blick öfters auf Imeldas Revers. Fasziniert machte er ein paar Schritte auf sie zu und fragte: »Ist das echter Jugendstil?« Zaghaft deutete er auf die kleine Libellenbrosche am Kragen ihres Blazers. Grüne, weiße und blaue Edelsteine funkelten in der verschnörkelten, goldenen Fassung um die Wette.

»Sehr gut erkannt!«, lobte sie ihn und nickte anerkennend. »Ein Erbstück. Interessierst du dich dafür?«

Kurz blitzte Begeisterung in Joshs Augen auf, welche jedoch sogleich durch einen gelangweilten Gesichtsausdruck ersetzt wurde, als hätte er sich eines Besseren besonnen. »Kunstgeschichte im Allgemeinen«, winkte er ab. »Ladys,

Sie entschuldigen mich. Die Arbeit ruft.« Mit einem leisen Lächeln machte er kehrt.

»Ich komme gleich nach!«, versprach Elsy und sah ihm nachdenklich hinterher. War es heutzutage etwa uncool, sich für Kunstgeschichte zu interessieren und durfte man es deshalb nicht zeigen? Elsy wusste es nicht …

»Was für ein freundlicher und intelligenter junger Mann«, stellte Imelda fest, die ihm ein Stück weit hinterhergegangen war.

»Das ist er. Er ist Ambers Freund, er kommt aus Hoktony. Und er ist nur hier, um Hazel einen Gefallen zu tun«, erklärte Elsy lächelnd und stellte sich neben ihre Freundin. Von der Durchgangstür zur Bibliothek hatten sie einen guten Überblick über das Treiben dort.

Die Bibliothek war ein gemütlicher, uriger Ort – normalerweise. Derzeit herrschte eine Form von geordnetem Chaos. Der gesamte Raum war mit Vlies ausgelegt und in der Mitte stand ein Tisch mit allerlei Werkzeug aufgestellt. Hier und dort standen Kartons. Die schweren, bis unter die Decke reichenden Holzregale, die aus dunkler Eiche gefertigt waren und in sich filigrane Verzierungen aufwiesen, schlummerten unter Folie. Die aus dem vergangenen Jahrhundert stammenden Möbel mussten schließlich geschützt werden. Dennoch, Elsy freute sich über diesen Anblick. Bald würde die Bibliothek in ihrem alten Glanz erstrahlen. Das matte Moosgrün, mit dem die Wände frisch gestrichen waren, würde später mit dem Dunkelbraun der Möbel perfekt harmonieren. Und dann fehlten nur noch die alten Lampen. Zwar wirkten sie allein altbacken, zauberten jedoch das angenehmste warme Licht, das man sich nur vorstellen konnte. Es würde herrlich werden!

Elsys Blick wanderte weiter zu den Jugendlichen. Amber, Hazel und Josh waren fertig mit Streichen und hatten die Abdeckfolien von einem der Regale entfernt, um Staub zu wischen. Bevor die Bücher wieder einsortiert werden konnten, musste einmal ordentlich durchgewischt werden, hatte Hazel heute früh verkündet.

Hazel war wie Elsy ein Bücherwurm und arbeitete schon seit ihrer Kindheit ehrenamtlich in der Leihbibliothek. Hier verbrachte sie viele Stunden. Amber, ihre ein Jahr ältere Schwester, und ihr Freund Josh halfen ihr zuliebe aus.

Die beiden Schwestern hätten nicht unterschiedlicher sein können. Amber sah mit ihren langen, honigblonden Haaren, ihrer sportlichen Figur und ihrer körperbetonten Kleidung wie eine taffe Cheerleaderqueen aus. Sie strahlte Selbstbewusstsein aus und lächelte viel. Hazel hingegen wirkte mit ihrem strohblonden Bob, ihren vielen Sommersprossen und ihrer zarten Gestalt wie ein unschuldiges, schwedisches Blumenkind. Dahinter verbarg sich ein sehr scharfer Verstand, wie Elsy schon oft bemerkt hatte.

»Süß, die drei!«, bemerkte Imelda. Ihre Miene veränderte sich schlagartig, als jemand anderes in ihr Blickfeld trat. »Crispin ist echt 'ne Nummer für sich!«, kommentierte sie.

Mr Crispin, ein Mann in den Sechzigern mit auffällig dichtem, blondem Haar, stand mitten im Raum und überwachte das Geschehen. Ständig zuckte er mit den Händen, als wollte er jemanden auf eine Unzulänglichkeit aufmerksam machen, und stoppte sich dann im letzten Moment selbst. Offensichtlich war, dass er überhaupt nicht vorhatte, mit anzupacken. Seine tadellose Kleidung verriet ihn. Jeder trug Renovierungsklamotten – alte, abgetragene Kleidungsstücke, denen es nichts ausmachte, beschmutzt oder beschädigt zu werden –, nur er nicht.

Elsy zuckte nur mit den Schultern, sie beobachtete Judy, die gerade damit begonnen hatte, die Theke, den Ort, wo Bücher entliehen und wieder zurückgegeben wurden, einzuräumen. Still arbeitete sie vor sich hin.

Judy Gallagher war ein ruhiger, besonnener Mensch.

Vielleicht lag es an ihrem Alter, mit Ende vierzig hatte sie schon vieles gesehen und als Krankenschwester allemal. Elsy kannte sie von der ehrenamtlichen Tätigkeit in der Leihbibliothek. Wie Elsy war Judy ein Büchernarr, lediglich ihre Vorlieben unterschieden sich. Elsy liebte Krimis und Backbücher, Judy Sach- und Geschichtsbücher. Und das war im Endeffekt schon alles, was Elsy über Judy wusste. Judy war definitiv keine Plaudertasche, sie war ein zurückhaltender Mensch. Weitergedacht spiegelte sich das auch in ihrer Kleidung wider. Nie trug sie knallige Farben, die Aufmerksamkeit auf sich zogen, sondern stets Pastelltöne. Sie bevorzugte schlichte, praktische Kleidung, die ihre sehr schlanke, sportliche Gestalt zwar nicht versteckte, aber auch nicht sonderlich schmeichelte. Geschminkt hatte sie Judy noch nie gesehen. Nur ihre dunkle Kurzhaarfrisur war immer modern gestylt. – So waren Menschen eben verschieden. Jeder hatte andere Vorlieben und das war auch gut so.

Elsy mochte Judy. Sie sah Arbeit und packte mit an. Umso mehr wunderte sie sich, dass Judy heute so abgelenkt schien. Ständig schaute sie über ihre Schulter nach hinten zu den Jugendlichen. Besonders Amber und Josh hatten ihre Aufmerksamkeit erregt. Judys Blick war nachdenklich, fast traurig.

»Sollen wir? Wenn ich dir helfen soll, dann jetzt!«, bot Imelda ihr an und weckte sie damit aus ihren Gedanken. »Ich muss zur Sherman Farm. Sie erwarten mich.«

»Ja klar!« Dankbar um die angebotene Hilfe, machte Elsy gleich kehrt. Im Vorbeigehen drückte Elsy den Startknopf der Spülmaschine. Ein kräftiges Brummen ertönte. »Danke! Es ist auch nicht viel. Nur ein paar Tabletts und der Korb«, erklärte sie ihrer Freundin.

Zusammen durchquerten sie den Veranstaltungsraum, der mit Bücherkartons förmlich zugestellt war. Die einfachen

Tische und Stühle, die üblicherweise zu netten Sitzgruppen arrangiert waren, standen gestapelt an den Seiten und verdeckten die dunkle Holzvertäfelung, die dem Ort Gemütlichkeit verlieh. Der Raum war in Dämmerlicht getaucht. Die Blumengardinen an den kleinen Fenstern, die aus schwerem Material gefertigt waren, nahmen das meiste Licht. Durch eine Schneise zwischen den Kartons bahnten sich die beiden Frauen ihren Weg zum Haupteingang, von dort kamen sie am schnellsten zu Elsys Wagen.

Kaum hatten sie alles in den Kofferraum des weißen Corsa geladen, klingelten ihre beiden Handys.

Imelda schaute als Erste nach.

»Bestimmt hat Fred in unsere Stricktony-Hall-Gruppe geschrieben«, mutmaßte Elsy. »Und wenn ich mich nicht allzu sehr täusche, stopft er Demon gerade mit Hundeleckerchen voll und will das für die Nachwelt festhalten«, scherzte sie liebevoll.

Imelda lächelte. Sie erwiderte nichts, sondern hielt ihr lediglich das Handy vors Gesicht.

Ein glücklicher Demon in Nahaufnahme strahlte ihr entgegen. Demon war Elsys junger, aufgeweckter Rauhaardackel, der immer, wenn sie nicht auf ihn aufpassen konnte, bei Fred, ihrem Arbeitgeber und gutem Freund unterkam. Und Fred verwöhnte ihn, wo er nur konnte.

Der Kommentar unter dem Foto war so typisch für ihn: Satt und glücklich! Jetzt machen wir einen Spaziergang. Wie heißt es so schön: Nach dem Essen sollst du ruhen oder ...

»Schreib bitte *Danke* von mir!«, bat Elsy und schloss ihren Wagen ab. Sie schaute in den blauen Himmel und genoss die warmen Sonnenstrahlen auf ihrem Gesicht. In den vergangenen Tagen war alles, was man sah, wenn man aus dem Fenster geschaut hatte, eine grau-weiße Suppe gewesen. Der

Himmel war wolkenverhangen gewesen und ein dichter Nebel hatte sich über die Landschaft gelegt. Jetzt hatte es sich endlich aufgeklart. Noch immer war es kalt, aber zumindest schien die Sonne.

»Schon geschehen!« Fleißig tippte Imelda weiter.

»Was machst du?«, wollte Elsy erfahren. Imeldas schelmischem Gesichtsausdruck nach zu urteilen, verfolgte sie einen Plan. Elsy spähte über ihre Schulter.

Imelda: Wir müssen Demon unbedingt eine Freundin besorgen. Dann gibt es Hundebabys!!!

Zahlreiche Emojis folgten, unter anderem ein Hundekopf, Herzen und eine Aubergine.

Elsy konnte nur schmunzeln. »Das wird nicht passieren. Außerdem, du weißt schon, dass ich dich dann *Großtante* ... oder *Oma* Imelda nennen müsste!?«

»Autsch! Das ist gemein!« Gespielt beleidigt deutete Imelda mit erhobenem Zeigefinger auf ihre Freundin. »Und ein brutaler Schlag gegen meine Jugendlich–«

Ein spitzer Schrei riss die beiden aus ihren Albernheiten. Ein zweiter folgte, der sie nun vollends alarmierte.

Elsy brauchte keine Sekunde zu überlegen und spurtete los. Der Schrei war aus dem Gemeindehaus gekommen.

Imelda hastete ihr hinterher. Aber mit hohen Absätzen über Gras zu laufen, war nicht leicht.

Elsy stürmte ins Haus. Sie hörte Weinen und Schluchzen. Sie bahnte sich ihren Weg durch die Kartons, eilte durch die Küche und stoppte ruckartig vor Mr Crispin, der im Türrahmen zur Bibliothek stand.

Das Bild, das sich Elsy bot, war erschütternd. Ihr Blick schoss zwischen den Anwesenden hin und her. Amber weinte fürchterlich und hatte ihr Gesicht in ihren Händen vergraben. Hazel stand neben ihr. Ihr Blick war starr auf den Boden gerichtet. Sie war kreidebleich. Judy kniete am Boden, neben Josh, der reglos dalag. Sie fühlte seinen Puls.

Joshs langer Körper lag bäuchlings, sein Gesicht war abgewandt.

O nein! Was war geschehen? Langsam näherte sich Elsy. »Wir brauchen einen Krankenwagen«, fiel ihr ein, ihre Stimme war kaum mehr ein Flüstern. »Hat jemand einen Krankenwagen gerufen?«, fragte sie lauter.

Hazel schüttelte apathisch den Kopf, sie konnte nicht aufhören, Josh anzustarren.

Als Judy nun traurig aufblickte und den Kopf kaum merklich schüttelte, wusste Elsy Bescheid: Josh war tot.

Nein … Nein! Wie konnte das sein? Was war nur geschehen?

Im selben Moment trat Imelda ein. »Was ist los?«, wollte sie erfahren und schaute fragend umher, bis auch sie Josh entdeckte – und begriff.

Genau in diesem Augenblick machte es bei Elsy klick. In ihr wüteten die verschiedensten Gefühle, doch sie musste sich zusammenreißen. Sie musste jetzt funktionieren. Für Hazel und Amber, die zwei mussten so schnell wie möglich hier raus. »Imelda, bringst du bitte Hazel und Amber nach draußen. Ich rufe einen Krankenwagen.« Stumm versuchte sie ihrer Freundin ein Zeichen zu geben, sich zu beeilen. Bis auf Ambers Weinen war es totenstill. »Mr Crispin, können Sie bitte Miss James und die Mädchen begleiten?«

Mr Crispin war zur Salzsäure erstarrt. Er hatte eine Hand auf den Mund gelegt und sich nicht mehr bewegt.

»Mr Crispin?«, sagte Elsy betont lauter.

Er blinzelte und kam erst jetzt richtig zu sich. »Ja … Ja, sicher!«

Hazel blickte zwischen Josh und Amber hin und her. Tränen standen in ihren Augen und Elsy wusste nicht, ob sie begriffen hatte, was geschehen war. »Ist er tot?«, flüsterte sie so leise, dass Elsy sich nicht sicher war, ob sie wirklich gefragt hatte.

Imelda, die jetzt an ihrer Seite stand, antwortete ihr: »Komm, Liebes, wir gehen erst einmal raus! Hilf mir bitte mit deiner Schwester.«

Amber war in sich gesackt und hockte am Boden. Vorsichtig hakten Imelda und Hazel sich bei ihr unter und brachten sie hinaus.

Mr Crispin machte sich nützlich, indem er ihre Jacken griff und ihnen die Tür offen hielt.

In der Sekunde, als sie aus der Tür waren, zog Elsy ihr Handy aus der Hosentasche und rief den Notruf.

Die Polizei und der Notarzt waren unterwegs. Auch wenn der Notarzt nichts mehr für Josh tun konnte, musste er kommen, um den Tod festzustellen. Das hatte ihr Judy erklärt. Als Krankenschwester kannte sie sich mit solch einem Vorgehen aus.

Elsy hatte sich auf den Boden niedergelassen. Sie hatte sich setzen müssen. Nachdem die Mädchen das Gebäude verlassen hatten und das Telefonat mit der Notrufhotline beendet war, trafen sie ihre Gefühle wie ein Schlag. Elsy war unendlich traurig. Warum musste er sterben? Er war so jung. Er hatte noch sein ganzes Leben vor sich.

Judy, die noch immer neben Josh hockte, wirkte bislang gefasst. Mit Bedacht fühlte sie die Haut an seinen Armen und Händen, in seinem Gesicht. Erst jetzt ließ auch sie Emotionen zu und blickte traurig ins Leere.

Elsy betrachtete Judys Gesicht und fragte sich, was wohl in ihr vor sich ging.

Anscheinend war auch sie in einem Wechselbad der Gefühle gefangen. Trauer, Wut und Furcht spiegelten sich in ihren Augen.

»Judy …? Was ist … passiert?«, fragte Elsy fassungslos.

»Wie konnte …? Imelda und ich waren nur ein paar Minuten weg.«

Elsys Frage hatte Judy geweckt. »Er ist von der Leiter gestürzt«, antwortete sie leise.

»Aber warum?«

Judy schüttelte ungläubig den Kopf. »Ich … ich weiß es nicht. Ich hab es nicht gesehen. Ich weiß nur, dass Josh die Lampe wieder anbringen wollte. – Er meinte, es wäre viel zu dunkel, um vernünftig arbeiten zu können. – Und dann ist er gestürzt.«

»Kann es sein … Hat er einen Stromschlag bekommen?«

»Nein …, nein, das kann nicht sein, die Sicherung ist raus. Ich habe sie selbst rausgenommen … Ich weiß nicht genau, was passiert ist. Die drei standen in meinem Rücken. Ich weiß nur, dass Josh die Leiter hoch ist. Er hat gehustet und sich geräuspert, aber das hat er die letzten fünf Minuten schon getan. Die Mädchen haben ihn damit aufgezogen, dass er bestimmt einen Frosch im Hals hätte. Und zwar einen echten. Kinder! Und dann … und dann ist er gestürzt.« Judy überlegte weiter. Suchend sah sie durch den Raum, als würde sie so eine Antwort finden. »Bestimmt hat er das Gleichgewicht verloren. Kopfüber zu arbeiten, ist schwer …«

»Aber warum ist er tot? Aus der Höhe bricht man sich vielleicht den Arm, aber …« Elsy stoppte sich selbst, sie wollte es nicht aussprechen. Ohnehin war es schmerzhaft darüber zu sprechen.

Judy zögerte. »Er ist mit dem Kopf auf das Regal dort … Das habe ich noch gesehen.« Sanft sprach sie weiter: »Elsy, er hat sich das Genick gebrochen. Daran ist er gestorben.«

Elsy konnte es nicht glauben. Gerade noch hatte sie mit ihm gesprochen und nun war er tot. Tränen liefen ihr über die Wangen. Das war einfach nur falsch.

»Hey, möchtest du lieber gehen? Ich kann auch allein auf die Polizei warten«, bot Judy ihr an.

Am liebsten hätte Elsy das Angebot angenommen, aber das war keine Option. »Nein, schon gut. Danke.« Elsy stand auf. Plötzlich hatte sie das unbändige Gefühl, sich bewegen zu müssen. Wie von selbst trugen ihre Beine sie zur Eingangstür. Durch die Glaseinsätze der Tür schaute sie hinaus ins Freie. Vielleicht war die Polizei ja schon in Sicht.

2

Noch immer starrte Elsy nach draußen. Obwohl das sonnige Wetter das Dorf erstrahlen ließ, fühlte sie nicht wie sonst Freude bei diesem Anblick, sondern eine Stumpfheit, wie sie sie schon lange nicht mehr empfunden hatte. Josh war gestorben und obgleich sie ihn kaum kannte, war sie unendlich traurig. Es war so falsch. Niemand sollte so früh sterben. Es war ungerecht. Er hatte doch noch sein ganzes Leben vor sich.

Elsys Blick schweifte zu Imelda, die mit Amber und Hazel auf einer Bank unter einem nahe gelegenen Baum wartete. Hazel hielt ihre Schwester im Arm und Imelda kniete vor ihr. Imeldas Lippen bewegten sich, als redete sie beruhigend auf Amber ein. Elsy wollte sich gar nicht ausmalen, was es für das junge Mädchen bedeutete, ihren Freund auf so eine tragische Weise verloren zu haben. Geschweige denn was seine Eltern empfinden mussten, wenn sie davon erfuhren. Elsy blickte kurz über ihre Schulter und schaute dann direkt wieder nach vorn. Josh dort liegen zu sehen, war fürchterlich, doch Judy mit ihm allein zu lassen, kam für sie nicht infrage. Sie würde einfach hier an der Tür stehen bleiben und warten, bis die Polizei eintraf.

Automatisch gingen Elsys Gedanken zu Inspektor Quinn. Vermutlich war er derjenige, der gleich auftauchen würde, um die Details des Unfalls aufzunehmen.

Schon wieder war jemand in Stricktony gestorben. In Stricktony, einem 988-Seelendorf, in dem sonst nie etwas geschah. Natürlich, dass Menschen starben, war der natürliche Lauf der Dinge, nicht aber, dass so junge Menschen bei Un-

26

fällen starben oder gar Menschen ermordet wurden. Im vergangenen Spätsommer hatte eine Mordserie die Gegend heimgesucht und nachdem Fred, Imelda und sie geholfen hatten, die Morde aufzuklären, hatte sich einiges verändert.

Frances, die Frau von Josef Miller, dem Gemischtwarenhändler des Dorfes, war wegen zweifachen Mordes verhaftet worden und saß nun im Gefängnis. Jo hatte sich in den vergangenen Monaten einigen Blicken aussetzen müssen und so manche Lästerei war unschön gewesen. Was einfach nur boshaft und vollkommen überflüssig war, wie Elsy fand, da Jo nichts von den Plänen seiner Frau wusste und folglich auch nichts dafür konnte. Er hatte nichts getan. Elsy und ihre Freunde hatten versucht, ihn zu unterstützen. Mehrmals wurde Jo zu Freds Dienstagsabend-Dinner eingeladen, damit die Stimmen verebbten. Wer wollte schon schlecht über einen Freund des Baron of Faun sprechen. Und es half. Irgendwann verstummten die Stimmen und alles nahm seinen gewohnten Gang.

Nur eins war geblieben. Inspektor Quinn, der bis dato fast jeder Dinnereinladung gefolgt war, machte sich rar. Nur selten nahm er an den Abenden teil. Und wenn, war er zurückhaltend und wortkarg. Es herrschte eine komische Stille, und nicht nur zwischen ihm und Elsy. Dabei hatte Elsy gedacht, dass sie sich während der Ermittlungen irgendwie angenähert hätten. Sie waren zwar weit davon entfernt, Freunde zu sein, aber der Inspektor hatte sich ihr in dem Fall anvertraut und sie hatte gedacht … Was hatte sie gedacht!? Elsy wusste nicht, was sie gedacht hatte. Zumindest, dass er ihre Meinung inzwischen schätzte. Keine Ahnung … Elsy war eine Zeit lang ratlos gewesen. Sie hatte geholfen, die Morde aufzuklären, warum verhielt er sich jetzt so? Und dann hatte sie aufgegeben, darüber nachzugrübeln, was nützte es schon. Aber jetzt würde sie ihm gleich begegnen und er würde alles andere als begeistert darüber sein, sie hier anzutreffen.

Elsy seufzte und schloss für einen kurzen Augenblick die Augen. Um ehrlich zu sein, wollte sie nur nach Hause und sich unter ihrer Bettdecke vergraben.

Das Quietschen von Reifen ließ sie aufblicken. Ein Polizeiwagen parkte vor den Stufen zur Bibliothek. Endlich!

Inspektor Quinn stieg als Erster aus und eilte um den Wagen. Der stämmige Constable Herbie Gibson, der ihn an diesem Tag begleitete und das Auto fuhr, hatte es sichtlich schwerer und brauchte zwei Anläufe, um sich aus seinem Sitz zu erheben. Die paar Pfunde, die er zu viel auf den Hüften hatte, machten es ihm nicht leicht.

Elsy öffnete sogleich die Tür, um sie einzulassen.

Kaum hatte der Inspektor Elsy erblickt, verhärteten sich seine Gesichtszüge. Wie eh und je trug der Inspektor einen gut geschnittenen Hosenanzug. Seine welligen, dunklen Haare hatte er ordentlich nach hinten frisiert. Er sah tadellos aus. Mit großen Schritten nahm er gleich zwei Stufen der flachen Treppe auf einmal. »Miss Moore!«, begrüßte der Inspektor sie mit seiner dunklen Stimme und richtete dann seine Aufmerksamkeit sofort auf Judy. »Mrs Gallagher. Was ist passiert?«, wollte er von ihr erfahren.

Elsy konnte ihm nur verwundert hinterherstarren. Versuchte der Inspektor sie zu ignorieren …? Darüber nachzudenken, hatte sie jetzt weder die Zeit noch den Kopf. Sie hielt weiterhin die Tür auf für Constable Gibson, der es nun auch geschafft hatte.

Mit betretener Miene nickte er Elsy zu und stellte sich, mit Stift und Notizblock bewaffnet, neben seinen Chef, der am Boden neben Josh kniete.

Der Inspektor wollte sich selbst vom Tod des Jungen überzeugen. Als er sich wieder aufrichtete, verzog er keine Miene. Er wirkte lediglich konzentriert. Ohne Zweifel hatte er wieder eins seiner zahlreichen Pokerfaces aufgesetzt, um keine Gefühle zu zeigen.

Bei Constable Gibson sah das schon anders aus, er machte einen betroffenen Eindruck. Und noch etwas war, er wirkte angespannt. Der Stift zwischen seinen knubbeligen Fingern zuckte, als wartete er nur darauf, für seinen Chef Notizen zu machen. Unruhig wechselte er das Standbein und überflog mit seinen Blicken fahrig den Raum.

Erneut richtete der Inspektor das Wort an Judy. »Mrs Gallagher, was *genau* ist geschehen? Bitte, jede Einzelheit ist wichtig. – Gibson! Notieren Sie!«

Der Constable beeilte sich ein neues Blatt aufzuschlagen und schaute ebenso wie der Inspektor erwartungsvoll zu Judy.

Judy selbst schien die Situation mit einem Mal zu überfordern. Sie rang die Hände und überlegte sichtlich, was sie sagen sollte.

Elsy wunderte sich. Als Krankenschwester hatte Judy vermutlich oft mit der Polizei zu tun, warum ließ sie sich jetzt so einschüchtern? So oder so, sie wollte Judy helfen. »Er ist von der Leiter –«

»Miss Moore, bitte!«, unterbrach sie der Inspektor unwirsch. »Zu Ihnen kommen wir gleich.« Nur flüchtig sah er sie an. Bewusst konzentrierte er sich auf Judy.

Okay … Elsy war verwirrt. Was war sein Problem? Sie hätte ihm ebenso alles erzählen können. Es sei denn, er wollte es nicht.

Judy, die durch die kleine Unterbrechung ihre Stimme wiedergefunden hatte, begann nun ruhig und sachlich die Situation zu schildern. Ihre Stimme klang trotzdem leicht zittrig, was Elsy der unwirklichen Situation an sich zuschob. Da Judy allerdings nicht allzu viel zu berichten hatte, war sie schnell am Ende ihrer Ausführungen angelangt.

»Sie gehen also von einem Unfall aus?«, hakte Quinn nach.

Judy blinzelte. »Wie kann es das nicht sein?«, fragte sie perplex. »Der Junge stand auf der Leiter, er hat gehustet und sein Gleichgewicht verloren. Was kein Wunder ist, wenn man kopfüber eine Lampe montiert, und ist deshalb gestürzt. Er hat sich den Kopf angeschlagen und sich dabei das Genick gebrochen. Natürlich war das ein Unfall!« Ihre letzten Worte waren kontinuierlich lauter geworden, Judy klang aufgelöst. Tränen standen in ihren Augen.

Elsy verstand, was Judy empfand, und rieb ihr den Rücken. Es war bestimmt schrecklich gewesen, mit anzusehen, wie es geschah. Und dass sie es jetzt erneut erzählen und durchleben musste, dürfte alles andere als leicht sein.

»Danke, Mrs Gallagher.« Der Inspektor überlegte kurz und richtete nun sein Wort an Elsy. »Miss Moore!«

Augenblicklich war die gesamte Aufmerksamkeit auf sie gerichtet.

»Möchten Sie Punkte ergänzen?«, fragte er betont ruhig. Sein Gesichtsausdruck dabei war unergründlich.

Constable Gibson spitzte seinen Bleistift. Für einen kleinen Mann hatte er einen verhältnismäßig großen Kopf mit ebenso großen Augen, die sie aufmerksam betrachteten.

»Nein, danke. Ich wüsste nicht was.« Elsy zuckte mit den Schultern. »Ich war nicht anwesend, als es geschah. Ich war mit Miss James draußen an meinem Wagen. Ich kann Ihnen also nicht mehr sagen, als Sie längst von Judy wissen. Sie können Mr Crispin befragen. Er müsste alles mitbekommen haben. Und die Mädchen natürlich. Sie sind mit Imelda draußen. Ich befürchte nur …«

»Ja, gewiss.« Der Inspektor verstand.

Unvermittelt trat Constable Gibson näher an Elsy heran. »Haben Sie seine Eltern bereits informiert?«, wollte er wissen.

Inspektor Quinn schaute argwöhnisch. Ihm gefiel offenbar gar nicht, dass sein Untergebener sich an sie wandte.

Hm ... Durften Constables etwa keine Fragen stellen? Oder warum reagierte der Inspektor so? Elsy, die nur wenig Ahnung von Polizei-Hierarchie hatte, Gibsons Frage aber für durchaus berechtigt hielt, antwortete ihm freundlich: »Nein, haben wir nicht. Ich dachte, das übernehmen Sie. Ob die Mädchen ... Aber ich denke nicht.« – Elsy wollte sich gar nicht ausmalen, wie schwer es für Polizeibeamte sein musste, solche Nachrichten zu überbringen.

»Gut! Sie haben vollkommen richtig gehandelt. Das ist in der Tat unsere Aufgabe«, bestätigte ihr Quinn mit Nachdruck.

Elsy war mittlerweile klar, warum er sich so verhielt, er wollte sie unter allen Umständen aus der Angelegenheit raushalten.

»Dürfen wir jetzt gehen?«, fragte nun Judy. Sie machte einen müden Eindruck.

Der Inspektor brauchte nicht lange zu überlegen. »Sicher! Halten Sie sich die Tage bitte nur für eine mögliche weitere Befragung bereit. Und bitte nehmen Sie Ihre Wertgegenstände mit. Der Ort wird abgesperrt.« Als Quinn die verwunderten Blicke der Frauen sah, erklärte er: »Reine Routine, bis wir alle befragt haben. In ein paar Tagen können Sie die Räumlichkeiten wieder betreten.«

»Miss Moore?«, machte Constable Gibson erneut auf sich aufmerksam, was ihm einen weiteren kritischen Blick seines Chefs bescherte. »Hatte Josh Weatherbee etwas bei sich? Eine Jacke? Einen Rucksack?«

»Ja, er hatte einen Rucksack bei sich.« Elsy deutete auf den Kleiderständer, unter dem mehrere Taschen standen. »Der schwarze ist von ihm.«

»Vielen Dank.« Gibson nahm ihn sogleich an sich und die beiden Frauen sammelten ihre Sachen und die der anderen ein.

Elsy und Judy waren schon an der Tür, als der Inspektor

abermals auf sie zukam. »Mr Crispin, Miss James und die Mädchen mögen bitte auf mich warten«, beeilte er sich zu sagen. »Ich möchte gleich noch mit ihnen sprechen. Richten Sie das bitte aus, Mrs Gallagher!«

Judy entging nicht, dass der Inspektor bewusst sie ansprach und schaute verwundert zwischen ihm und Elsy hin und her. »Natürlich!«, versprach sie schließlich.

Elsy konnte bei seinen Worten nur mit dem Kopf schütteln. Warum war es ihm derart wichtig, sie von alldem abzugrenzen?

»Und Miss Moore«, setzte Quinn an. »Sie sollten sich dringend setzen. Sie sehen fürchterlich aus.«

Für einen kurzen Moment war Elsy sprachlos.

Inspektor Quinn musste ihren Unmut bemerkt haben und erklärte sich schnell. »Miss Moore, Sie sind weiß wie eine Wand. Sie sehen aus, als würden Sie gleich umfallen. Setzen Sie sich, bitte!« Gleich darauf kam ihm eine Idee. »Gibson! Sie begleiten die Damen. Stellen Sie sicher, dass Miss Moore meiner Bitte nachkommt.«

Nun war auch der Notarzt eingetroffen. Constable Gibson begrüßte ihn und seinen Assistenten, nachdem er sich vergewissert hatte, dass es den beiden Frauen gut ging.

Und nicht nur der Notarzt war gekommen. Mittlerweile hatten sich ein paar Dorfbewohner auf der Rasenfläche gegenüber der Bibliothek versammelt. Mit Sicherheit hatte der Dorffunk dafür gesorgt, dass einige besonders Neugierige aufgeschlagen waren, unter anderem die berüchtigten Klatschbasen. Sie trauten sich jedoch nicht näher, sondern hielten Abstand.

Judy verabschiedete sich. Sie half die Taschen der anderen abzulegen und machte sich dann zu Fuß auf den Nachhauseweg.

Elsy blieb selbstredend bei den Mädchen, die mit Imelda

auf der Bank saßen. Erschöpft ließ sie sich auf den freien Platz neben Imelda sinken.

Crispin, der etwas abseits wie in einer Dauerschleife von links nach rechts lief, telefonierte. Mit seiner freien Hand wedelte er in der Luft und unterstrich das Gesagte. Mit Schwung warf er seinen Kopf in den Nacken, um seine Haare zurückzuwerfen. Ab und an zuckten seine Lippen, als müsse er ein Lächeln unterdrücken.

War er etwa für den Dorffunk verantwortlich …? Elsy war zu müde, um darüber nachzudenken. Sie lehnte sich an Imelda und seufzte unmerklich.

»Ich weiß«, erwiderte Imelda leise und stupste sanft gegen ihre Schulter.

Manchmal brauchte es nur wenige Worte. Elsy wusste, ihre Freundin fühlte sich genau wie sie. Am liebsten hätten sich beide in ihren Wohnungen vergraben. Umso erleichterter war Elsy, dass sie Imelda in diesem Moment an ihrer Seite wusste. »Inspektor Quinn kommt gleich, dann können wir gehen«, sagte sie unbemerkt von den Mädchen und sah zu ihnen.

Amber schien völlig abwesend. Sie hatte sich an ihre Schwester geklammert und ihre Augen fest geschlossen. Hazel wiegte sie langsam in ihren Armen und starrte selbst zu Boden, als wolle sie sonst nichts sehen.

»Das ist gut«, antwortete Imelda flüsternd. »Ich habe ihre Eltern informiert. Ihr Vater ist auf dem Weg. Er müsste jeden Moment hier sein.«

Elsy nickte nur, mit einem Male fühlte sie sich unendlich müde. Gedankenverloren stützte sie sich auf ihre Beine und schaute hinab auf ihre Chucks. Grüne und andere Farbsprenkel bildeten ein buntes Bild, das langsam vor ihren Augen verschwamm. Elsy ging so vieles durch den Kopf. Sie empfand Mitleid für Hazel und ihre Schwester, aber vor allem für Josh. Sie dachte an seine Eltern. Sein eigenes Kind zu verlieren, musste unvorstellbar sein. Elsy konnte diesem Gedanken nicht weiter nachgehen, sie musste sich ablenken. Sie blickte auf und sah in die Ferne.

Es war merkwürdig ruhig auf der Straße, denn obwohl einige Dorfbewohner gekommen waren, herrschte Stille.

Prudence Partel und Mildred Turner, die beiden Klatschbasen des Dorfes, standen ihr gegenüber. Bislang hatte sie das ältere Geschwisterpaar nicht wirklich wahrgenommen. Sie standen auf der anderen Straßenseite und beobachteten das Geschehen. Anders als erwartet schauten sie mitfühlend zu Amber und Hazel. Sie schienen nicht neugierig, vielmehr betroffen. Der Dorffunk hatte also diesmal richtig funktioniert und die Menschen wussten, dass ein Unglück geschehen war.

»Bitte, gehen Sie nach Hause!«, machte die dunkle Stimme des Inspektors die Anwesenden aufmerksam. So eine Stimme konnte niemand überhören. Jeder sah zu ihm und lauschte. Der Inspektor kam die Treppe hinunter, er war auf dem Weg zu Elsy und ihren Freunden. »Es gibt nichts zu sehen. Bitte, schenken Sie den Betroffenen ein wenig Privatsphäre. Gehen Sie!«

Das genügte, binnen weniger Minuten war die Straße wieder leer. Zwar war Getuschel zu hören: Was denn passiert sei? Aber auch dieses verebbte schnell.

Zunächst richtete Inspektor Quinn das Wort an Mr Crispin. Sie unterhielten sich ein Stück abseits. Mr Crispin, der ohnehin ein Mann sehr vieler Worte war, unterstrich seine Erzählungen wie eben schon mit ausufernden Gesten.

Elsy konnte nicht anders, als die Szene missbilligend zu beäugen. Das Geschehene bereitete wohl kaum die Bühne, um sich selbst darzustellen. Elsy fand Mr Crispins Verhalten geschmacklos.

Selbst Imelda, die normalerweise solch Verhalten leichter nahm, schaute pikiert. Sie formte mit ihren Lippen ein wortloses: »So ein Widerling!«

Inspektor Quinn hingegen ließ sich nichts im Geringsten anmerken und machte sich emotionslos Notizen. Vielleicht störte er sich auch nicht an seinem Verhalten oder war solches eben gewohnt. Als Polizist traf man sicherlich auf die unterschiedlichsten Charaktere und lernte, sich nicht davon beeinflussen zu lassen.

Ihr Gespräch dauerte ein paar Minuten und nachdem Quinn ihn verabschiedet hatte, machte Crispin sich auf zu seinem Wagen. Im Vorbeigehen nickte er Imelda und Elsy zu. Keine Verabschiedung, kein freundliches Wort. Nichts. Er fuhr davon, als wäre nichts gewesen.

Elsy und Imelda tauschten ungläubige Blicke.

Die Parklücke, die Crispin nun freigab, wurde sogleich von einem anderen Wagen in Anspruch genommen. Mit Schwung bretterte das Auto auf den Bürgersteig und kam schräg zum Stehen. Wer auch immer der Fahrer war, er hatte es sehr eilig. Als der Kopf des Mannes über der Fahrertür erschien, wusste Elsy warum. Es war Hazels Vater. Hastig stieg er aus und kam auf sie zugerannt.

Imelda, Elsy und Quinn schenkten der Familie ein wenig Privatsphäre und traten zur Seite. Der Inspektor nutzte die Gelegenheit, um Imelda zu befragen.

»Hören Sie, es tut mir leid, dass wir Ihnen nicht mehr erzählen können, aber wir waren eben nicht da, als es geschah«, erklärte Imelda, die den Eindruck hatte, der Inspektor suchte nach etwas, wo es nichts zu finden gab. Imelda stand ihm selbstsicher gegenüber. Von Inspektor Quinn, beziehungsweise Q, wie sie ihn gerne nannte, ließ sie sich nicht aus der Ruhe bringen. »Was hat denn Mr Crispin erzählt? Der war doch scheinbar den ganzen Tag damit beschäftigt, die drei zu beobachten. Er muss doch genau gesehen haben, was passiert ist.«

»Hat er«, antwortete Quinn knapp und strich sich durch sein Haar. Anscheinend hatte er das seit seiner Ankunft schon öfters getan, denn es lag längst nicht mehr so akkurat, wie es vermutlich sollte.

War das alles, was er mit ihnen teilen wollte?

»Verstehe …« Imelda sah ihn wissend an und schenkte ihm ein unverbindliches Lächeln. – Elsy wusste nicht, wie ihre Freundin es anstellte, dass dieses Lächeln so erhaben wirkte. Zornige, laute Worte konnten Menschen ins Wanken bringen, dieses Lächeln allemal. – Gelassen sprach sie weiter: »Gut. Gehe ich recht in der Annahme, dass wir uns dann jetzt verabschieden dürfen?«

Inspektor Quinn wirkte unzufrieden. Jemand, der mit demselben Selbstbewusstsein gesegnet war wie er und eben jenes ihn auch spüren ließ, traf Quinn vermutlich selten. Imelda bot ihm stets die Stirn und das gefiel ihm ganz und gar nicht. Aber was sollte er tun. Er räusperte sich, bevor er ihr eine Antwort gab. »Natürlich, Miss James, Sie dürfen gehen. Miss Moore, für Sie gilt selbstverständlich dasselbe! Aber bitte, stehen Sie uns zur Verfügung.«

3

Montag früh

Es waren knapp zwei Tage vergangen seit dem schrecklichen Unfall im Gemeindehaus, seit Josh verstarb. Für Elsy war es noch immer unbegreiflich.

Elsy Moore war ein mitfühlender Mensch. Sie fühlte sich betroffen, wenn einem lieben Mensch Leid zugefügt wurde, und hakte es nicht einfach ab. Es lief ihr hinterher. Kaum verwunderlich also, dass sie die letzte Zeit wenig gegessen hatte, obwohl gutes Essen eigentlich ihre Leidenschaft war. Das Kochen und Backen war ihre Passion. Nicht ohne Grund arbeitete sie als Hauswirtschafterin für den Baron of Faun, oder besser gesagt für Fred. Denn sein bürgerlicher Name war Frederik Smart und Freunde nannten ihn kurz Fred.

Fred lebte von jeher auf Stricktony Hall, einem malerischen zweistöckigen Herrenhaus, das damals nach dem gleichnamigen Dorf benannt wurde, obwohl es ein gutes Stück abseits lag. Entlang der Landstraße kurz hinter Stricktony in Richtung zu Broktony war es zu finden. Erhoben auf einem flachen Hügel sah man von dort nichts als den hauseigenen, weitläufigen Park sowie Wiesen und Felder der benachbarten Ländereien.

Elsy war eine der wenigen und engsten Vertrauten von Fred. Wie auch Imelda, die als Verwalterin für ihn tätig war. Fred hatte sein Geld mit der Landwirtschaft gemacht und im Alter sein Land zunehmend verpachtet. Imelda unterstützte ihn dabei. Mit Anfang Siebzig hatte er sich seinen Ruhestand mehr als verdient, er hatte stets hart gearbeitet.

Seit mehr als zwei Jahren arbeitete Elsy für ihn. Schnell hatten sich viele gemeinsame Gewohnheiten entwickelt. Eine davon war, dass sie jeden Morgen zusammen im Salon von Stricktony Hall frühstückten. Elsy, die selbst in einem kleinen Cottage auf Freds Landsitz wohnte, kam dafür jeden Morgen sehr früh nach Stricktony Hall.

Hier saß sie nun an jenem Montagmorgen mit Fred beim Frühstück. Der Salon war einer der prunkvollsten Räume des Herrenhauses, geschmackvoll in den Farben Creme, Moosgrün und Gold gehalten. Fred stand nicht auf übertriebenen Pomp, aber auf den Schick vergangener Zeiten. Besonders die Epoche des Jugendstils hatte es ihm angetan. Es war kurz nach acht. Elsy mümmelte lustlos an ihrem Toast mit Brombeerkonfitüre.

Mit der Vorliebe für Brombeerkonfitüre hatte Fred sie angesteckt. Für Fred gab es nichts Besseres als eine frisch geröstete Scheibe Brot, auf dem die Butter, so heiß wie der Toast war, zerfloss und in das Brot einsickerte. Oben drauf kam eine ordentliche Portion der dunklen Konfitüre. Allein der Duft … Für ihn war das der Himmel.

Elsy, die heute nur aß, um irgendetwas im Bauch zu haben, beobachtete Demon beim Schlafen. Er strahlte Ruhe aus, wie er da so schlief. Sein Brustkorb hob und senkte sich im Gleichtakt und es hatte etwas Beständiges, es zu sehen. Überhaupt Demon war ihr Ruhepol. Demon lag auf dem Boden vor den Flügeltüren zum Garten. Die Sonne war aufgegangen und ein feiner Lichtstrahl schien durch das Glas der Türen auf das Parket. Demon hatte die Angewohnheit, sich stets in die Sonne zu legen. Kein Wunder also, dass er sich genau dort niedergelassen hatte.

»Bedauerlich, dass die Presse nur noch mit solchen Schlagzeilen Aufmerksamkeit erregen kann. Höchst unpassend, möchte ich meinen. Ich stimme dir zu, meine Liebe, mit der Situation hätte die Zeitung feinfühliger umgehen müssen«, weckte Fred sie aus ihrem Tagtraum. Er faltete die Zeitung zusammen und warf sie achtlos ein Stückchen von sich weg, als wäre sie ein lästiges Etwas, von dem er Abstand bedurfte. Seine neue Nickelbrille, die er nur zum Lesen trug, schleuderte er hinterher.

Die Schlagzeile der Hoktony Gazette lautete: *Tragischer Unfall erschüttert Stricktony – Weatherbee-Erbe stirbt bei Renovierungsarbeiten*

Der dazugehörige Artikel war aufmerksamkeitsheischend und gefühlskalt.

Die Hoktony Gazette war *die* Zeitung der Gegend. Sie bündelte die News der Stadt Hoktony und der Nachbardörfer Stricktony sowie Broktony. Alle drei Ortschaften waren im Herzen von Devon beheimatet, in der Nähe des Dartmoors.

Fred konnte nur mit dem Kopf schütteln. Die Qualität der Zeitung hatte deutlich gelitten. Bereits die letzten Artikel zu der Einbruchsserie, die in den vergangenen Monaten ganz Devon beschäftigte, waren plakativ und auffallend schlecht recherchiert. Für Fred musste Journalismus ohne Zweifel hochkarätiger ausfallen. Aber das war jetzt Nebensache, Elsy bereitete ihm Sorgen.

Tröstend tätschelte Fred ihre Hand. Freds braungebrannte Haut stand im Kontrast zu Elsys heller. Elsy war stets blass, Fred dagegen immer braungebrannt. Er brauchte das Wort *Sonne* nur aussprechen und schien zu bräunen. Seine täglichen Spaziergänge im Park von Stricktony Hall taten ihr Übriges. Vermutlich waren diese auch der Grund, warum er nach wie vor so fit war. Fred war ein schlanker Mann, hochgewachsen, und mit seinen Falten und weißem Haar strahlte er vor Charisma. Sein moderner, altenglisch geprägter Kleidungsstil verlieh ihm zusätzlich Charme.

»Ich hoffe bloß, seine Eltern lesen den Artikel nicht«, erwiderte Elsy. Wie sie erfahren hatten – natürlich hatte der Dorfklatsch auch sie auf Stricktony Hall erreicht –, waren

Joshs Eltern am vergangenen Samstagmorgen, an jenem Tag, an dem Josh verstarb, zu einer Geschäftsreise nach Nordengland aufgebrochen. Die Weatherbees waren bekannt in der Gegend. Das Ehepaar durfte eine florierende Baufirma ihr Eigen nennen. Nicht selten verreisten sie tagelang. Selbstverständlich hatten sie ihre Reise sofort abgebrochen und waren zurückgekehrt.

Fred nickte betroffen. Seine Stirn lag in Falten. »Sie werden sicher mit anderen Dingen beschäftigt sein. Ich mag mir gar nicht vorstellen, wie es sein muss, für sein eigenes Kind eine Beerdigung auszurichten.«

Elsy nippte nachdenklich an ihrem Tee. Ihr ging so vieles durch den Kopf. Vor allem Amber und Hazel taten ihr leid. »Amber war auch am Boden zerstört. Ich war so froh, dass Imelda bei ihr war, als wir auf den Inspektor warteten. Hazel schien gefasster. Aber ich vermute, sie wollte in erster Linie für ihre Schwester da sein. Sie und ihr Vater haben sehr besorgte Blicke ausgetauscht, als sie Amber zum Auto brachten. Trotzdem denke ich, dass Hazel es genauso mitgenommen hat. Ich glaube, sie hatte sich ein wenig in Josh verguckt. Sie hat so viel von ihm gesprochen in letzter Zeit und als ich ihn dann das erste Mal sah, war mir alles klar.«

»Oje … Aber du hast deine Hilfe angeboten und mehr kannst du nicht tun. Wenn Hazel reden möchte, wird sie auf dich zukommen.«

»Ja, ich weiß …« Gedankenverloren stupste Elsy die Brotkrümel auf ihrem Teller hin und her.

»Hey, junge Dame, was ist los? Du schleppst doch irgendetwas mit dir herum.« Nicht nur Elsy hatte eine gute Beobachtungsgabe, auch Fred konnte Menschen lesen. Und er sah, dass Elsy unglücklich war.

»Ich frage mich nur die ganze Zeit, ob wir es nicht hätten verhindern können.« Bedrückt ließ Elsy die Schultern hängen.

Fred hörte aufmerksam zu. »Wie meinst du das?«

»Dem Anschein nach ging es ihm doch nicht gut. Als er in die Küche kam, um sich eine Flasche Wasser zu holen, war ihm warm, er hat geschwitzt. Ich hatte mir nichts dabei gedacht, aber jetzt … Weil … als er auf der Leiter stand, so hat Judy zumindest erzählt, hat er gehustet und konnte wohl gar nicht mehr aufhören. Vielleicht war er krank und hätte niemals die Leiter hochsteigen dürfen.«

Fred schenkte ihr ein mitfühlendes Lächeln. »Meine Liebe …, du kannst deine Augen und Ohren doch nicht überall haben! Judy, Crispin und die Mädchen waren schließlich auch dort. Und was genau vorgefallen ist, wissen wir nicht. Ja, Judy hat gesagt, er hätte gehustet. Jeder hustet mal. Deswegen ist man doch nicht gleich krank. Vielleicht hatte er eine Hausstauballergie und hat deshalb gehustet.«

»Meinst du wirklich?« Elsy wollte es glauben, aber es fiel ihr schwer.

»Natürlich! Herrgott, Elsy, hast du dir jetzt etwa die letzten Tage Selbstvorwürfe gemacht!?« – Elsy schaute zerknirscht. – »Das war ein Unfall! Solche Dinge, so schrecklich sie auch sein mögen, geschehen leider.«

»Ja …, ja, du hast vermutlich recht«, murmelte sie.

»Selbstverständlich habe ich recht! Es sprechen gerade zweiundsiebzig Jahre Lebenserfahrung zu dir, meine Liebe.« Fred zwinkerte ihr zu.

Jetzt musste Elsy sogar leicht schmunzeln. Fred war ein Schatz. Er wusste, wie er sie aufmuntern konnte. Erleichtert schweifte ihr Blick durch den Raum. Wie von selbst blieb er bei der Post des heutigen Tages hängen.

Ein handgeschriebener Brief aus teurem, cremefarbenem Briefpapier lag vor ihnen. Elsy wunderte sich. Wer schrieb heutzutage noch solche Briefe? Zudem lief Freds Korrespondenz, insbesondere die geschäftliche, hauptsächlich über E-Mails. Und Fred, der hatte bislang nichts dazu gesagt. – So war er manchmal. Fred teilte zwar einiges mit ihr, aber eben nicht alles. Zuweilen war er verschlossen. Was kein Wunder war. Die Neugierde anderer begleitete ihn seit Kindertagen. Als Baron hatte er früh lernen müssen, Privates unter Verschluss zu halten und daraus konnte man ihm nun wirklich keinen Vorwurf machen. Dennoch, Elsy wusste ihn zu nehmen. Sie wusste, sie konnte nachfragen.

Betont unschuldig schaute sie über den Rand ihrer Tasse zu ihm. »Magst du mir verraten, wer dir geschrieben hat?« Ein schelmisches Grinsen konnte sie sich nicht verkneifen.

Fred lächelte. »Ich habe mich schon gefragt, wann du mich darauf ansprichst.«

Elsy zuckte mit den Schultern. »Tja, was soll ich sagen. Du kennst mich einfach zu gut. Und?«

»Ein alter Bekannter hat mir geschrieben. Er lebt schon lange nicht mehr hier. Aber ursprünglich kommt er aus der Gegend. Er hat viel von der Welt gesehen. Derzeit lebt er in Monte Carlo.«

»Monte Carlo!?«, staunte Elsy. Sie wollte sich gar nicht ausmalen, in welchen Kreisen er verkehrte.

»Ja, ganz genau!«, erwiderte Fred und zog eine Miene, als ahnte er, was in ihr vorging. »Die Sommermonate verbringt er im Übrigen dieses Jahr auf Mallorca. Und er hat gefragt, ob ich zufälligerweise auch dort bin. Er weiß um meine Reiseleidenschaft. Er schlägt vor, sich zu treffen.«

»Das klingt nach einer tollen Idee. Warum nicht, das wird dir guttun!« Aufmunternd nickte Elsy ihm zu.

Fred überlegte. »Ich bin lange nicht mehr gereist. Ein Urlaub wäre eine schöne Abwechslung. Sonne, Strand! Nicht zu vergessen: das türkisfarbene Meer, Oliven, Wein. Die Kultur!«

»Das klingt traumhaft. Und du hast es dir mehr als verdient. Du solltest noch heute einen Flug buchen!«, ermutigte sie ihn.

»Das will wohl überlegt sein ...« Fred grübelte. Verstohlen sah er zu Elsy und mit einem Male stahl sich ein Lächeln auf sein Gesicht.

Elsy erkannte sofort, dass er etwas plante. Ihn jetzt darauf anzusprechen, nutzte allerdings nur wenig. Sie wusste, so bitter es auch für sie selbst sein mochte, sie musste sich gedulden. Über kurz oder lang würde sie es erfahren.

Im gleichen Moment machten ihre beiden Smartphones sie auf eine neu eingegangene Nachricht aufmerksam. Fred, der sein Handy – selbstredend eines der neueren Generation, als Technikliebhaber war dies für ihn Plicht – direkt neben sich liegen hatte, schaute als Erster nach.

Für Elsy war klar, es konnte nur Imelda sein. Ohne Frage hatte sie in ihre Stricktony-Hall-Gruppe geschrieben. Gespannt, was es für Neuigkeiten so früh am Morgen gab, griff auch sie nach ihrem Handy.

Imelda: Guten Morgen, ihr zwei! Kurze Info: Das Gemeindehaus wird auf unbestimmte Zeit abgesperrt bleiben.

Fred und Elsy tauschten interessierte Blicke.

»Ist das üblich? Warum so lange?«, überlegte Elsy laut.

Fred wusste es auch nicht und hob fragend die Augenbrauen. »Hat der Inspektor nicht erwähnt, dass dieses Vorgehen üblich ist?«

»Ja, bloß hat er von ein paar Tagen gesprochen ... Merkwürdig.«

Überdies beschäftigte Elsy noch anderes: Woher hast du die Info?

Imelda: Marty hat heute früh einen Aushang an der Tür der Leihbibliothek angebracht. Ich habe ihn vom Fenster aus gesehen.

Marty war Constable Hall, ein junger Kollege von Inspektor Quinn. Und da Imelda im Obergeschoss der Apotheke wohnte, die auf der anderen Straßenseite schräg gegenüber der Leihbibliothek lag, musste sie von dort einen perfekten Blick gehabt haben.

Elsy: Hast du zufälligerweise mit ihm gesprochen? – Elsy grinste, als sie die Nachricht tippte. Sie wusste, dass Imelda Marty gerne Neuigkeiten entlockte.

Imelda: Nein! Ich bin nicht wie eine Verrückte im Morgenmantel auf die Straße gerannt, um ihn auszuquetschen. ;-P Ich habe es gerade nachgelesen! – Elsy hörte förmlich die samtige Stimme ihrer Freundin in ihren Ohren klingen.

Elsy: Sehr schön, die Vernunft hat also gesiegt! Ich bin stolz auf dich! ;-)
Elsy: Dann bleibt nur die Frage, wann ich ansatzweise damit rechnen kann, meinen Schlüssel wiederzubekommen. Q hat ihn ja. – Elsy hatte dem Inspektor ihren Schlüssel zum Gemeindehaus für den Moment überlassen. – *Ich hoffe, Constable Gibson oder Marty bringen ihn mir hinterher zurück!*

Fred warf Elsy einen vielsagenden Blick von der Seite zu. Er wusste um die komische Stimmung zwischen ihr und dem Inspektor.

Imelda: Also Q dürfte mir gerne jeden Tag etwas vorbeibringen! Drei Flammen-Emojis folgten. Vorausgesetzt, seine Laune bessert sich. Ich stehe ja auf seine leicht verschlossene, sexy Art, aber im Moment ist er unerträglich.

Fred gluckste. Er liebte es, Teil dieses Austauschs zu sein, wenngleich er sich selbst zurückhielt.

Elsy: Yeap!

Als ihr bewusst wurde, dass ihre Antwort auch falsch ver-standen werden konnte, schrieb sie schnell hinterher: Ich meine das UNERTRÄGLICH.

Jetzt musste Fred wirklich lachen.

Und Elsy zog eine Schnute. »Schön! Ich freue mich, dass ich derart zu deiner Belustigung beitragen kann!« Trotzdem, sie musste schmunzeln.

4

Geduld war so eine Sache. Entweder man besaß sie oder eben nicht. Elsy gehörte zweifelsfrei zur letzten Kategorie. Zugegeben, sie war die ungeduldigste Person der Welt. Und heute war es besonders schlimm. Sie fühlte sich wie ein ausgehungerter Hund, dem man einen saftigen Knochen vor die Nase hielt, der aber nicht zubeißen durfte. Einzig und allein schuld daran war Inspektor William Quinn.

Es war zehn vor zwei, als Elsy auf ihr Handy schaute. In zehn Minuten würde Inspektor Quinn vorbeikommen. Er hatte um einen Termin gebeten, mit ihr allein. Elsy hatte keine Ahnung, was er von ihr wollte. Darüber hinaus wunderte sie sich, dass er noch immer ihre private Handynummer besaß und ihr darüber eine Nachricht geschrieben hatte, die erstaunlicherweise sehr freundlich, wenn auch kryptisch war.

Guten Morgen Miss Moore,
besteht die Möglichkeit, dass Sie mir heute fünfzehn Minuten Ihrer Zeit erübrigen? Ein Gespräch unter vier Augen. Es gibt etwas zu klären. Ich würde mich sehr freuen.
Mit freundlichen Grüßen
William Quinn

Über das *Mit freundlichen Grüßen* konnte Elsy nur den Kopf schütteln. Warum verhielt er sich derart zugeknöpft? Der Mann war mit Mitte dreißig in ihrem Alter, sie kannten sich seit mehr als einem Jahr und nach wie vor siezten sie sich.

Imelda hatte einmal versucht, ihm das Du anzubieten, auf eine spaßhafte Weise, wie Imelda eben war, scheiterte jedoch kläglich. Quinn hatte ihre Andeutung einfach ignoriert und betonte in weiteren Gesprächen explizit das Sie. Elsy wusste nicht, woran es lag, dass er so bemüht war, auf Distanz zu bleiben. Vermutlich würde Inspektor Quinn für sie ein ewiges Rätsel bleiben.

Elsy schüttelte den Gedanken ab und machte weiter mit ihrer Arbeit. Es dauerte keine Sekunde, da schlich sich ein Ohrwurm in ihr Bewusstsein, ein Klassiker der Eurythmics. Schon am Morgen, als sie das Lied im Radio gehört hatte, wusste sie, dass es sie den restlichen Tag über begleiten würde. Schwungvoll summte sie mit. Wen störte es schon, sie war ohnehin allein. Im Wintergarten von Stricktony Hall topfte Elsy zu groß gewordene Pflanzen um.

Der Wintergarten war im Vergleich zu den anderen ein kleines Zimmer, neben dem Salon. Verglaste Flügeltüren, die rückseitig in den Garten führten, ließen viel Licht in den Raum, der nur aus exotischen Pflanzen zu bestehen schien. Möbel gab es dort wenige, lediglich zwei Rattansessel und ein filigran verschnörkelter Beistelltisch. Der Ort war ein tiefgrünes Meer aus den unterschiedlichsten Formen und Schattierungen. Hochgewachsene Palmen mit zarten Fächern, knubbelige Sukkulenten, die sich wuchernd ihren Weg in alle Richtungen suchten, sowie bauchige Sträucher mit unzähligen, hauchfeinen Blättern, die anmuteten, kaum einer Berührung standzuhalten, schmückten den Raum. Allesamt fanden sie Platz in antiquaren Blumentöpfen, Erbstücke der Familie, wie Fred Elsy einmal erzählt hatte. Es war eine prächtige Vielfalt, ein kleiner Urwald inmitten des Hauses. Elsys Liebling war die Paradiesvogelblume, die prominent auf einem Pflanzenständer thronte.

Damals, als Elsy ihre Tätigkeit auf Stricktony Hall aufgenommen hatte, schien das Umsorgen des Wintergartens für sie eine unlösbare Aufgabe. Es gab Menschen, die verfügten über das unsagbare Talent eines grünen Daumens, Elsy gehörte leider nicht dazu. Das Einzige, was bis dato bei ihr überlebte, waren Sukkulenten gewesen. Na ja, und Sukkulenten waren doch quasi unzerstörbar. Aber Fred hatte ihr vieles beigebracht und so freute sich Elsy, dass sie in all der Zeit nur eine einzige Pflanze auf dem Gewissen hatte. Vielleicht waren es auch zwei gewesen, aber was konnte Elsy schon dafür, wenn eine ominöse Krankheit über einen Schönpolster herfiel. Einen grünen Daumen zu entwickeln war das eine, Pflanzendoktor zu werden stand auf einem völlig anderen Blatt geschrieben.

Trotzdem, sie war stolz auf sich, weil sie es versucht und nicht im Vorfeld die Flinte ins Korn geworfen hatte. Zudem hatte sie sich kürzlich an die Reparatur eines kippeligen Pflanzenständers gewagt. Solch alte Schmuckstücke gab es heute fast gar nicht mehr zu kaufen. Eine Reparatur war die einzige Möglichkeit. Und es hatte funktioniert. Was wäre die Welt bloß ohne Akkuschrauber und Erklärvideos im Netz!? Obwohl, eine Heißklebepistole war auch nicht zu verachten.

Elsy fegte gedankenverloren den Steinboden. Erde säumte den Pflanztisch, den sie kurzfristig in der Mitte des Raumes für ihre Tätigkeit aufgestellt hatte. Wenn der Inspektor gleich kam, wollte sie sich nicht die Erde durch das gesamte Untergeschoss tragen und später wischen müssen. Sie ertappte sich selbst, wie ihre Gedanken wiederholt zum Inspektor abdrifteten. Was wollte er? Was gab es zu klären? Sollte das Gemeindehaus wieder geöffnet sein und sie bekam ihren Schlüssel zurück? Hm … Außerdem fragte sie sich, warum seine Nachricht so betont freundlich und zugänglich klang. Hatte er seinen Groll über ihr Einmischen bei Frances Millers Fall endlich überwunden? Elsy bezweifelte diesem Umstand. Inspektor Quinn gehörte sicherlich zu der nachtragenden Sorte.

Elsy würde es bald erfahren, denn nun ertönte die Türglocke. Sie streifte ihre Gartenhandschuhe ab und machte sich auf zur Eingangstür.

Demon, der sie bislang aufmerksam beobachtet und es sich zwischen Salon und Wintergarten gemütlich gemacht hatte, folgte ihr schwanzwedelnd. Er schaute zu ihr auf, sichtlich gespannt, wer geschellt hatte.

Fred war derweil nicht zugegen, er nahm einen Geschäftstermin in Hoktony wahr. Bedauerlicherweise, wie er fand, da er gerne bei dem Termin Mäuschen gespielt hätte. Er freute sich daher sehr, bei seiner Rückkehr die Neuigkeiten zu erfahren.

Bevor Elsy die Tür öffnete, betrachtete sie ihr Bild im großen Spiegel der Eingangshalle. Wie immer war sie sportlich-schick gekleidet, heute mehr sportlich als schick. Aber wenn man davon ausging, den ganzen Tag bis zu der Hälfte der Arme in Erde zu stecken, konnten man auch mal gut auf das Schick verzichten. Sie trug Jeans und ein T-Shirt. Und das T-Shirt war genau das, was jetzt ihre Aufmerksamkeit auf sich zog. Es war ein weißes Shirt mit Print. Mit schwarzen, fettgedruckten Großbuchstaben auf Höhe ihrer Brust prangte ein CRIMINAL MIND, frei übersetzt bedeutete es: Krimineller Verstand. Ha, der Inspektor würde begeistert sein. Im Spiegel lächelte sie sich selbst schelmisch zu. Sie liebte ihre Printshirts und dieses war, als Krimifan, eines ihrer liebsten. Was der Inspektor davon hielt, wollte sie lieber nicht wissen. Unbewusst strich Elsy ein paar verirrte Haare, die sich aus ihrem Zopf geschlichen hatten, zurück hinters Ohr. Ihre Hornbrille, die optisch sehr gut zu ihren braunen Haaren passte und ihre blauen Augen hübsch einrahmte, rückte sie auf dieselbe obligatorische Weise zurecht. Zu guter Letzt richtete sie sich gerade auf. Der Inspektor hatte so etwas an sich … Er löste bei ihr einfach das Bedürfnis aus, sich selbst größer zu machen. Sie nickte sich ein letztes Mal im Spiegel zu und öffnete daraufhin die Tür. Tja, das sollte was werden.

Inspektor Quinn stand in der Auffahrt und betrachtete prüfend die Außenfassade. Als Elsy die Tür öffnete, schweifte sein kritischer Blick über sie hinweg. Zwar verharrte sein Blick nur kurz auf der Aufschrift ihres T-Shirts, aber Elsy entging es trotzdem nicht.

Sie musste sich ein Schmunzeln verkneifen. »Hallo, Inspektor!«

»Miss Moore, guten Tag!«, begrüßte er sie mit seinem tiefen Bariton. Amüsiert schaute er auf Demon hinab, der neben Elsy Stellung bezogen hatte. Inspektor Quinn lächelte mit solch einer Selbstsicherheit, dass es nahezu an Arroganz grenzte. »Ihr kleiner Aufpasser ist wirklich immer dabei, oder?«, bemerkte er trocken.

Elsy bemühte sich, nicht die Nase zu rümpfen. Für gewöhnlich hätte sie Demon sofort verteidigt und dem Inspektor eine passende Antwort vor die Füße geschleudert, aber etwas hielt sie ab. Der Inspektor sah angeschlagen aus, zumindest zeugten die leichten Schatten unter seinen Augen davon. Wahrscheinlich setzten auch ihm der Unfall und dessen Untersuchung zu. »Wenn es sich einrichten lässt. Klar!«, gab Elsy daher freundlich zurück. »Bitte, kommen Sie herein!«

Nachdem Elsy die Tür hinter ihm geschlossen hatte, deutete sie ihm an, ihr zu folgen. »Möchten Sie einen Tee? Oder darf ich Ihnen etwas anderes anbieten?«

»Nein, vielen Dank. Ich möchte Sie auch gar nicht lange aufhalten. Bitte, Sie können gerne Ihrer Arbeit nachgehen, während wir sprechen.«

Während wir sprechen …? Elsy grübelte. Das war genauso nichtssagend wie das *Es gibt etwas zu klären* aus seiner Textnachricht. Mit Mühe und Not hielt sie es aus, nicht nachzufragen, sie wusste, wenn sie ihn drängte, würde er nur schwer mit der Sprache herausrücken. Wie hieß es so schön: Abwarten und Tee trinken, oder wie in ihrem Fall: Abwarten und Blumen pflanzen.

Der Weg in den Wintergarten war kurz und verlief schweigend. Demon trabte hinter ihnen her und beobachtete den ihm fast fremden Mann. Schnüffelnd reckte er seinen Kopf in die Höhe.

»Wenn Sie nichts dagegen haben, sprechen wir hier im Wintergarten. Ich topfe gerade ein paar Pflanzen um«, erklärte Elsy, als sie das Zimmer betrat. »Bitte, Sie können sich gerne setzen!« Gleich darauf stellte sie sich zurück an den Pflanztisch. In seiner Gegenwart hatte sie gern etwas zu tun. Es war ein Reflex, weil mit ihm zusammen in einem Raum immer eine gewisse Anspannung herrschte. Außerdem fungierte der Tisch auf diese Art wie ein Schild zwischen ihnen. Und das kam ihr sehr gelegen. Seit seiner Ankunft schien der Wintergarten nämlich auf ominöse Weise um die Hälfte geschrumpft zu sein.

»Nein, danke, das wird nicht nötig sein«, lehnte der Inspektor beiläufig ab, während er den Garten überblickte. Er nickte anerkennend. »Ein schöner Raum. Aber er bedeutet bestimmt viel Arbeit.«

Aha, der Inspektor setzte also auf Smalltalk. Bloß wozu? »Da haben Sie recht. Ich muss mich jeden Tag kümmern. Aber Fred hilft bereitwillig mit, also hält es sich in Grenzen.«

»Mr Smart geht es gut?«, horchte Quinn interessiert nach.

Elsy vermutete, er wollte erfahren, wo sich Fred befand. Sie tat ihm den Gefallen und beantwortete seine unausgesprochene Frage. »Danke der Nachfrage. Fred geht es gut. Er ist derzeit in Hoktony, für einen Geschäftstermin. Ich erwarte ihn in einer Stunde zurück.«

Der Inspektor nickte zufrieden und stellte sich ihr gegenüber an den Pflanztisch.

Kurz betrachtete Elsy den Inspektor aus den Augenwinkeln. Wie an jedem Tag trug er einen dunklen Anzug in Kombination mit einem hellen Hemd. Auf eine Krawatte verzichtete er. Noch nie hatte sie ihn mit einer gesehen. Elsy vermutete eine Aversion seinerseits. Was durchaus nachvollziehbar war, die konservativen Saucenfänger waren in der Gesellschaft eh völlig überbewertet. Gedankenverloren schaute sie hoch zu seinem Gesicht. Von seinem Dreitagebart, den er sich neuerdings stehen ließ, ging eine ganz eigene Faszination aus. Täuschte sie sich oder wirkte sein Gesicht irgendwie markanter. Also seine blauen Augen wirkten definitiv … intensiver. Ja … Um Himmels willen! Über was dachte sie hier nach! Gehirn an … an Hormone. Nein! Nein! Dieser Mann ist kompliziert, arrogant und ein Besserwisser. Wir mögen nette Männer. Männer, die uns zuhören und freundlich zu Demon sind.

Elsy seufzte heimlich. Ja, Inspektor Quinn war ein attraktiver Mann, da wollte sie sich nichts vormachen, aber Aussehen war eben nicht alles.

Gleich darauf beschlich Elsy ein schlechtes Gewissen. Sie kannte ihn doch fast gar nicht und hatte ihn schon verurteilt. Das war falsch. Zum anderen sah er wirklich müde aus. Sie hatte Mitleid mit ihm.

Elsys Blick wanderte weiter. Erst jetzt fiel ihr auf, dass er etwas Beiges in den Händen hielt. Ein kleines Päckchen, das in seiner Hand beinahe verschwand, lugte hervor.

Quinn, der ihren Blick bemerkte, lächelte überraschenderweise. »Für Sie!«, war seine kurze Erklärung und er reichte ihr das Päckchen.

Demon, der ein Knistern wahrnahm, lauschte von seinem Platz im Salon, wo er es sich auf einem Stück Teppich gemütlich machte. Er war wachsam, beschützte sein Frauchen immerzu, so klein er auch sein mochte.

»Danke!« Elsy begriff sofort, was es war. Der Inspektor hatte ihr einen Brownie mitgebracht. Q, der selbst Hobbybäcker war, wie sich letztes Jahr herausgestellt hatte, liebte Brownies mit karamellisierten Haselnüssen und Elsy vermutete, dass sich eben solch ein Brownie unter dem Papier verbarg. Sie freute sich über das Mitbringsel. Zum Großteil jedoch ließ es sie misstrauisch werden. Was führte der Inspektor im Schilde? Außerstande ihre Neugierde länger im Zaum zu halten, hakte sie nach: »Sie bringen mir einen Brownie … Warum?« Erwartungsvoll sah sie zu ihm auf. Zur Unterstreichung ihrer Entschlossenheit stemmte sie eine Faust in die Hüfte.

Träge lächelnd antwortete er ihr: »Es liegt mir fern, Ihre Intelligenz zu beleidigen, also komme ich direkt zum Punkt.«

Ein Kompliment! Aus seinem Mund! Er musste eindeutig etwas von ihr wollen.

»Erst einmal vielen Dank für Ihre Zeit. Der Grund, warum ich mit Ihnen sprechen wollte, ist der, dass ich Ihnen gerne ein paar Fragen zum Morgen des Unfalls von Josh Weatherbee stellen möchte«, erklärte er, als wäre es kaum von Belang.

Elsy versuchte schlau aus ihm zu werden. Seine normalerweise ernste Miene schien heute freundlicher, aufgeschlossener, aber hinter seiner Fassade schlummerte etwas. Da war sie sich sicher. Zweifelsohne hatte er eins seiner Polizei-Pokerfaces aufgesetzt. Freundlich genug, um den Menschen keine Angst einzujagen und bestimmend genug, um unterbewusst einen gewissen Druck auszuüben, der Menschen dazu verleitete, nichts zu verschweigen. Sah man jedoch darüber hinweg, stand ganz klar eine Frage im Raum: Warum hatte er überhaupt noch Fragen zum Unfall? Das war merkwürdig. Elsy hatte keine Zeit darüber nachzudenken, denn der Inspektor sprach direkt weiter.

»Wie es üblich ist, wenn ein solch junger Mensch von

uns geht, wird der Unfall natürlich untersucht. Von daher …
Können Sie mir bitte noch einmal genau erzählen, was an
diesem Morgen geschehen ist?«

»Sie meinen den Unfall? Oder von welchem Zeitraum
sprechen wir? Wie gesagt …, als es geschah, war ich draußen
an meinem Wagen.«

»Ich meine den gesamten Morgen. Wann die Helfer eingetroffen sind. Wer vor Ort war. Wer vielleicht schon früh-
zeitig gegangen ist. Gab es zwischenzeitlich Besuch? Wer
hat zum Beispiel welche Tätigkeiten ausgeübt. Solche Dinge.
Alles, was Sie mir erzählen können, ist wichtig.«

Augenblicklich wurde Elsy misstrauisch. Wenn Joshs
Tod einem Unfall geschuldet war, warum hatte der Inspektor
dann all diese Fragen? Das ergab keinen Sinn. Sie überlegte.
Ihn jetzt damit zu konfrontieren, würde unweigerlich dazu
führen, dass er wie ein scheues Reh davonlief, wobei der
Vergleich ziemlich hinkte, da man den Inspektor eher mit
einem mürrischen Bären vergleichen musste. Elsy spielte mit
und bemühte sich, ihm so detailgetreu wie möglich den Morgen zu schildern, doch viel mehr, als er ohnehin schon wusste, gab es nicht zu berichten. Denn die einzigen Menschen,
die vor Ort gewesen waren, hielten sich zum Zeitpunkt des
Unfalls nach wie vor dort auf.

Scheinbar unbeteiligt machte sich der Inspektor Notizen
auf einem kleinen Block.

Elsy entging dies nicht und sie war auf die nächste Frage
gespannt. Sie selbst nahm sich einen leeren Plastiktopf und
füllte ihn halb mit frischer Kakteenerde. Ein kleiner Sukku-
lenten-Zögling musste ein neues Zuhause finden.

»Gehe ich recht in der Annahme, dass Sie allein für die
Verpflegung an diesem Tage verantwortlich waren?«

Elsys Hand verharrte in der Luft. Was war das für eine
abstruse Frage, der Junge war bei einem Unfall ums Leben
gekommen. Wer fragte da nach dem Essen!? Im selben Mo-

ment machte es bei Elsy klick. Konnte es sein, dass es gar kein Unfall war? Wenn Q nach dem Essen fragte …, konnte es sein, dass Josh Weatherbee vergiftet worden war? Es musste so sein! Warum sonst fragte ein Polizist nach dem Essen.

»Miss Moore?«, machte der Inspektor sie aufmerksam.

Langsam hob Elsy ihren Blick. Sie wusste nicht warum, aber noch wollte sie nicht, dass er wusste, was ihr durch den Kopf ging. »Ja, genau, die Verpflegung kam von mir. Ich habe alles hier in der Küche von Stricktony Hall zubereitet. Es gab Schinkensandwiches mit körnigem Senf, selbst eingemachte Gewürzgurken von Jos Laden. Er bezieht sie von Mrs … – Sorry, ich weiß gerade ihren Namen nicht. – Und es gab eine Käseplatte, bestehend aus Cheddar und Stilton. Den Tee am Morgen habe ich vor Ort frisch aufgebrüht. Eine Mischung aus der Küche des Gemeindehauses. Das Mineralwasser habe ich auch bei Jo gekauft.« Nunmehr zweifelte Elsy an ihren eigenen Überlegungen. Konnte es wirklich sein, dass Josh vergiftet wurde? Sie alle hatten den Lunch gemeinsam eingenommen. Wenn das Essen vergiftet worden wäre, hätten sie alle betroffen sein müssen. Lag sie falsch …? Elsy haderte damit, ihre Gedanken mit dem Inspektor zu teilen, aber sie musste sich Klarheit verschaffen. Sie sah dem Inspektor fest in die Augen und fragte ohne Umschweife: »Wurde Josh ermordet? Wurde er vergiftet?«

Nur kurz blitzte etwas in den Augen des Inspektors auf. Seine Gesichtszüge bewegten sich keinen Millimeter. Dann schaute er in die Ferne, als müsse er genau abwägen, was er als Nächstes tun sollte, und seufzte schließlich. »Also gut. Da ich annehme, dass Sie mal wieder eigene Nachforschungen anstellen, wenn ich Ihnen nichts erzähle, ziehe ich Sie lieber selbst ins Vertrauen. Sie haben recht. Josh Weatherbee wurde ermordet. Er wurde vergiftet.«

Unglaublich … Schon wieder war ein Mord geschehen,

in Stricktony. Elsy war geschockt. Insgeheim hatte sie gehofft, dass sie falsch lag. »Aber wie? Und mit was?«, murmelte sie vor sich her.

»Über die genauen Umstände kann ich zum jetzigen Zeitpunkt wirklich nicht mit Ihnen sprechen, Miss Moore. Das führt zu weit. Dennoch wäre ich Ihnen dankbar, wenn Sie mir weitere Fragen beantworten könnten.«

»Natürlich!« Auch Elsy wollte, dass Josh Gerechtigkeit widerfuhr. Was auch immer geschehen war, es musste aufgeklärt werden. Zu gern wollte sie die Polizei unterstützen. Einen Unfalltod zu bearbeiten, war zweifelsfrei eine Herausforderung, jetzt eine Mordermittlung zu führen musste weitaus nervenaufreibender sein. Kein Wunder, dass Q einen abgespannten Eindruck machte.

»Liege ich mit meiner Vermutung richtig, dass das übrige Essen bereits weggeschmissen wurde?«

Elsy zog eine Grimasse, als sie sich erinnerte. »Jein. Mr Crispin wollte die Reste haben.«

Quinn hob interessiert eine Augenbraue.

»Fragen Sie nicht!« Elsy schüttelte den Kopf. »Bereits beim Lunch ist er über das Büfett hergefallen und als wir wieder zu arbeiten begonnen hatten, hat er mich gefragt, ob er die übrigen Sandwiches für sein Abendbrot haben könne. Na ja, und bevor Judy und ich die Bibliothek verließen, haben wir alles mitgenommen.« Elsy überlegte weiter. »Schon komisch … Ich meine, wenn Crispin damit zu tun haben sollte, hätte er dann selbst so viel gegessen und sich die Reste einpacken lassen? Wobei, dadurch das keine Reste mehr vorhanden sind, kann das Essen auch nicht mehr untersucht werden.«

Geduldig lauschte der Inspektor Elsys Ausführungen, erwiderte darauf jedoch nichts. Ihn beschäftigte eine andere Frage. »Hat jemand weitere Lebensmittel mitgebracht? Kuchen? Süßigkeiten?«

»Nein, nicht dass ich wüsste … Amber und Josh hatten eigene Trinkflaschen dabei. Aber die habe ich mit in die Spülmaschine gestellt und die ist natürlich schon durchgelaufen.«

Schnell machte sich der Inspektor einige Notizen.

Elsy kam ins Grübeln. Da die anderen Helfer und sie offensichtlich nicht vergiftet worden waren, musste der Mörder Josh gezielt vergiftet haben. Eine Wasser- oder Trinkflasche war dazu perfekt. Vorausgesetzt, das Gift konnte nur oral aufgenommen werden. Schließlich gab es vielfältige Wege, jemandem ein Gift zu verabreichen. Durch Elsys Krimiliebe war sie schon über den einen oder anderen raffinierten Giftmord gestolpert. Die Menschen würden sich wundern, was es alles für Möglichkeiten gab. Besonders hoch im Kurs war es, eine Giftspritze unauffällig zwischen zwei Zehen zu setzen. Ja, die Welt war ein durchtriebener Ort.

»Miss Moore!«, rüttelte der Inspektor sie wach. Seine Stimme hatte einen mahnenden Unterton angenommen. »Ich kann ja förmlich sehen, wie sich bei Ihnen die Rädchen drehen. Und Sie wissen, das ist eigentlich meine Aufgabe!«

Elsy lächelte unschuldig. Was sollte sie sagen.

»Dennoch, gibt es etwas, was Sie mir mitteilen möchten?«

»Ich denke nicht. In Anbetracht der Tatsache, dass Sie das Gift, das Josh umgebracht hat, kennen, bestimmt haben Sie eine Blutuntersuchung veranlasst, die sehr aufschlussreich war, werden Sie die besseren Schlussfolgerungen anstellen können.«

»Vermutlich.« Inspektor Quinn klang überzeugt. »Jetzt noch einmal zu den Anwesenden! Sie meinen außer den Helfern Mr Crispin, Mrs Gallagher sowie den Jugendlichen war niemand vor Ort?«

»Nicht dass ich wüsste. Aber ich war ja auch eine Zeit lang in der Küche und zwischendurch mal am Auto. Wobei, wenn jemand zu Besuch gekommen wäre, hätte ich es sicherlich mitbekommen. Aber …, die Türen standen zwischenzeitlich offen. Wir haben ab und an gelüftet. Der Farbgeruch war heftig. Natürlich hätte sich jemand hineinschleichen können … Nur, dass dieser Jemand dann nicht irgendwem aufgefallen wäre, ist relativ unwahrscheinlich. Ganz zu schweigen davon, dass er die Möglichkeit gehabt hätte, dass Essen zu vergiften. Ich meine, dann hätte der Mörder ja Russisch Roulette mit uns allen gespielt. Hm …« Elsy stellte die Sukkulente, die sie soeben eingetopft hatte, zwischen andere Pflanzen auf den Boden und überlegte weiter. »So eine, nennen wir es mal, unbekannte Variable halte ich für relativ unwahrscheinlich. Trotzdem, Sie könnten die Dorfbewohner, die ringsum wohnen, fragen, ob sie etwas gesehen haben.« Als Elsy sich wieder aufrichtete, grinste der Inspektor doch tatsächlich. »Was?«, fragte sie ein wenig verunsichert. Dass der Inspektor auf die Art lächelte, konnte man immerhin rot im Kalender anstreichen.

»Ich bin froh, dass Sie einsehen, dass das mein Job ist.«

»Ha ha!« Elsy konnte nicht anders und rollte die Augen.

Mit einem »Sehr schön!« ging der Inspektor trocken über ihre Bemerkung hinweg. »Weiter im Takt! Was können Sie mir über die drei Jugendlichen erzählen? Kennen Sie sie gut?«

Aha, der Inspektor war also nicht nur ein Besserwisser, sondern auch ein Feldwebel. Aber stressen konnte er sich alleine. Elsy ließ sich nicht drängen und überlegte in Ruhe. »Über Amber und Josh kann ich Ihnen kaum etwas erzählen. Ich weiß, dass Amber Hazels Schwester ist und Josh Ambers Freund. Josh ist … war viel bei Amber zu Hause. Er hat dort gegessen, geschlafen, es war wie ein zweites Zuhause für ihn. Nicht verwunderlich, dass sich Hazel und Josh ebenfalls angefreundet haben und Amber und Josh bei der Renovierung halfen. Hazel ist nämlich der Bücherwurm in der Familie, schon von klein auf. Sie wollten ihr einfach einen Gefallen tun. Obwohl … Josh hat sich auch dann und wann Bücher ausgeliehen, vor allem Ende letzten Jahres, bevor die Bibliothek renoviert werden musste.« Elsy zuckte mit den Schultern. Sie wusste wirklich nur sehr wenig über das Paar zu berichten. »Amber habe ich nur die zwei, drei Male getroffen, als sie bei der Renovierung geholfen hat. Eine selbstbewusste junge Frau. Sie lächelt viel und ist sehr freundlich … Sie lächelt wirklich sehr viel.« Elsy wusste nicht, warum sie es wiederholte, es war ihr schlichtweg aufgefallen … »Hazel ist die Einzige, die ich besser kenne. Sie hilft wie ich in der Leihbibliothek. Sie ist sehr belesen. Ein kluger Kopf. Sie scheint manchmal recht rational, aber das täuscht. Sie macht eben nur vieles mit sich selbst aus. Gott, sie ist so erwachsen für ihr Alter.« Dass Hazel ein wenig für Josh geschwärmt haben musste, ließ sie außen vor. Nicht auszudenken, der Inspektor stellte deswegen noch falsche Schlussfolgerungen an. Denn Elsy war eines klar, Hazel hatte ganz gewiss nichts mit dem Mord an Josh zu tun. Das sagte ihr zumindest ihr Bauchgefühl.

»Gut … Gibt es etwas, das ich über Mr Crispin wissen sollte? Außer dass er gutes Essen schätzt?«, meinte Quinn mit sarkastischem Unterton.

»Über Mr Crispin weiß ich leider auch nur wenig. Er ist zwar Teil des Ehrenamtes für die Leihbibliothek, aber ansonsten weiß ich nichts über ihn. Er spricht nicht viel über Privates. Er spricht lieber über andere«, konnte Elsy sich nicht verkneifen. »Er organisiert gerne«, versuchte sie es netter. »Ob er Josh kannte weiß ich nicht, aber ich denke nicht. Sie haben in den Tagen der Renovierung nur wenige Worte gewechselt und das will schon was heißen, da Josh ein wirklich angenehmer Gesprächspartner war. Tut mir leid, mehr kann ich zu Mr Crispin nicht beitragen.« Im Grunde wusste Elsy noch einiges über ihn zu berichten, sein Verhalten am

Tag des Unfalls hatte Elsy schockiert. Zudem half er selten in der Bibliothek aus und wenn, war er faul und redete lieber, als Dinge in die Hand zu nehmen. Eine Eigenschaft, die Elsy nicht mochte. Aber was nützten dem Inspektor diese Informationen. Letztendlich konnte sie nur über ihn lästern und das wollte sie nicht.

»Schon gut. Sie können nicht jeden kennen. Judy Gallagher war natürlich auch vor Ort. Was wissen Sie über sie?«

Das stimmte, selbst Elsy konnte nicht jeden der Dorfbewohner gut kennen, obwohl ihr viele Menschen Dinge ungefragt anvertrauten. Die Menschen im Dorf wussten, dass Elsy nichts ausplauderte, und so kannte sie das eine oder andere Geheimnis, ob sie wollte oder nicht. Und um diesen Umstand wusste auch Q, der in seinem Leben, sei es beruflich oder privat, mehr observierte als redete, und spekulierte eben jetzt auf dieses Wissen.

»Judy ist eine schweigsame Natur. Freundlich, allerdings nur wenig mitteilsam. Wir reden viel über Bücher, die wir lesen, und erarbeiten gemeinsam mit Hazel den Personalplan. Sie ist engagiert, was toll ist, weil wir nur sehr wenige sind, die hier wirklich anpacken.«

Inspektor Quinn nickte, als bestätigte Elsy seine Vermutung.

Elsy erinnerte sich an die Stunden vor dem Unfall und Judys Verhalten. Oft hatte sie Josh heimlich beobachtet und teilweise, und das war das Wunderliche gewesen, ihn traurig angeschaut. Noch immer verstand Elsy nicht, warum. Aber konnte sie dies dem Inspektor erzählen? Schon einmal hatte sie ihm eine Information zukommen lassen, die Josef Miller, den Besitzer des Gemischtwarenladens, in Teufelsküche gebracht hatte. Dies würde ihr nicht noch einmal passieren.

Als würde der Inspektor ihre Gedanken erahnen, hakte er nach: »Noch etwas?«

»Ich vermute, alles andere haben Sie längst in Erfahrung gebracht. Wie alt Judy ist und dass sie als Krankenschwester arbeitet, wissen Sie. Und dass Judy geschieden ist und allein lebt, ist ebenfalls kein Geheimnis.« Elsy zögerte, auch sie beschäftigten Fragen. »Haben Sie denn schon mit den Mädchen gesprochen?«

Mit einem Male schaute der Inspektor unzufrieden. Sein Kiefer hatte sich angespannt, worauf sein Grübchen am Kinn deutlich hervortrat. Dass Elsy Fragen stellte, passte ihm eindeutig nicht in den Kram. Mit einer Hand rieb er sich die Schläfen. Augenscheinlich um Zeit zu schinden und abzuwägen. Gewiss vermutete er, dass wenn er ihr nichts verriet, sie selbst nachbohrte. »Mit Mr Crispin und Mrs Gallagher habe ich bereits gesprochen. Mit den Conway-Schwestern habe ich gleich einen Termin. Um ehrlich zu sein, ich wollte zuerst mit Ihnen sprechen, bevor ich die Mädchen verhöre. Sie sind eine der wenigen, die die Mädchen kennen, und ich wollte Ihre Einschätzung erfahren.«

Elsy fühlte sich geschmeichelt. Muße darüber nachzudenken, hatte sie jetzt keine. Ein Wort, das er gesagt hatte, ließ sie hellwach werden. »*Verhören!?* Warum sagen Sie das so?«

Seufzend sprach er weiter: »In so einem Fall, liegt es nahe, sich den engeren Freundeskreis genauer anzuschauen. Amber und Hazel gehören zum Kreis der Verdächtigen.«

Elsy öffnete ihren Mund und schloss ihn wieder. Was sollte sie darauf erwidern!? Für sie war es eindeutig: Hazel war nicht der Mörder, und Amber war so verzweifelt gewesen … Nein, die zwei hatten sicher nichts mit dem Mord zu tun. Und um das zu beurteilen, brauchte man nur ein wenig Menschenkenntnis und Beobachtungsgabe. Sie überdachte ihre Wortwahl gut. »Da Sie meine Einschätzung hören wollten. Ich denke nicht, dass eine der beiden der Mörder ist.«

Jetzt lupfte der Inspektor eine Augenbraue. »Und ich sage Ihnen, dass es durchaus sein kann.«

»Warum? Okay, Hazel ist schlau, hätte also das geistige Potenzial einen Mord zu planen, aber sie mochte Josh. Und Amber war am Boden zerstört. Das ergibt keinen Sinn.«

»Dennoch, der Kreis der Verdächtigen ist begrenzt. Und …« Der Inspektor biss sich selbst auf die Zunge.

Elsy ließ nicht locker. Das konnte sie nicht. Er klagte gerade eine Freundin an und dies galt es zu verhindern. »Was *und*? Wenn Sie etwas wissen, dann sollten Sie es mir verraten. Sonst kann ich Ihnen nicht helfen.«

Quinn knirschte mit den Zähnen, für ihn ging das Gespräch gerade in eine völlig falsche Richtung.

Elsy verschränkte die Arme vor der Brust und starrte ihn an. Sie würde nicht lockerlassen. Diesmal nicht.

Und das schien auch Quinn zu bemerken. Er kannte ihre Entschlossenheit und wusste, wohin diese führte. Wenn er sie jetzt nicht miteinbezog, würde sie sofort eigene Nachforschungen anstellen. Und das musste er unter allen Umständen verhindern.

»Das Mittel, mit dem er vergiftet wurde. Es gibt einen Zeitfaktor, der eine Rolle spielt. Nur die Personen, die anwesend waren, können Josh ermordet haben. Sie sehen, die Situation ist prekär. So ungern ich die beiden Mädchen verdächtige, mir bleibt nichts anderes übrig.«

Elsy fühlte sich machtlos. Seine Argumentation war schlüssig, was konnte sie schon einwenden, trotzdem schien es falsch. »Verstehe«, gab sie nüchtern zurück.

Über die Unterhaltung hatte der Inspektor sein Pokerface offenbar vergessen und Elsy konnte sehen, dass einiges in ihm vorging. »Hören Sie, Miss Moore, ich bin Ihnen wirklich dankbar, dass Sie sich die Zeit genommen haben, aber jetzt muss ich Sie zwingend bitten, mir die Ermittlungen zu überlassen.«

Ah, daher wehte der Wind. Aber das konnte er vergessen! Wenn er eine Freundin beschuldigte, würde sie sicherlich nicht tatenlos zusehen.

Da Elsy nichts sagte, richtete er sich vor ihr auf und fixierte sie mit seinem Blick.

Vor einem Jahr noch hätte sein Verhalten Elsy stark verunsichert. Noch immer verunsicherten sie solche Situationen, aber nachdem sie letzten Herbst die Morde aufgeklärt hatte und sie begriff, wie tapfer sie eigentlich sein konnte, schreckte sie es nicht mehr so sehr.

»Außerdem muss ich Sie bitten, vor Mr Smart und Miss James Stillschweigen zu bewahren.«

»Diese Bitte ist …« Elsy wollte sagen *lächerlich*. Das sparte sie sich. Besser war es, klug zu argumentieren. »Sie wissen doch ganz genau, dass Fred und Imelda meine engsten Freunde sind. Und Sie wissen auch, dass sie verschwiegen sind. Natürlich werde ich mit ihnen darüber sprechen, und Sie sollten froh darüber sein. Vielleicht wissen die beiden etwas zu berichten, was Ihnen bei Ihren Ermittlungen weiterhilft. Hören Sie, ich weiß Ihr Vertrauen sehr zu schätzen. Sie wussten, ich mag Hazel und dennoch haben Sie mich um Rat gebeten. Ich versichere Ihnen, außer Imelda und Fred wird niemand davon erfahren.«

Das Gesicht des Inspektors entspannte sich ein wenig. »Aber ich bestehe darauf, dass Sie selbst nichts unternehmen!« Elsys unzufriedener Gesichtsausdruck reichte ihm wohl als Antwort und er sprach direkt weiter. »Miss Moore, so geht das nicht! Wissen Sie eigentlich, in welche Gefahr Sie sich begeben, wenn Sie selbst ermitteln! Wissen Sie, wie dumm das ist!«

Jetzt musste Elsy blinzeln. Kurz fühlte sie sich aus der Bahn geworfen und wusste nicht, was sie sagen sollte, aber dann packte sie das drängende Gefühl der Gegenwehr. Möglichst ruhig versuchte sie zu antworten. »Also jemanden als dumm zu bezeichnen, der Ihnen einen Mordfall aufgeklärt hat, macht wirklich keinen Sinn. Sie können verdammt noch mal sehr froh sein, dass wir Ihnen geholfen haben.«

Mit einem Male zeigten sich rote Flecken am Hals des Inspektors und er schnappte unwillkürlich nach Luft.

Elsy war irgendwie stolz auf sich. Und wie stolz Imelda erst einmal auf sie sein würde, wenn sie davon erführe. Anscheinend hatte ihre Freundin auf sie abgefärbt. Sehr gut! Mit Nachdruck stemmte sie ihre beiden Fäuste in die Hüfte und schaute ihn herausfordernd an.

Elsy hatte mit vielem gerechnet, nicht aber mit dieser Reaktion. Es war, als hätte der Inspektor nur einmal tief ein- und ausgeatmet und schon hatte sein Pokerface wieder Besitz von ihm ergriffen. Er machte dicht. Tonlos antwortete er ihr. »Verzeihen Sie, wenn ich unhöflich war. Das war unangemessen. Natürlich sind Sie kein dummer Mensch. Im Gegenteil. Nichtsdestotrotz war Ihr Verhalten verantwortungslos. Sie hätte niemals zu Mr Byrnes' Haus fahren dürfen, um Frances davon abzuhalten einen weiteren Mord zu begehen. Der einzige Grund, warum Sie das überlebt haben, war Glück. Das Glück, dass Frances Miller sie mochte. Dass sie keine Irre war, die in einer Stresssituation wahllos umherschoss. Sie hatten Glück, dass Frances keine Angst vor Ihnen hatte, sonst wären Sie vielleicht unlängst zum Kollateralschaden geworden. Und glauben Sie mir, so etwas gibt es. Ich habe es gesehen.«

Der Inspektor hatte recht, das stand außer Frage. Missmutig ließ Elsy die Arme sinken. »Ich verstehe ja, was Sie meinen. Und natürlich weiß ich, dass es gefährlich ist, eigene Nachforschungen anzustellen. Bloß …«

»Hazel ist eine Freundin und Sie wollen helfen«, beendete er für sie den Satz. Seine Stimme klang überraschend verständnisvoll.

»Ja!«

»Sehen Sie und deshalb sollten Sie uns die Arbeit überlassen und sich nicht einmischen. Wenn ich nämlich Constable Hall abstellen muss, damit er auf Sie aufpasst, fehlt mir eindeutig Personal für den Fall.«

Elsy fühlte sich, wie vor den Kopf geschlagen. »Das würden Sie nicht tun!?«

»Lassen Sie es nicht drauf ankommen!«

Elsy stöhnte innerlich, diese Unterhaltung lief im Kreis und ermüdete sie. »Können Sie mir wenigstens verraten, wann das Gemeindehaus wieder geöffnet wird und ich meinen Schlüssel zurückbekomme?«

»Das Gemeindehaus wird noch einige Tage abgesperrt bleiben. Sobald es freigegeben ist, gebe ich Ihnen Bescheid und Sie können den Schlüssel bei uns auf dem Revier abholen.«

»Danke«, seufzte Elsy knapp.

Plötzlich entstand eine Pause. Elsy vermied es, den Inspektor anzusehen, er sollte nicht wissen, dass sich ihre Gedanken nur so überschlugen. Sie stellte leere Plastiktöpfe ineinander und setzte sie auf den Boden. Ohnehin gab es nichts mehr zu sagen. Er wollte, dass sie sich nicht einmischte, und sie konnte und wollte es ihm nicht versprechen, da sie Hazel niemals im Stich lassen würde. Klüger war es, dass Gespräch hier enden zu lassen. »Also, Inspektor, haben Sie weitere Fragen?«, hakte sie nach, bemüht, möglichst neutral zu klingen. Sie zog ihre Gartenhandschuhe aus, ein unterschwelliges Zeichen, ihn verabschieden zu wollen.

»Nein, vielen Dank.« Auch die Stimme des Inspektors klang ruhig. Und irgendwie müde, allerdings war sich Elsy in diesem Punkt nicht ganz sicher. »Vielen Dank für Ihre Zeit.«

Elsy nickte lediglich und ging voran. Der Weg zum Empfang war kurz – eigentlich, gerade kam er ihr fürchterlich lang vor. Bewusst beschleunigte sie ihre Schritte. Kaum dort, schwang sie eine Seite der großen Flügeltür weit auf. Sie drehte sich, um zur Seite zu treten, und prallte beinahe gegen eine weiße Wand. Der Inspektor stand dicht hinter ihr. Er hatte ihr mit der Tür helfen wollen und griff über sie hinweg. Jetzt war sie zwischen ihm und der Tür eingeklemmt.

Nur flüchtig nahm sie einen Duft nach Zimt und Pfefferminze wahr, denn der Inspektor trat sofort einen Schritt zurück. Sie erinnerte sich an diesen Geruch. Letztes Jahr bei einem Spaziergang war Q zufällig über sie gestolpert. Und das im wahrsten Sinne des Wortes. Er hatte sie zu Boden gerissen. Unter ihm eingequetscht, konnte ihr dieser individuelle Geruch gar nicht entgehen. Ein angenehmer Duft, den Elsy momentan jedoch nicht würdigen konnte, denn sie war zu aufgewühlt.

Weiterhin stand der Inspektor dicht vor ihr. Sie hatte damit gerechnet, dass er fluchtartig das Gebäude verließ – das wäre zumindest das, was sie tun würde –, aber offenkundig hatte er andere Pläne.

Quinn schaute auf sie hinab, sein Blick war unergründlich. Angespannt rieb er sich den Nacken, bevor er zu sprechen begann. »Ich hoffe, Sie wissen, dass ich … dass ich Ihre kluge Art und Ihre Beobachtungsgabe sehr schätze. Mir liegt es fern, Sie zu verärgern und noch weniger möchte ich Sie beleidigen. Aber Ihre Unbesonnenheit bringt Sie in Gefahr und das kann ich nicht zulassen.« Seine Stimme klang entschlossen und irritierenderweise sanft zugleich. »Guten Tag, Miss Moore!« Sogleich wandte er sich ab und ging.

Elsy war so durcheinander, dass sie ihm mit offenem Mund hinterherstarrte. Was wollte er damit sagen …? Elsy war urplötzlich zehn Grad wärmer. Die Kälte, die ihr von draußen entgegenkroch, konnte ihr nichts anhaben. Ihr Schweißausbruch versprach Wärme für fünf Winter. Am liebsten hätte sie an ihrem T-Shirt gezupft, um sich selbst Luft zuzufächeln, nur schien ihr das wenig schicklich im Eingangsbereich von Stricktony Hall.

Ein letztes Mal schaute sie zum Inspektor, bevor sie die Tür gänzlich schloss. Von innen lehnte sie sich erschöpft gegen das schwere, kühle Holz und atmete hörbar aus. Es fühlte sich an, als hätte sie kurzzeitig verlernt, richtig zu atmen. Sie legte ihre Hände auf ihre Wangen und spürte ihre erhitzte Haut. Vermutlich leuchtete sie wie ein Glühwürmchen. Zumindest beschlug ihre Brille nicht.

Holy moly, was für ein Tag!

Elsy spürte augenblicklich ein verräterisches Kribbeln in ihren Adern. Was sie jetzt brauchte war Zucker. Wo waren bloß Cookies, wenn man sie brauchte!? Vielleicht sollte sie im Eingangsbereich ebenfalls eine Schale mit Plätzchen aufstellen. Elsy stöhnte und stieß sich schlaff von der Tür ab. Durch das aufreibende Gespräch mit Q hatte sie höchstwahrscheinlich mehr Kalorien verbrannt als durch einen Vormittag Gartenarbeit. Sie war offensichtlich unterzuckert und brauchte Energie. Postwendend kam ihr das Mitbringsel des Inspektors in den Sinn. Ein Brownie war jetzt genau das Richtige. Schokolade, Zucker, Fett: perfekt!

5

Am selben Tag, abends

»Das hat er gesagt …!?«, hauchte Imelda mit ihrer samtigen Stimme. Elegant ließ sie ihr Weinglas kreisen, bevor sie genießerisch einen Schluck nahm. Erneut richtete sie ihren Blick auf Elsy, die am Herd stand und für sie beide kochte, wie jeden Donnerstagabend. Sie hob eine Augenbraue und grinste verträumt. »Also *das* … ist verdammt heiß.«

Noch immer hallten die Worte des Inspektors in Elsys Gedanken wider: *»Mir liegt es fern, Sie zu verärgern und noch weniger möchte ich Sie beleidigen. Aber Ihre Unbesonnenheit bringt Sie in Gefahr und das kann ich nicht zulassen.«* Elsy musste sich schütteln, um davon Abstand zu gewinnen. Zudem hatte sie das Bedürfnis, auch ihre Freundin wachzurütteln, so wie sie dastand mit verklärtem Blick. Elsy hob ihren Kochlöffel und zeigte anklagend auf sie. »Für dich ist alles heiß, was der Inspektor tut oder sagt«, neckte sie sie. Gleich darauf mussten die Schalotten in der Pfanne dran glauben. Mit Schwung und vielleicht ein wenig zu energisch rührte sie durch das brutzelnde Gemüse.

»Gar nicht wahr!«, konterte Imelda gespielt beleidigt. »So oder so, ich wäre sehr gerne dabei gewesen. Gott, wenn er sich aufregt, dann spannt er immer so herrlich die Muskeln an.« – Hatte Imelda gerade geschnurrt? Elsy war sich nicht sicher, denn sie sprach direkt weiter. – »Uuuh! Er hätte dich wahrscheinlich am liebsten wie ein Barbar über die Schulter geworfen, dich in irgendeine Höhle geschleppt und dann für sich beansprucht.«

Zum zweiten Male an diesem Tage stand Elsy der Mund offen. Zweifelnd, ob ihre Freundin noch wirklich bei Sinnen war, antwortete sie: »Erstens waren das ganz sicher nicht seine Absichten, zweitens liest du eindeutig zu viele schlüpfrige Historienromane und drittens frage ich mich ernsthaft, ob ich dir *das* nicht abnehmen sollte.« Skeptisch, jedoch mit einem Schmunzeln in den Augen blickte Elsy auf Imeldas Rotweinglas. Kaum griff sie danach, protestierte Imelda.

»Papperlapapp, mir geht es ausgezeichnet! Meine grauen Zellen funktionieren einwandfrei. Außerdem, heute ist Mädelsabend. Ich übernachte bei dir, also darf ich so viel trinken, wie ich will.«

Elsy nickte gönnerhaft. Natürlich wusste sie, dass ihre Freundin noch klar bei Verstand war, Imelda hatte bis jetzt zwei Schlucke genommen. »Hast du großen Hunger?«, wechselte Elsy das Thema und öffnete das kleine und zugleich einzige Küchenfenster. Kochdunst sammelte sich an der eisigen Scheibe und tropfte in kleinen Rinnsalen nach unten. Draußen war es stockfinster.

»Einen Riesenhunger!«, stöhnte Imelda, als wäre sie kurz vor dem Verhungern, und prostete Elsy, die quasi allein kochte, zu. Imelda hatte lediglich zwei Schalotten in kleine Würfel geschnitten. Und das würde auch ihr einziger Beitrag zum Abendessen bleiben.

Elsy störte dies wenig, sie liebte es zu kochen, vor allem in Gesellschaft ihrer Freundin; ungeschminkt und eingekuschelt in die bequemsten Klamotten, die ihr Kleiderschrank hergab. Ohne Zweifel boten sie in ihren bunten Leggings, dicken Strickpullovern und -socken einen netten Anblick. Elsy trug dazu einen wirren Dutt zur Schau und Imelda bändigte ihre kurzen, welligen Haare mit einem breiten Stoffband, sodass ihre Frisur wie ein Turban daherkam. Aber wen kümmerte es, wenn es dafür gemütlich war.

Elsy rührte konzentriert in der Pfanne, noch hatten die

Zwiebeln nicht die gewünschte Farbe. An diesem Abend gab es Orecchiette in einer leichten Zitronen-Sahne-Sauce mit gebratenem grünen Spargel und Kochschinken. Ein raffiniertes und ebenso einfaches Gericht. Als Nächstes musste der Spargel zu den Schalotten in die Pfanne. In einem großen Topf Salzwasser garten die Orecchiette.

Hier im umgebauten, alten Pförtnerhaus, Elsys eigenem kleinen Reich, kochte sie nie aufwendig. Ihre schmale Landhausküche bot schlichtweg zu wenig Platz. Generell war Platz Mangelware. Trotzdem, Elsy liebte ihr winziges Häuschen, das sie ganz nach ihren eigenen Wünschen hatte einrichten können. Alles war in Creme, hellen Braun- und gedeckten Blautönen gehalten.

Ihr absoluter Lieblingsplatz im Haus war die Couch vor dem Kamin im Wohnzimmer. Genau dort lag jetzt Demon in seinem Körbchen eingekuschelt. Ein Feuer prasselte im Kamin und wärmte ihn im Schlaf. An einem Abend Ende Februar konnte es schon mal recht kühl werden in ihren vier Wänden. Das Haus stand frei und wenn ein kräftiger Wind von der angrenzenden Heide hinweg über Freds Grundstück fegte, war das alte Gemäuer der Kälte schutzlos ausgeliefert.

Elsy, die zum Parmesanreiben übergegangen war – der herrlich duftende Käse sollte als abschließende Krönung über das Nudelgericht gestreut werden –, versuchte ihre Gedanken zu sortieren. Dass Josh ermordet wurde und dann auch noch so heimtückisch mit Gift, war für sie kaum vorstellbar. »Ich wüsste zu gern, um welches Gift es sich handelt.«

Imelda, die gegen einen Küchenschrank lehnte und ihrer Freundin beim Kochen zuschaute, hatte nebenbei ebenfalls über den Mord nachgedacht. »Ja … Zumal wir darüber viel besser einschätzen könnten, wer als Täter infrage kommt. Einmal, weil wir dann wüssten, wann das Gift verabreicht wurde und zum anderen, weil wir so schlussfolgern könnten, wer überhaupt die Möglichkeit hatte, in den Besitz des Giftes zu gelangen.«

»Stimmt! Der Kreis der Verdächtigen ist gegenwärtig sehr gering: Crispin, Judy und die Mädchen. Es sei denn, es hat sich doch jemand in das Gebäude geschlichen … Tja, ich denke, Q hat vor allem die Mädchen auf dem Schirm. Und das ist das, was mir Sorge bereitet.« Leicht missmutig durchmischte Elsy die Orecchiette im siedenden Wasser. »Glaubst du, es ist dumm, Hazel und Amber als Verdächtige auszuschließen?«

»Ach, Elsy! Du hörst auf dein Bauchgefühl und das werde ich ganz sicher nicht als dumm bezeichnen. Und falls es dich beruhigt, ich sehe es genauso.« Imelda gesellte sich zu Elsy an den Herd und warf begierig einen Blick in die Pfanne mit dem Spargel. Augenblicklich grummelte es in Imeldas Bauch.

Beide Frauen lachten.

»Ich hoffe, du hast nicht schon wieder einen Fastentag eingelegt, nur um heute Abend zu schlemmen?«, wollte Elsy erfahren.

»Nein, davon hast du mich ein für alle Mal kuriert. Ich weiß jetzt, ich lebe gesünder, wenn ich mich ausgewogen ernähre und regelmäßig esse«, ahmte Imelda ihre Freundin nach, die ihr den Ratschlag unzählige Male gegeben hatte.

»Sehr schön! Davon abgesehen, und ich weiß, ich wiederhole mich: Du siehst toll aus! Ich möchte nicht wissen, wie viele Frauen dich um deine Figur beneiden.« Imelda war eine kurvige Frau. Feminin, eine wahrgewordene Venus von Milo. Wer wollte schon Size zero, wenn er solch einen Körper haben konnte.

Elsy hingegen war sportlich veranlagt. Ihr kleines Bäuchlein, das sie liebevoll ihre Kekswampe nannte, hatte sie ihrem überschwänglichen Konsum von süßem Gebäck zu verdanken. Dass dies weniger ausgewogen war, verdrängte sie selbstredend. Niemand war perfekt.

»Wir schweifen ab!«, ging Imelda nonchalant über Elsys Lob hinweg. »Also, so wenig ich Hazel und Amber auch kenne. Ihrem Verhalten nach zu urteilen, als Josh starb, denke ich nicht, dass sie als Täter infrage kommen. Amber war verzweifelt!«

»Dann bleiben lediglich Crispin und Judy. Weißt du etwas über sie?«

»Solange ich auch schon hier lebe, über Crispin weiß ich nichts Bedeutendes, außer vielleicht, dass er ein Schwätzer und Schnorrer ist.« Imelda machte eine wegwischende Handbewegung. »Wie er Q vom Unfall berichtete, sein Verhalten war geschmacklos!«

»Allerdings! Nur … was gibt es noch über ihn zu wissen? Soweit ich weiß, hat er bis zu seiner Pension im Finanzsektor gearbeitet, davon hat er einmal in der Bibliothek erzählt … Über Hobbys zum Beispiel weiß ich nichts. Klar ist wiederum, er ist verheiratet und lebt in diesem schicken Neubau an der Green Road.«

»Schick!? Dieser fürchterliche neumodische Kasten verschandelt das gesamte Stadtbild!«, empörte sich Imelda und übertrieb dabei ein wenig.

»Unser Glück, dass es so weit draußen liegt und es kaum jemand zu Gesicht bekommt.« Elsy schmunzelte kurz, bevor sie wieder ernster wurde. »Wie dem auch sei. Die Frage ist doch, wenn Crispin der Mörder ist – rein hypothetisch versteht sich –, welchen Grund sollte er gehabt haben, um Josh, einen Jungen, den er aus unserer Sicht fast gar nicht kannte, zu töten? Dasselbe gilt natürlich auch für Judy.«

»Keine Ahnung … Bei Judy im Besonderen ist ihr Background interessant. Sie als Krankenschwester kennt sich bestimmt mit allerlei Vergiftungen aus.«

»Guter Punkt!« Elsy erinnerte sich an Judys Blicke in der Bibliothek. Warum hatte sie Josh bloß so angeschaut?

Schnell schilderte sie Imelda ihre Beobachtungen, woraufhin diese weiter überlegte. »Schon komisch ... Hast du Q davon erzählt?«

»Nein! Wo denkst du hin. So was passiert mir nur einmal, jemand Unschuldigen ins Visier der Polizei zu bringen.«

»Verstehe. Ich hätte es mir auch verkniffen. Außerdem, so haben wir einen Vorsprung!« Imeldas Stimme klang wie im Singsang und ihr Lächeln hatte teuflische Züge angenommen.

»Einen Vorsprung!?«, echote Elsy skeptisch. Sie haderte mit sich. Noch vor ein paar Stunden hatte sie mit dem Inspektor über den Punkt, der eigenen Ermittlungen, diskutiert. Vermutlich nahm er an, dass sie seiner Bitte, nichts zu unternehmen, nachkam und jetzt ...

»Ja klar! Schließlich wollen wir helfen, Hazel und Amber zu entlasten. Wir müssen Q also in die richtige Bahn lenken. Ein Vorsprung nützt uns dabei.« Erneut prostete Imelda ihrer Freundin zu und nahm einen verdienten Schluck ihres Weins.

Elsy goss derweil die Orecchiette ab und spann weiter. Q hin oder her, Imelda hatte natürlich recht. Vielleicht hatte sie gerade nur einen schwachen Moment. Sie durfte sich einfach nicht von ihm einschüchtern lassen! Genau! »Lass uns überlegen, was Sinn macht ... Wir könnten *unauffällig* – logisch – Nachforschungen zu Crispin und Judy anstellen. Uns umhören und schauen, ob jemand im Dorf etwas Interessantes zu berichten hat. Q weiß ohnehin, dass ich dich und Fred einweihe. Das, was wir herausfinden, kann also von euch stammen.« Elsy lächelte verschwörerisch. »Wenn Q das rausfindet ... Der verhaftet uns.« Ein Glucksen kam über ihre Lippen.

»Gerne und jederzeit!«, gurrte Imelda freudestrahlend.

»O Gott, erspar mir deine Handschellen-Fantasien!« Elsy schüttelte grinsend den Kopf.

»Von Handschellen habe ich nichts gesagt.«

»Aber du hast daran gedacht«, erwiderte jetzt Elsy im

Singsang.

»Touché!«

Unvermittelt stöhnte Elsy auf und zog eine Schnute, ein Gedanke ließ sie nicht los. »Ich hoffe nur, es war ein Scherz, Marty auf uns anzusetzen.«

»Das ist gar keine Frage! Natürlich nicht. Q wollte lediglich seine Sorge um dich zum Ausdruck bringen, mehr nicht. Er mag dich, meine Süße!«

Elsy bezweifelte dies. »Ha ha! Nein, ganz bestimmt nicht. Er will nur nicht, dass sich ein Zivilist einmischt. Und das ist etwas völlig anderes. Das ist keine Sorge. So was nennt man ausgeprägtes Kontrollbedürfnis. – So und ich habe jetzt das Bedürfnis, meinen Herd zu kontrollieren. Rutsch rüber! Ich mache unser Essen fertig. Ich habe Hunger!«

6

Zwei Tage später, Samstagvormittag

Bauschige, kleine Wolken zogen am hellblauen Himmel vorüber und verdeckten die Sonne. Der kräftige Sonnenstrahl, der Elsy soeben noch wohlig gewärmt hatte, verebbte. Elsy seufzte und kuschelte sich tiefer in ihre heißgeliebte Regenjacke, die in einem wunderschönen Gelb leuchtete und im Inneren wunderbar weich gefüttert war. Ihren dicken, dunkelblauen Strickschal zog sie dicht an ihren Hals.

Hier im Dickicht des Waldes war es feucht und kühl. Und wenn sie der heutigen Wettervorhersage Glauben schenken durfte, würde es im weiteren Tagesverlauf auch nicht mehr viel wärmer. Aber es sollte trocken bleiben und das war doch schon mal was für Devon im Februar.

Elsy schaute sich um und genoss die friedvolle Ruhe. Farn säumte ihre Gummistiefel am Boden und über ihr raschelten die kahlen Äste der Bäume im Wind. Hier und dort machten Vögel auf sich aufmerksam, das Plätschern des kleinen Wasserfalls stimmte leise mit ein. Fernab der üblichen Pfade gab es nur Natur, Menschen verirrten sich selten an diesen mystischen Ort. Zumindest schien er für Elsy mystisch. Die Steine ringsum des kleinen Wasserfalls und des Baches, der aus ihm entsprang, waren moosbedeckt. Das saftige Grün leuchtete ihr entgegen. Nebel säumte gewöhnlich den Boden in den frühen Morgenstunden. Schwer und dick waberte er dann über den Grund und verbarg die sich schlängelnden Baumwurzeln an der Erdoberfläche. Wer wusste schon, was die alten, knochigen Bäume alles gesehen und zu berichten hatten.

Ein unstetes Rascheln ließ Elsy jetzt aufmerksam werden. Demon tauchte hinter einem Busch auf und lief aufgeregt auf sie zu. Er liebte es, im Freien zu toben, und wann immer Elsy konnte, ließ sie ihn.

»Na, mein Süßer, hast du ein paar Kaninchen aufgeschreckt!?« Elsy bückte sich und struwwelte Demon über seinen ohnehin schon zauseligen Kopf. Seine Zunge hing seitlich heraus und war mit Erdkrümeln übersät. Vermutlich hatte er Gras gefressen und die Wurzeln inklusive ein paar Lehmklumpen direkt mit. – Ganz genau wollte es Elsy auch lieber nicht wissen.

Demon schmiegte sich ihrer Hand entgegen und genoss brummend die Streicheleinheit. Besonders die Ohren ließ er sich gerne kraulen.

»Hast du Hazel schon entdeckt? Sie müsste eigentlich jeden Moment hier auftauchen …«, fragte sie ihren treuen Beschützer, die letzten Worte jedoch mehr an sich selbst gerichtet.

Gestern, am späten Nachmittag, hatte sich Hazel bei ihr gemeldet und sie spontan um ein Treffen an diesem Samstagvormittag gebeten. Sie wollte reden, mit ihr allein, unbeobachtet. Also verabredeten sie sich hier, in dem kleinen Wäldchen am Rande von Stricktony, in der Nähe von Hazels Elternhaus. Für beide war es zu Fuß ein Katzensprung. Den kleinen Wasserfall kannten die meisten Einheimischen, aber er lag abgelegen und so war es die perfekte Wahl, um ungestört zu reden.

Elsy war mehr als gespannt. Das kurze Telefonat hatte nicht viel hergegeben. Womöglich suchte Hazel einfach ein wenig Zuspruch, in der für sie dunklen Zeit.

Jetzt, da Demon seine Ohren aufrichtete, wusste Elsy, ihre Freundin konnte nicht weit sein. Sie schaute auf und hörte das Knacken von Ästen.

»Lauf los und begrüß sie!«, forderte sie Demon auf, der prompt losschoss.

Ein verzückter Aufschrei und Lachen ließ Elsy wissen, dass Demon sie gefunden hatte. Gleich darauf tauchte Hazel in ihrem Blickfeld auf.

Ebenso warm verpackt wie sie, trat Hazel mit bestimmten Schritten auf sie zu. Der feuchte, rutschige Boden schien ihr nichts auszumachen.

Je näher Hazel kam, desto deutlicher wurde Elsy, wie schlecht es ihr gehen musste. Hazels eh schon helle Haut war blass. Unter ihren Augen zeichneten sich dunkle Ringe ab, doch sie lächelte Demon freudestrahlend an. Elsy hatte also alles richtig gemacht, ihn mitzubringen.

»Hey, du!«

»Hey … Danke, dass du dir die Zeit nimmst!«

Elsy zögerte, bevor sie Hazel in den Arm nahm. Nicht jeder Mensch suchte nach Umarmung, wenn er trauerte. Hazel allerdings sah aus, als könne sie eine Umarmung gut gebrauchen. »Selbstverständlich! Ich freue mich, dass du dich gemeldet hast. Sollen wir ein Stück gehen?«

Als Hazel nickte, ging Elsy voran. Sie kannte die Gegend durch die gemeinsamen Spaziergänge mit Demon sehr gut und wusste um gut begehbare Pfade.

Kurz wurde es still zwischen den beiden.

Elsy sparte sich ein oftmals oberflächlich benutztes *Wie geht es dir*. Was sollte man darauf schon antworten, wenn man unglücklich war, weil ein Freund verstorben war. Nur wie begann man solch ein Gespräch? Am liebsten hätte sie ihr gesagt: Es wird alles wieder gut. Zumindest irgendwann. Aber wollte Hazel das jetzt hören, wo alles noch so frisch war. »Magst du mir verraten, warum du mich sprechen wolltest?«, schien Elsy die beste und ehrlichste Alternative.

»Ja, sicher … Ich weiß nur nicht, wo ich starten soll. Es

ist so viel passiert ... Amber geht es ziemlich schlecht. Sie ist jetzt in einer Klinik.«

Elsy hatte befürchtet, dass Joshs Tod Amber sehr stark mitnahm. Dass sie infolge ihrer Trauer medizinisch betreut werden musste, hatte sie jedoch nicht geahnt.

»Seit gestern ist sie dort.«

»Das tut mir leid.«

»Schon gut. Das wird ihr helfen.« Für ein Mädchen von sechzehn Jahren klang ihre Antwort sehr erwachsen. »Außerdem ... vielleicht ist es ganz gut, dass sie dort ist«, sagte sie zögerlich.

Jetzt wurde Elsy hellhörig. »Wie meinst du das?«

»Weil sie so nicht verhaftet werden kann«, meinte Hazel als logische Konsequenz.

Elsy blinzelte. Sie fühlte sich alarmiert. »Wie kommst du denn auf die Idee, dass sie verhaftet werden könnte.« Elsy musste aufpassen, was sie sagte, immerhin hatte sie dem Inspektor versprochen, nicht über den Tatbestand des Mordes zu sprechen.

»Mensch, Elsy, ich bin nicht blöd! Natürlich weiß ich, dass die Polizei Amber und mich verdächtigt. Josh wurde ermordet und wir sind das Offensichtliche. Die einfache Wahl, den Fall schnell abzuschließen.«

Damit war Elsys Frage geklärt, ob Q die Mädchen mit dem Mord konfrontiert hatte. Es blieb jedoch die Frage, ob sie wussten, wie es geschah.

Dem Anschein nach musste Elsy unentschlossen gewirkt haben, denn Hazel ging auf sie ein. »Ich weiß, dass du weißt, dass Josh ermordet wurde. Der Inspektor ließ so was fallen: Er hätte dich befragt, bevor er zu uns kam. Und wie ich dich kenne, hast du eins und eins zusammengezählt und wusstest schnell, was los ist.«

»Ja, das stimmt«, gab Elsy zu.

»Elsy! Ich brauche deine Hilfe!«, verkündete Hazel unvermittelt. »Wir müssen herausfinden, wer Josh das angetan hat!«

Automatisch sprang Elsys Beschützerinstinkt an. Dass Hazel irgendwelche Nachforschungen anstellte, kam ja mal gar nicht infrage! – Ein kleiner, nagender Einfall blitzte kurz in ihrem Gedankenchaos auf. Ob sich der Inspektor so immer mit ihr fühlte? Schnell schob sie diese irritierende Idee beiseite und konzentrierte sich auf das Hier und Jetzt. »Also mal langsam! Was genau hast du vor?«

»Noch gar nichts … Ich habe nur Angst. Wenn die Polizei nichts weiter findet, dann werden sie Amber verhaften. Und das kann ich nicht zulassen. Ich muss ihr helfen.«

»Das kann ich verstehen. Nur wie kommst du auf mich?«

»Der Teetassenmörder!?« Hazel lupfte eine Augenbraue. »Es gibt das Gerücht im Dorf, dass du mit der Aufklärung der Morde zu tun hattest. Und na ja, ich kenne dich, also bin ich mir sicher, dass es kein Gerücht ist. Also, was sagst du?«

Hazel sprach das aus, was Elsy seit geraumer Zeit befürchtete. Zwar hatte sie bislang niemand im Dorf darauf angesprochen – okay, Josef wusste selbstredend Bescheid –, aber dass es das Gerücht überhaupt gab, schmeckte ihr gar nicht. »Ja, es stimmt. Und ja, ich werde dir gerne helfen. – Auch wenn ich deinen Part auf ein Minimum beschränken möchte. Das ist viel zu gefährlich. – Bloß … Hazel, warum gehst du davon aus, dass sie vor allem Amber ins Visier nehmen?«

»Weil … weil …« Hazel rang mit sich. »Das, was ich dir jetzt sage, musst du für dich behalten! Es ist nichts Schlimmes. Dennoch, es ist nicht mein Geheimnis, sondern Ambers, und ich finde, im Normalfall sollte es jedem selbst überlassen sein, darüber zu sprechen.«

Elsy war gespannt und unschlüssig. Wenn sie Hazel half, würde sie schließlich Imelda und Fred miteinbeziehen. »Hör mal, Hazel, ich möchte ganz ehrlich sein. Denn das, was du dir wünschst, wird schwierig umzusetzen sein. Als ich mich damals wegen Hide umgehört habe, war ich nicht allein. – Und das, was ich dir jetzt sage, bleibt auch unter uns, okay! Imelda und Fred waren mit von der Partie. Wenn ich also Nachforschungen anstelle, werde ich die beiden einweihen.«

»Ach so … das. Ja das dachte ich mir. Die zwei gehen, denke ich, klar. Sie sind vertrauenswürdig«, winkte Hazel ab.

Gott, dieses Mädchen war unglaublich. Der Geist einer Achtzigjährigen im Körper einer Sechzehnjährigen. »Wenn das für dich in Ordnung ist, verspreche ich dir, es bleibt unter uns.«

»Gut! Wo fange ich an … Amber ist krank. Wobei ich das Wort *krank* in diesem Zusammenhang irgendwie nicht mag. Sie hat schlimme Depressionen.« Hazel sah Elsy aus den Augenwinkeln an, als erwartete sie eine Reaktion.

Elsy war überrascht, dass es Amber derart schlecht ging, auch wenn sie Ähnliches vermutet hatte. Amber hatte bei den Renovierungsarbeiten ständig gelächelt. So viel, dass es den Eindruck machte, sie verbarg etwas vor ihren Mitmenschen. Jetzt wusste sie es genau. Elsy beurteilte es nicht, sondern empfand einfach nur Mitgefühl. Aufmunternd lächelte sie Hazel zu, die daraufhin weitererzählte.

»Seit Kurzem hat sie für ganz besonders schlechte Tage ein bestimmtes Medikament. Es enthält unter anderem Diazepam, vielleicht sagt dir das was. Es ist heftig und bislang hat sie es auch erst einmal genommen. Und exakt dieses Medikament ist jetzt unser Problem. Es wurde in Joshs Blutkreislauf gefunden.«

Ein »Oh« schlüpfte über Elsys Lippen. »Verstehe. Für die Polizei liegt demnach nahe, dass jemand von euch Josh vergiftet hat.«

»Ja und nein. Als der Inspektor zu uns kam, waren Dad und ich zunächst sehr skeptisch, aber er war echt supernett!«

Hazel lächelte verhalten, ihre Wangen färbten sich leicht rosig.

Interessant … Der Inspektor hatte doch tatsächlich seinen Charme spielen lassen.

»Er erinnert mich total an meinen großen Cousin. Der ist auch so ein Beschützertyp. Groß, muskulös … Der Inspektor wirkt bestimmt auf die meisten Menschen einschüchternd. Mein Vater hat, wenn ich mich nicht täusche, auch kurz geschluckt, als er vor ihm stand. Im Grunde, denke ich, ist Inspektor Quinn ein lieber Kerl.«

Ja das war ja mal eine Einschätzung. *Lieber Kerl!* Was Q wohl davon halten würde? Elsy musste schmunzeln.

»Jedenfalls war es ein freundliches Gespräch. Und er hat uns direkt reinen Wein eingeschenkt, dass Josh ermordet wurde und mit was. Er wollte dann von uns wissen, ob wir das Medikament kennen. – Ein krasser Ansatz, einen potenziellen Verdächtigen damit zu konfrontieren, findest du nicht? Wahrscheinlich war es der einfachste Weg. Garantiert hätte er sonst unser Zuhause auf links drehen und alles durchsuchen müssen. – Außerdem hat er uns erzählt, dass Josh eine derart große Menge von dem Medikament im Blut hatte, dass, auch wenn er sich nicht den Kopf gestoßen hätte, er daran gestorben wäre.«

»Und habt ihr ihm von Ambers Problemen verraten?«

»Das ging gar nicht anders. Auch wenn's komisch war, einem völlig Fremden davon zu erzählen. Meine Eltern haben das übernommen. Amber ging's da schon sehr schlecht. Sie hat nicht viel gesagt. – Darüber hinaus wollte er wissen, wer außer uns von Ambers Sorgen weiß und von dem Medikament.«

»Vermutlich nicht viele!?«

»Meine Eltern, Josh und ich. Sonst niemand! Und damit kommen wir zum Problem. Der Inspektor bat uns nämlich daraufhin nachzuschauen, wie viele Tabletten noch im Röhrchen enthalten sind. Wir zählten nach und da Amber bislang nur eine genommen hatte, wussten wir, fünf Stück fehlen.«

Hazel hatte recht. Zweifellos machte sie dieser Umstand verdächtig. »Wisst ihr, seit wann die Tabletten verschwunden sind?«

»Amber hat keine Ahnung. Sie hat nicht darauf geachtet.«

»Hat sie sie immer dabei?«

»Ja, für Notfälle.«

»Okay … Das heißt, die Tabletten können zu einem x-beliebigen Zeitpunkt entwendet worden sein. Wobei, dies würde voraussetzen, dass jemand weiteres von den Tabletten wusste. Schwierig … Der Kreis der Verdächtigen ist damit nämlich nicht eingrenzbar.«

»Ganz genau. Und deshalb ist meine Sorge, dass, wenn die Polizei nichts weiter rausfindet, sie irgendwann Amber oder mich beschuldigen.« Hazel ließ den Kopf hängen. Sie schien müde, erschöpft aufgrund all der Sorgen.

»Hey, uns fällt schon was ein. Im Übrigen, ihr habt gar kein Motiv! Oder sollte ich irgendetwas wissen?«

»Nein! Josh und Amber waren happy miteinander. Klar, Josh hing in letzter Zeit auch viel mit mir ab, aber Amber war nicht eifersüchtig oder so. Na ja und ich … ich mochte Josh – sehr. Aber deswegen bringe ich ihn ja nicht um. Das wäre ziemlich unlogisch. Dann hätte ich wohl eher meiner Schwester was antun müssen. Es sei denn, ich wäre die Verschmähte und die Tat ein verdrehtes Eifersuchtsding, nur das war es nicht. Ehrlich!« Hazel sah Elsy eindringlich an.

»Ich weiß! Und ich denke, der Inspektor vermutet dasselbe. – Die Krux ist, wer hatte ein Motiv? Josh ist in der Bibliothek vergiftet worden, folglich kommen im Weiteren nur Mr Crispin und Judy infrage. Allerdings wie sollten die beiden von den Tabletten deiner Schwester gewusst haben? Und was sollten sie mit Josh zu schaffen gehabt haben? Sie kannten ihn doch kaum. War sonst jemand an diesem Vormittag vor Ort? Als ich zum Beispiel in der Küche war. Übersehen wir jemanden?«

Hazel überlegte. »Nicht dass ich wüsste. Hm! Während des Lunchs waren wir alle in der Küche. Ambers und meine Sachen standen unbeobachtet im Eingangsbereich der Bibliothek. Rein hypothetisch hätte zu diesem Zeitpunkt jemand an unsere Taschen gehen können.«

»Das heißt, vielleicht gibt es jemand Unbekanntes. Jemand, der über euch drei mehr weiß. Mehr als euch bewusst ist.«

»Möööglich wär's.« Hazel zuckte mit den Schultern, wirkte jedoch wenig überzeugt.

»Hatte Josh Feinde?«

»Nein! Josh war beliebt, selbst in der Schule.«

»Auch beliebte Menschen haben Feinde. Es gibt immer Leute, die neidisch sind. So traurig das ist.«

»Ja, aber es gab keinen Hype um ihn. Er war ja nicht der Star des Footballteams!«, frotzelte Hazel und wurde daraufhin ernst. »Josh war eben Josh«, entgegnete sie traurig.

»Magst du mir ein bisschen über ihn erzählen!?«

»Sicher. Wo fange ich an … Josh war ein Einzelkind, und ich denke, deswegen war er so gerne bei uns. Er hat, wie du ja weißt, oft bei uns übernachtet. *Auch* weil seine Eltern ständig unterwegs sind. Das Bauunternehmen hält die Weatherbees auf Trab, sie sind gut im Geschäft. Joshs Eltern haben unfassbar viel Geld!« Hazel machte große Augen. »Sie wohnen in einem Palast! Ich war ein paarmal dort.«

Wo Geld ist, ist auch immer Twist, soviel wusste Elsy und lauschte aufmerksam.

»Josh hat man das jedoch nie angemerkt. Und seinen Eltern eigentlich auch nicht. Sie sind nett, wenn auch sehr geschäftsmäßig. Wenn ich seine Eltern sage, meine ich übrigens seinen Vater und seine Stiefmutter. Seine leibliche

Mum ist schon vor ein paar Jahren gestorben. Aber Isabelle ist toll. Sie ist so eine Taffe wie Imelda.« Hazel blickte vielsagend.

Ja, die Welt brauchte viel mehr Imeldas.

»Und Archie vergöttert sie. So einen Mann möchte ich auch einmal haben, der mich auf Händen trägt.«

Elsy war positiv überrascht. »Hört, hört! Sehr schön! Du weißt, was du willst.«

Hazel grinste.

Für Elsy war es schön, sie so zu sehen. Umso lieber hätte sie auf die nächste Frage verzichtet. »Habt ihr sie getroffen, nach dem Unfall?«

»Nur telefoniert. Die beiden haben die meisten ihrer Termine abgesagt und sind zu Hause. Sie wollen erst einmal Zeit für sich. Meine Mum hat mit ihnen gesprochen.«

»Verständlich …« Einen Moment verfiel Elsy ihren Gedanken. Zweifelsfrei wussten die Weatherbees längst, dass ihr Sohn ermordet wurde. Ob sie jemanden verdächtigten?

Hazel durchkreuzte ihre Überlegungen und sprach weiter: »Ich überlege die ganze Zeit, was uns weiterhelfen könnte. Ein Hinweis auf ein Motiv. Aber mir fällt nichts ein. Das einzig Auffällige war, dass er selbst sich in den letzten Monaten verändert hat. Er wurde zielstrebiger, hat viel gelesen, nahm zweimal in der Woche Nachhilfe – alles für den Abschluss. Er wollte studieren gehen und brauchte dafür einen guten Notendurchschnitt. Er hätte es bestimmt geschafft … Ach ja, und er hat sich endlich gegenüber seinem Vater ausgesprochen.« – Erneut hörte Elsy genau hin. – »Sein Vater wollte nämlich unbedingt, dass er irgendwann in die Firma einsteigt. Deswegen musste er einmal in der Woche im Büro aushelfen und er sollte *BWL* studieren.« Hazel sagte es auf eine Weise, als wäre das Fach eine ansteckende Krankheit. »Joshs eigener Wunsch war es, Kunstgeschichte zu studieren! Er hat sich ewig nicht getraut, es seinem Vater zu sagen, bis vor zwei Wochen. Die beiden haben heftig diskutiert. Und das letzte Wort war wohl auch noch nicht gesprochen. Nichtsdestotrotz, über kurz oder lang hätte Josh ihn überzeugt. Da bin ich mir sicher.«

Elsy versuchte, das Gehörte einzusortieren. Joshs Vorliebe für Kunstgeschichte erklärte das Interesse an Imeldas Brosche. Insgesamt erklärte Hazels Bericht sein Verhalten an diesem Tag. »Bestimmt!«, antwortete sie leicht verzögert. »Apropos Schule! Hatte er Kumpels, die schon mal mit euch abgehangen haben?« Elsy rollte über ihre Wortwahl selbst die Augen. Abgehangen! Sagte man das noch so?

Hazel jedoch verzog keine Miene und antwortete gleich. »Klar, hatte er Freunde. Vom Schwimmteam. – Die Jungs blieben nur meist unter sich. Vermutlich irgendein Männerding. Frag mich nicht!«

»Er war im Schwimmteam? Gab es da Rivalitäten?«

»Mit Sicherheit! Aber Josh war nicht besonders gut, also …«

»Können wir die Personen ausschließen«, beendete Elsy den Satz und sah sich um. Sie hatte Hazel so durch den Wald manövriert, dass sie es nicht mehr weit zu ihrem Elternhaus hatte. Ihr war wichtig, dass Hazel nicht lange alleine unterwegs war. Sie selbst wusste zumindest Demon an ihrer Seite, der aufpasste.

»Ich weiß ganz genau, was du da getan hast, Elsy Moore! Du hast mich nach Hause gebracht«, stellte Hazel trocken fest und malte dabei mit ihrem Finger einen wirren Pfad in die Luft.

»Schuldig im Sinne der Anklage.« Zum Spaß streckte Elsy abwehrend beide Hände in die Luft.

Jetzt da die beiden stehen blieben, kam Demon auf sie zugerast. Er bremste kurz vor Hazels Beinen.

Elsy durchschaute ihn, er wollte zum Abschied gestreichelt werden und Hazel tat ihm nur zu gern diesen Gefallen.

»Du, süße Maus!«, kicherte Hazel und mit einem Male klang sie viel jünger. Als sie sich aufrichtete, strahlte sie. Alles in allem schien ihr der Spaziergang gutgetan zu haben. Und die Hafercookies, die Elsy ihr nun überreichte, zauberten ihr ein weiteres Lächeln ins Gesicht. Die Papiertüte war zwar zerknautscht, weil sie in Elsys Jackentasche zu wenig Platz gefunden hatte, doch wen störte dies. Ein Blick in die Tüte genügte und Hazel grinste verschwörerisch. »Das gute Zeug! Danke!« Sogleich wurde sie ernster. »Und danke für deine Hilfe. Das bedeutet mir viel.« Hazel wirkte regelrecht erleichtert.

Elsy drückte ihre Hand, als sie sich verabschiedete. »Du weißt, ich kann dir nichts versprechen! Aber ich tue, was ich kann.«

Ein letztes Mal winkte Elsy ihrer Freundin zu, bis sie hinter den Bäumen, die zur Straße führten, verschwand. Im Nu zog Elsy ihr Smartphone aus der Jackentasche und nahm eine Sprachnachricht in der Stricktony-Hall-Gruppe auf. Dabei fasste sie sich kurz, pikante Details ließ sie erst mal außen vor. Irgendwie gehörten für Elsy derlei private Infos nicht in eine Sprachnachricht. Wichtig war, sie mussten mehr über das Medikament erfahren, um weitere Schlüsse ziehen zu können, und Elsy wusste auch schon, wer ihnen dabei helfen sollte.

7

Nervennahrung war immer eine gute Idee. Besonders in Form von Zimtkringeln. Da Elsy bereits zum zweiten Mal an diesem Tage zu früh dran war, nutzte sie die freie Zeit, um schnell einen Abstecher zu Jos Gemischtwarenladen zu machen, bevor sie sich in einer Viertelstunde mit Imelda vor der Apotheke traf.

Es war zwanzig vor eins, also kurz vor Ladenschluss. Elsy hoffte auf leere, ruhige Gänge, was an einem Samstagmittag schier unmöglich war. Aber hoffen durfte man doch!? Sie sandte ein Stoßgebet Richtung Universum, dass sie wenigstens von zwei ganz bestimmten älteren Damen verschont blieb, als sie die paar Stufen hinauf zum Geschäft nahm. Es war nicht so, dass sie die zwei Klatschbasen nicht leiden konnte, sie waren bloß anstrengend und nach ihrem Gespräch mit Hazel ging ihr so vieles durch den Kopf. Auf ein Gespräch mit den Damen, das oft einem verbalen Nahkampf gleichkam, konnte sie jetzt gut verzichten. Zudem wappnete sie sich längst vor eben solcher Art von Gesprächen, da die zwei am nächsten Dinnerabend auf Stricktony Hall dabei sein sollten. Allerdings musste sie eingestehen, dass die Einlagen der Schwestern zeitweilig auch etwas sehr Unterhaltenes an sich hatten. Tja, das dürfte was geben …

Elsy schmunzelte und schüttelte den Gedanken ab. Sie betrat das Geschäft, voller Vorfreude auf ihr Lieblingsgebäck.

Die schrille Türglocke, die im selben Moment ertönte, kündigte sie lautstark an. Augenblicklich waren mehrere Augenpaare auf sie gerichtet. Sie hatte recht behalten, der Laden war gut gefüllt. Selbst jetzt kurz vor Toresschluss tummelten sich zahlreiche Dorfbewohnern in den Gängen. Womit sie allerdings nicht gerechnet hatte, war das eine Augenpaar, das gerade am Tresen stand und dessen Einkäufe von Josef abkassiert wurden.

Elsy lächelte leichthin und nickte dem Inspektor und Jo zu. »Danke für nichts«, schmollte Elsy still und blickte im Geiste gen Himmel. Seit ihrem letzten Gespräch mit dem Inspektor waren kaum zwei Tage vergangen und Elsy wusste nicht so recht, wie sie nun mit ihm umgehen sollte. Sie stellte sich an den Postkartenständer am Eingang und studierte höchst interessiert die kitschigen Karten, die liebe Grüße aus Stricktony versprachen. Eigentlich hätte sie sich direkt an die Kasse stellen müssen, da sich dort die Auslage mit dem Gebäck befand, aber diesen Moment wollte sie hinauszögern. – Anscheinend war sie zu einem feigen Huhn mutiert. Langsam sickerte diese Erkenntnis in ihr Hirn. Zähneknirschend beschloss sie, dass sie diesen Umstand nicht dulden durfte. Sie straffte die Schultern und marschierte auf geradem Weg zur Kasse.

»Hallo, zusammen«, grüßte sie die beiden flüchtig. Sie wollte nicht stören, obgleich sie feststellten musste, dass sie sich gar nicht unterhielten. – An wem dies lag, musste Elsy nicht lange überlegen. Inspektor Quinn war eben ein wortkarger Typ. Der gute, alte Josef, der beständig wie eh und je mit kariertem Hemd, schütterem Haar und Schürze hinter dem Tresen stand, fragte stets ehrlich interessiert, wie es einem ging. Er war ein Mensch, mit dem man zu jeder Zeit einen entspannten Plausch halten konnte. Und das hatte sich auch nicht geändert, nachdem Elsy seine Frau des Mordes an zwei Dorfbewohnern überführt hatte. Zum Glück! Sie hatte schon befürchtet gehabt, zum Einkaufen ins nahe gelegene Hoktony fahren zu müssen. Aber diese Sorge hatte sich als nichtig erwiesen. Was hatte er gesagt, als sie das erste Mal nach Frances Verhaftung aufeinandertrafen … *Frances war einfach nicht sie selbst und ich bin froh, dass du sie von einer weiteren Tat abhalten konntest.* Und damit war die Angelegenheit für ihn erledigt gewesen; auch dem Inspektor trug er nichts nach. Hin und wieder sprachen er und Elsy über Frances, wie es ihr im Gefängnis ging und ob sie irgendwann auf eine Bewährungsstrafe hoffen konnte. Elsy war mehr als erleichtert, dass sie deshalb nicht einen Freund verloren hatte. Was der Inspektor über die ganze Angelegenheit dachte, konnte sie beim besten Willen nicht erahnen.

Unauffällig lugte Elsy zur Seite. Inspektor Quinn trug heute einen dunklen Pullover über seinem Hemd. Seinen grauen, klassischen Wollmantel hatte er ausgezogen und über seinen Arm gelegt. Automatisch blieb Elsys Blick an seinem breiten Kreuz hängen, leicht neigte sie ihren Kopf. Wenn sie sich nicht irrte …, hatte er mehr trainiert. Sie erinnerte sich, dass er täglich joggte. Nur, bekam man davon solch definierte Arme? Hm … So oder so, der Stoff seines Pullovers spannte sich um seine Muskeln und das war, so viel musste sie zugeben, recht nett anzusehen.

»Nicht fündig geworden?«, fragte Jo beiläufig und rüttelte sie wach. Geschickt sortierte er die Einkäufe des Inspektors in dessen schlichten, schwarzen Einkaufskorb. Kurz schaute er auf.

Elsy blinzelte wie eine verschlafene Eule. »Hä …? Ähm …« Gott, hatte Jo etwa ihre kleine Leibesvisitation bemerkt!? Und was war mit Q? Elsy sah erst in Jos Gesicht, dann rüber zu Quinn. Beide wirkten irgendwie unbeteiligt, wenn auch freundlich.

Als Elsy nicht antwortete, zog der Inspektor fragend eine Augenbraue nach oben. Seine kastenförmige, dunkle Brille, die er neuerdings häufiger trug, ging mit der Bewegung und verstärkte den kritischen Effekt.

»Nein«, antwortete sie knapp und beeilte sich etwas zur Erklärung hinterherzuschieben. Jo interessierte es stets, was Elsy von seinem Sortiment hielt. Vermutlich würde er seine eigene Wahl anzweifeln und das wollte sie nicht. »Ich habe nur eben nachgesehen, wie die Künstlerin heißt, die die Karten entwirft. Du weißt, mein Namensgedächtnis«, log sie aus der Not, obwohl ihr monumental schlechtes Namensgedächtnis nicht erfunden war.

»Manchmal frage ich mich, ob sie nicht ein wenig zu farbenfroh sind. Also ich als Mann würde sie wohl nicht kaufen. Na ja, aber wenn wir mal ehrlich sind, wer in einer Partnerschaft kauft die Grußkarten!« Jo sagte es, als wäre es ein ungeschriebenes Gesetz.

»Auch wenn ich durchaus Männern zutraue, eine Grußkarte zu kaufen. Ja, ich stimme dir zu, sie sind farbenfroh! Aber sind das Grußkarten nicht im Allgemeinen?«

»Vermutlich hast du recht.«

Ein kräftiges Gepolter, gefolgt von einem lauten, flehenden »Mr Miller!«, ließ die drei aufschrecken.

»Inspektor, Sie entschuldigen mich eine Sekunde! Ich fürchte, Finley hat mal wieder mit ein paar Dosen gekegelt.« Jo eilte halb zerknirscht, halb lächelnd davon. – Finley war ein Kind aus der Nachbarschaft, der Jo regelmäßig im Laden half. Seit Frances im Gefängnis saß, benötigte Jo Unterstützung. Finley, ein großgewachsener, kräftiger, mitten in der Pubertät steckender Junge erwies sich als perfekte Hilfe, trotz seiner Ungeschicklichkeiten.

»Sicher«, erwiderte der Inspektor ungerührt und schaute nachdenklich in die Gebäckauslage. Offensichtlich hatte er ebenso wenig Lust, sich zu unterhalten, wie sie.

Elsy folgte seinem Blick. In einer alten Glasvitrine aus den Fünfzigerjahren war das süße Naschwerk hübsch drapiert. Wer hier nichts fand, dem konnte man auch nicht helfen, fand Elsy. Wie jeden Tag gab es frisch gebackene Hafercookies, Lemonbars, Scones, eine Auswahl an Teegebäck mit Krümelkandis und Ingwer, Kirschtarteletts und … und … Moment! Wo waren ihre Zimtkringel? Blitzschnell suchte Elsy die Auslage ab. O nein! Das durfte nicht wahr sein! Die Zimtkringel waren aus. Missmutig entschlüpfte ihr ein Schnaufen.

»Alles okay bei Ihnen?«, fragte die tiefe Stimme neben ihr.

»Das Leben ist manchmal schonungslos ungerecht«, kommentierte Elsy trocken und entgegnete seinem fragenden Blick. »Und nein, ich verrate Ihnen nicht warum.« Elsy plapperte direkt weiter. »Davon abgesehen, danke noch mal für den Brownie. Wieder einmal sehr lecker.«

Unerwarteterweise umspielte ein aufrichtiges Lächeln Quinns Lippen. »Sehr gern.«

»Was höre ich da? *Sie* backen Brownies?« Jo klang zweifelnd und begeistert zugleich, als er hinter den Tresen trat.

Quinns Lächeln verebbte. Er schaute wieder ernst und Elsy vermutete schon, er würde dichtmachen, umso mehr überraschte sie seine Antwort.

»Mr Miller, Sie sind derjenige, der mir die Unmengen Schokolade, Butter und Kakao dafür verkauft. Was meinen Sie, was ich sonst damit anstelle.« Ein leicht süffisanter Unterton hatte sich in seine Stimme geschlichen.

Jo nickte anerkennend.

Elsy hingegen war baff. Hatte Inspektor William Quinn etwa gerade etwas über sich preisgegeben. Hier in Jos Laden, in aller Öffentlichkeit, wo es praktisch jeder mitbekommen konnte. Es geschahen noch Zeichen und Wunder.

Jo murmelte ein »Interessant …«, bevor er seine Worte erneut an den Inspektor richtete. »Das macht dann, bitte, 30 Pfund und 54 Pence.«

Kaum hatte der Inspektor den Laden verlassen, schenkte Josef seine gesamte Aufmerksamkeit Elsy. Mitfühlend sah er sie an. »Ich weiß, du bist enttäuscht. Die letzten beiden Zimtkringel sind gerade zur Tür hinaus.«

»Nein, hör auf!« Elsy schaute sich um und sah gerade noch, wie die Tür hinter Quinn ins Schloss fiel. Sie konnte es nicht glauben. »Seit wann kauft der Inspektor Zimtkringel?«

»Schon immer. Ihr beide seid meine besten Abnehmer.«

Elsy öffnete den Mund und schloss ihn wieder. Darauf fiel ihr beim besten Willen nichts ein. Aber es half alles nichts, ihr knurrte der Magen und so musste sie sich eben umentscheiden. »Dann nehme ich zwei Kirschtarteletts …« – Die für Imelda und sie selbst bestimmt waren. – »und zwei Lemonbars, bitte.«

»Leistet euch Efrem Gesellschaft?«, schlussfolgerte Jo. Er wusste um Efrems Vorliebe für Zitronengebäck.

Elsy musste schmunzeln. »Ich gehe stark davon aus, dass er uns später überraschen kommt.«

Kurz winkte Elsy Jo zu, als sie den Laden verließ. Und wäre dabei beinahe über jemanden gestolpert.

Inspektor Quinn kniete am Boden und band sich einen Schuh zu.

Was machte er noch hier? Elsy roch den Braten sofort. Natürlich! Er wollte wissen, ob sie Dinge über Josh in Erfahrung gebracht hatte.

»Kein Großeinkauf heute?«, fragte er, nachdem er sich aufgerichtet hatte.

In voller Größe überragte der Inspektor Elsy um einen ganzen Kopf. Für ihren Geschmack hätte er gerne am Boden bleiben können. Selbstverständlich hatte Elsy nichts gegen große, muskulöse Männer, aber so musste sie beim Sprechen den Kopf in den Nacken legen. Überhaupt stand er viel zu dicht bei ihr. Sein, ihr nur schon allzu vertrauter, Geruch aus

Zimt, Pfefferminze und einer bestimmten Hautcreme stieg ihr in die Nase. Apropos Zimt … Roch er deshalb nach Zimt, weil er Jos Zimtkringel ebenso gerne aß? Nein. Der Duft musste woanders herrühren.

Egal, das war Nebensache. Sie war dem Inspektor schließlich noch eine Antwort schuldig. »Nein, kein Großeinkauf. Nur Gebäck« Und wie zum Beweis hielt sie die Papiertüte nach oben. »Aber Sie haben einiges vor, wie ich sehe.«

Der Einkaufskorb des Inspektors war reich gefüllt.

Skeptisch blickte er auf seine Einkäufe. »Das ist nur das Nötigste«, winkte er ab. Seinem Korb zufolge aß er das Dreifache von dem, was sie am Tag verputzte. »Außerdem, das Wichtigste kommt noch. Mr O'Reilly hat mir ein paar Steaks zur Seite gelegt. Müssen Sie auch in die Richtung?«, hakte er nach und deutete an weiterzugehen.

Die Metzgerei der O'Reillys lag neben der Apotheke, ein Stück die Straße hinunter. Elsy hatte demnach denselben Weg. Sie nickte und ging voran. »Und gibt es zu den Steaks auch Beilagen dazu?« Elsy war einfach immer neugierig, wenn es ums Essen ging. Sie konnte gar nicht anders, als nachzufragen.

»Nur Ofenkartoffeln und Kräuterbutter. Für mehr ist heute Abend keine Zeit. Ich muss gleich aufs Revier zurück. Meine Schicht geht bis achtzehn Uhr.«

»Verstehe.« Sie lächelte verständnisvoll. Nach einem langen Tag wollte auch sie nicht ewig in der Küche stehen.

»Hören Sie, Miss Moore! Wenn Sie mögen, wir können gerne tauschen.« Inspektor Quinn richtete die Brille auf seiner Nase und schaute sie dann erwartungsvoll an.

Elsy war verwirrt. Wovon redete er? Bestimmt lag es an ihrem völlig verwunderten Gesichtsausdruck, denn der Inspektor beeilte sich zu sagen: »Ich meine die Zimtkringel. Meine Zimtkringel gegen Ihre … Was haben Sie gekauft?

Hafercookies?«

War der Mann noch ganz bei Trost! Wer tauschte Zimtkringel gegen Hafercookies!? Und vor allem … Das »Warum?« sprach sie laut aus. Was hatte *er* davon?

Das Lächeln, das der Inspektor nun auflegte, und das war mehr als ungewöhnlich, fiel definitiv unter die Kategorie: unterschwellige Hinterlistigkeit. Mit nüchternem Unterton antwortete er ihr: »Um ehrlich zu sein, möchte ich nicht der Grund sein, warum Ihr Bauch, wie haben Sie ihn noch gleich genannt – Kekswampe? – leidet.«

»Meine Kekswampe!«, spuckte Elsy fast lachend aus. »Gott, davon hätte ich Ihnen niemals erzählen dürfen!« Elsy gluckste, so laut, dass sie sich erschrocken eine Hand auf den Mund legte, um sich selbst zu bremsen.

Als sie zurück zum Inspektor blickte, musste sie feststellen, dass er ebenfalls breit grinste. Und Holy moly … schlagartig wurde ihr wärmer. Die Attraktivität des Inspektors war schon im mürrischen Zustand nicht von der Hand zu weisen, aber wenn er lächelte, war dies regelrecht … verstörend. Und so viel Selbsterkenntnis besaß Elsy, sich das einzugestehen. Schnell schaute sie in die Ferne, um ihre Gedanken zu sortieren.

»Also?« Elsy konnte noch immer sein Lächeln in der Stimme hören.

»Danke, aber nein, danke!«, sagte sie und sah nur flüchtig zu ihm. »Ich habe mir etwas anderes Schönes ausgesucht. Kirschtarteletts«, erklärte sie. »Außerdem spekuliere ich auf Paprikachips. Ich *liebe* Paprikachips. Kennen Sie die aus Linsen? Die sind *so gut*! Nichts gegen normale Kartoffelchips. Sie wissen, was ich meine. Aber Linsenchips sind toll! Und Imelda hat immer welche für mich vorrätig.« Himmel, warum redete sie so viel!? Sie sollte wirklich die Klappe halten.

Beim Inspektor war scheinbar nur eines hängen geblieben. »Sie treffen sich mit Miss James?«

»Ja, zum Tee.« Von ihrem vorab geplanten Abstecher in die Apotheke musste er ja nicht wissen.

»Ah. Haben Sie mit ihr und Mr Smart bereits über den Tatbestand gesprochen?«

Die Stimme des Inspektors klang wieder ganz geschäftsmäßig. Wenn sie ihn jetzt ansah, hatte er zweifelsohne seine Stirn in Falten gelegt. Elsy konnte nicht anders und schaute nach. Und behielt recht. »Das habe ich. Aber Fred und Imelda wussten weder über Josh noch über Crispin und Judy Interessantes zu berichten.« – Was der Wahrheit entsprach. – »Falls uns nachträglich etwas einfallen sollte, geben wir Ihnen Bescheid.« Elsy bemühte sich möglichst unbeteiligt zu klingen. »Wie laufen Ihre Ermittlungen?« – Eine gewagte Frage nach ihrer letzten Unterhaltung, allerdings auch eine nachvollziehbare. Wer fragte nicht.

»Zäh!«, lautete seine überraschend ehrliche Antwort. Nicht, dass der Inspektor häufig log. Sondern, dass er sich gegenwärtig in die Karten schauen ließ, war erstaunlich. »Es gibt zu viele fehlende Puzzleteile.«

»Tut mir leid zu hören!« Das *Wenn ich Ihnen helfen kann* sparte sie sich zu sagen. Er wollte nicht, dass sie sich einmischte, und sie würde einen Teufel tun, ihn misstrauisch zu machen. Außerdem schien er gerade recht ausgelassen, was sehr selten war, dafür aber umso amüsanter. Höchstwahrscheinlich lag es daran, dass sie über Oberflächlichkeiten sprachen. Würden sie über den Fall diskutieren, konnte die Stimmung nur kippen und es würde wieder Eiszeit herrschen. Dennoch, eines wollte Elsy erfahren. »Darf ich nachfragen, wann die Räumlichkeiten freigegeben werden?«

»Wenn alles läuft, wie geplant, kann ich Ihnen Dienstagabend zum Dinner Ihren Schlüssel mitbringen.«

»Das wäre schön.« Ja, das Dinner. Elsy überschlug im Geiste die Gäste der nächsten Gesellschaft. Mit dem Inspektor in Kombination mit den Damen Patel und Turner, den berüchtigten Klatschbasen, besaß der Abend Spannungspotenzial. Elsy war zwischen böser Vorahnung und der Hoffnung auf neue Informationen zu Joshs Fall, welche unter Umständen ein Gast beiläufig fallen ließ, hin und her gerissen.

Zwischen Metzgerei und Apotheke kamen sie nun zum Stehen.

»Und für Sie geht es jetzt gleich zur Arbeit zurück?«, deutete Elsy. Sie musste gestehen, sie hatte ein wenig Mitleid mit ihm. Keine Ahnung, wie viele Stunden er pro Woche am Schreibtisch saß.

»Ja. Aber morgen habe ich frei.« Eine Spur von Erleichterung huschte über sein Gesicht. »Ich muss mal raus. Den Kopf freipusten. Ich fahre ans Meer. Zum Blackpool Sands. Kennen Sie den Strand? Der ist nur eineinhalb Stunden Fahrzeit von hier entfernt.«

»Ich habe davon gehört. Er soll toll sein.« Elsy liebte das Meer. Besonders jetzt im Februar, wenn die See rauer und kühler war. Zwar konnte man nicht in die Fluten springen, aber allein am Strand spazieren zu gehen, wo der Wind einem wild um die Ohren wehte und die Luft salzig schmeckte, war ohne Zweifel ein Ausflug wert. Und genau in jenen Momenten der Erinnerung vermisste sie ihre alte Heimatstadt Plymouth, wo sie nur einen Katzensprung entfernt vom Meer gewohnt und wann immer sie es gelüstet hatte, dort spazieren gegangen war. Verträumt blickte Elsy ins Leere und sah die Bilder direkt vor sich. Leicht seufzend wandte sie sich wieder ihrem Gesprächspartner zu. »Ja dann, wünsche ich Ihnen viel Spaß.«

»Danke. Ich fahre nach dem Frühstück ... Also —«

»Ju – hu!«, unterbrach sie Imeldas unüberhörbarer Singsang. Mit großen, mondänen Schritten kam sie auf sie beide zu. Breit grinsend wie eine Katze, die eine Schale mit Milch vor die Nase gestellt bekam, scannte sie den Inspektor von oben bis unten.

»Bitte, was wollten Sie sagen?«, fragte Elsy und blickte zwischen Imelda und Quinn hin und her.

Imelda war in ihrem weit geschnittenen, dunklen Hosenanzug eine elegante Erscheinung. Ihre blonden, welligen Haare glänzten und ihre leuchtend roten Lippen brachten ganz gewiss den einen oder anderen Mann in Versuchung. So wie sie lächelte, musste sich der Inspektor warm anziehen. Schließlich liebte sie es, ihn zu necken.

Der Inspektor hingegen wirkte augenblicklich reserviert. »Nichts! Nichts Wichtiges!«, wiegelte er ab. Er nickte Imelda, die gerade vor ihnen zum Stehen kam, zu.

»Hallo, meine Süße!«, begrüßte Imelda ihre Freundin mit einer herzlichen Umarmung. Die Worte, die sie an den Inspektor richtete, zog sie genießerisch in die Länge. »Inspektor! Immer eine Freude!«

Unbeeindruckt von Imeldas langsamem Augenaufschlag, antwortete er kühl: »Miss James, guten Tag! Und wenn die beiden Damen mich nun bitte entschuldigen würden. Ich muss leider weiter.« Er deutete zum Metzger.

Hätte Elsy nicht gewusst, dass es kurz vor Ladenschluss war, hätte sie vermutet, er wolle flüchten. Obgleich er nicht wirklich den Eindruck machte. Sein Gesichtsausdruck hatte etwas Gelangweiltes angenommen. Wer wusste schon, welche Wahrheit sich hinter seinem Pokerface verbarg. An ihm scheiterte Elsys gute Menschenkenntnis gänzlich. Nie zuvor war sie einem undurchsichtigeren Menschen begegnet.

»Aber, Q, Sie dürfen noch nicht gehen! Zuerst müssen Sie uns verraten, wie die Ermittlungen laufen.« Imelda unterstrich mit einem munteren Nicken ihr Ansinnen.

Bröckelte da etwa sein Pokerface!? Die eine Silbe, das Q, das Imelda liebte, Elsy hin und wieder benutzte und dem

Inspektor selbst gar nicht gefiel, hatte ihn eindeutig kurz aufgeschreckt.

»Fragen Sie gerne Miss Moore, sie ist auf dem neusten Stand«, winkte er ab, trat dann aber einen Schritt erneut auf sie zu. »Mir ist nur wichtig, dass Sie keine Dummheiten anstellen!«, sagte er mit Nachdruck. »So eine Aktion wie vergangenen Herbst werde ich nicht ein weiteres Mal tolerieren.«

»Aber natürlich!« Imeldas Lippen zuckten und Elsy war sich sicher, sie tat es mit purer Absicht.

»Inspektor! Inspektor!«, machte plötzlich eine weitere Frauenstimme auf sich aufmerksam. Die Stimme klang aufgeregt, gehetzt, fast atemlos. Elsy musste sich nicht umdrehen, um zu wissen, zu wem sie gehörte.

Jetzt bröckelte das Pokerface des Inspektors definitiv. Elsy sah ihm deutlich an, dass er genervt war. An seiner Schläfe zuckte ein Nerv – mehrfach!

Mrs Prudence Patel, allseits bekannte Klatschbase, die offenbar heute nicht im Doppelpack mit ihrer Schwester unterwegs war, sondern allein für Aufregung sorgte, kam mit behäbigen Schritten auf sie zu. Das Alter der Frau belief sich immerhin auf über achtzig. Zwar war sie rüstig und kam im Leben gut zurecht, jedoch das Laufen ging meist nur mit Stock. »Sagen Sie, ist es wahr! Ist der junge Mr Weatherbee wirklich ermordet worden?« Weit aufgerissene Augen blickten zum Inspektor auf. So unschuldig wie Mrs Patel mit ihrer faltigen Haut, den ondulierten Haaren und ihrem kleinen Hütchen ausschaute, so faustdick hatte sie es in Wirklichkeit hinter den Ohren.

»Guten Tag, Mrs Patel. Bitte, beruhigen Sie sich!«, redete er auf sie ein. Höflichkeit ging beim Inspektor anscheinend vor.

»Papperlapapp! Mir geht es blendend.« Als würde ihre Geste ihren Worten Nachdruck verleihen, zog sie ihre

Tweedjacke straff nach unten. Prüfend ging ihr Blick zu Imelda und Elsy, »Die Damen!«, bevor sie abermals den Inspektor fixierte. »Hören Sie, Inspektor, verkaufen Sie mich nicht für dumm! Ich komme gerade von einer Freundin aus Hoktony und dort ist das Thema *Stadtgespräch*!«

Das hatte ja nicht lange gedauert. Kurz hatte Elsy befürchtet, der Inspektor würde sie zur Rechenschaft ziehen, dass sich ein Gerücht verbreitet hatte, aber wenn es aus Hoktony herrührte, wo Joshs Familie lebte, konnte man eins und eins zusammenzählen. Elsy war gespannt, was der Inspektor erwiderte. Somit waren nun drei Augenpaare auf ihn gerichtet.

»Mrs Patel, ich schätze, dass Sie sich sorgen, dennoch darf ich zum jetzigen Zeitpunkt nicht über den Fall Josh Weatherbee sprechen.«

Wenn Quinn gehofft hatte, damit aus dem Schneider zu sein, so hatte er nicht mit Mrs Patels Beharrlichkeit gerechnet. »Den Fall!? Also war es Mord? Herrgott, der arme Junge! Wir dachten, er sei von der Leiter gestürzt. Wie kommen Sie denn jetzt auf Mord?«

Imelda, die es ganz offensichtlich zu ihrer Lebensaufgabe gemacht hatte, den Inspektor, wo sie nur konnte, zu reizen, stimmte mit ein. »Ja, Inspektor, das würde mich ebenfalls brennend interessieren.« Unschuldig lächelte sie Mrs Patel zu.

Auch wenn Elsy diese Darbietung genoss, musste sie sich eingestehen, dass Q ihr leidtat. Der arme Kerl nutzte die Pause, um schnell ein paar Einkäufe zu erledigen und wurde mir nichts dir nichts belagert.

»Wie gesagt, die Damen —«, begann der Inspektor, mittlerweile hatte seine dunkle Stimme einen angespannten Unterton angenommen.

»Ach herrje!«, verschaffte sich Elsy Gehör. »Imelda, wolltest du nicht noch in die Apotheke? Sie schließt in zwei

Minuten.«

Der Inspektor schaltete sofort. »Gut, dass Sie es sagen, Miss Moore!« – Hatte er ihr gerade etwa unauffällig zugezwinkert!? – »Mr O'Reilly wartet sicherlich schon auf mich. Ich *muss* mich verabschieden. Die Damen, sobald wir mehr wissen, werden wir die Bevölkerung informieren. Guten Tag!« Derart schnell, wie der Inspektor kehrt machte, blieb gar keine Zeit für irgendeinen Widerspruch.

Mrs Patel blieb sprachlos zurück. »Also … also …«

»Sie entschuldigen uns bitte ebenfalls, Mrs Patel!«, schloss sich Elsy an und hakte sich bei Imelda unter. »Ein schönes Wochenende!« Eilig bugsierte sie ihre Freundin Richtung Apotheke.

Ein missgestimmtes »Danke, gleichfalls« kam nur murmelnd über Mrs Patels Lippen. Unzufriedenheit war gar kein Ausdruck für ihren Gemütszustand.

»Ja, sag mal, Miss Moore! Dass ich das erleben darf!« Imelda strahlte vor Begeisterung. »Nicht nur, dass du dich über das Dorfschrapnell hinweggesetzt hast. Du hast *ihm* geholfen!«

»Ja, ich weiß, ich habe ein weiches Herz … Unabhängig davon, es stimmt! Charu macht gleich zu. Und du weißt, wie genau sie solche Dinge nimmt.«

Charu Ansari war die Apothekerin des Dorfes. Gemeinsam mit ihrem Mann, Jadoo, der sie als pharmazeutisch technischer Angestellter unterstützte, führte sie das kleine Geschäft, welches im Erdgeschoss eines jahrhundertealten Kalksteinhauses zu finden war. Das Haus gehörte Imeldas Familie. Imelda selbst wohnte dort im Dachgeschoss.

Mit hochgezogenen Augenbrauen schaute Charu durch das große Sprossenfenster der Ladentür, sie wollte gerade abschließen. Elsy und Imelda hatten es im letzten Moment geschafft.

»Na, wen haben wir denn da!« Charu hielt ihnen die Tür offen, stützte jedoch wie zum Protest eine Hand in die Hüfte. Die zierliche Frau wirkte resolut. »Ihr zwei Hübschen wisst schon, dass wir gerade Feierabend machen!?«, teilte sie ihnen mit einem Lächeln mit und vollführte zeitgleich eine wegwischende Handbewegung quer durch den Raum.

Elsy lächelte breit und trat ein. »Und deshalb sind wir dir auch sehr dankbar, dass du dir kurz Zeit für uns nimmst.«

Charu schüttelte den Kopf und schloss hinter ihnen ab. »Bitte, was kann ich für euch tun?«, sagte sie, als sie um den alten, mit Porzellanfliesen verzierten Tresen ging.

Die kleine Apotheke entstammte eindeutig einer vergangenen Zeit. Dunkle Holzregale mit unzähligen Fächern gaben den Ton an. Modern war nur das Kassensystem und Jadoos kunstvoll bedruckte Körperpflegeprodukte, die prominent auf einem Tisch in der Mitte des Raumes ausgestellt waren.

»Mein Schatz!«, tönte Jadoos dunklere Stimme aus dem Hintergrund, der sogleich näher zu kommen schien. »Benötigst du Unterstützung?« Wie seine Frau erschien Jadoo, in einen weißen Kittel gehüllt, im Türrahmen. »Elsy! Imelda! Schön, euch zu sehen!«, freute er sich aufrichtig und gesellte sich zu ihnen.

»Du duftest nach Vanille und Pfirsich!«, stellte Elsy begeistert fest. Er trug eine ganze Wolke des Duftes mit in das Ladenlokal.

»Ein neuer Duft, für eine neue Seife!« Jadoo machte wundervolle Stücke Seife. Die naturbelassenen Rechtecke trugen unterschiedliche pastellige Töne, je nach Zusatz, und obenauf einen dekorativen Stempel als Eindruck. Und nicht nur das. Er entwickelte Körperöle, Gesichtscremes und Badekugeln. Während er für die kosmetischen Produkte in der Apotheke verantwortlich war, kümmerte sich seine Frau um die Arzneimittel.

Elsy überschlug im Kopf die Preise. Jadoos Pflegeprodukte waren kostspielig und ihr Gehalt erlaubte es ihr nicht, ständig shoppen zu gehen. Sie wog immer gut ab, was sie sich gönnte. »Es riecht so gut. Reserviere mir doch bitte zwei Stück. Meine Oma in Deutschland hat bald Geburtstag und ich möchte ihr auch eine schenken. Kennt ihr das: Sie legt Seifenstücke in den Kleiderschrank zwischen die Wäsche, damit sie lange frisch riecht. Oder ist das so ein Oma-Ding, was heute keiner mehr kennt?«

Jadoo zuckte lediglich mit den Schultern. Elsy vermutete, er sagte aus Höflichkeit nichts.

Imelda wurde deutlicher. »Ganz klar, ein Oma-Ding!«

»Ein Oma-Ding«, stimmte Charu mit ein.

»Egal, meine Omi wird sich freuen!«

»Ich lege sie dir gerne zurück«, versprach Jadoo und verabschiedete sich darauf. »Ihr entschuldigt mich. Die Arbeit ruft. Ich versuche mich noch an einer weiteren Kreation: einer Blütenmischung! Sie ist eine Komposition von meinem Onkel aus Mumbai und für ein wohltuendes Massageöl bestimmt. Imelda! Was für dich?«

»Führe mich nicht in Versuchung!«, spaßte Imelda und wackelte mit den Augenbrauen.

»Aber immer!« Jadoo lachte kopfschüttelnd und gab zum Abschied seiner Frau einen Kuss auf die Stirn.

Charu lächelte verträumt, als sie sich den beiden Freundinnen zuwandte. – Jadoo und sie waren noch immer wie frisch verliebt. Elsy bewunderte ihre Liebe. Die beiden hatten mit Anfang zwanzig geheiratet und jetzt, knappe zwanzig Jahre später, trugen sie unverändert dieses besondere Funkeln in den Augen, wenn sie sich ansahen. – »Also, was kann ich für euch tun?«

»Um es kurzzufassen. Wir wollen ja nicht unnötig deinen Feierabend stören«, begann Imelda. »Wir benötigen deinen fachmännischen Rat.«

Charus Blick hellte auf, sie war eindeutig interessiert zu

erfahren, was die beiden Frauen von ihr wissen wollten, gleichzeitig flammte eine Spur Scharfsinnigkeit darin auf. Elsy wurde in diesem Augenblick klar, dass sie sie nicht für dumm verkaufen brauchten. Sie zögerte. »Ich sag dir einfach, wie es ist … Wir benötigen Informationen über ein Medikament. Um genau zu sein, über den Wirkstoff Diazepam. Und nein, wir können dir leider nicht verraten, warum.«

Charu nickte gelassen. »Das geht in Ordnung. Ich weiß schließlich, wer vor mir steht. Was wollt ihr wissen?«

Imelda gab Elsy ein aufmunterndes Zeichen fortzufahren.

»Soweit ich weiß, ist Diazepam in einigen Medikamenten enthalten. Wofür genau nimmt man es? Welchen Zweck erfüllt es?«

»Ganz einfach erklärt, es beruhigt und entspannt. Vor allem Angstpatienten verwenden Medikamente mit diesem Wirkstoff. Wobei solche Medikamente nur mit Bedacht verschrieben werden, da manche von ihnen abhängig machen können.«

»Es ist also ein starkes Medikament. Wirkt es schnell?«

»Das kommt auf das Medikament an, auf dessen Zusammensetzung. In der Regel recht schnell. Zudem hält die eingetretene Wirkung lange an.«

Damit war für Elsy bestätigt, dass Josh das Medikament vor Ort aufgenommen haben musste. Nur wie?

Imelda nahm ihr die Frage ab. »Die übliche Darreichungsform sind Tabletten?«

»Genau.«

Elsy grübelte. Tabletten musste man gewiss klein mahlen oder zerstoßen, um sie jemandem unauffällig zu verabreichen. Das Essen kam damit nicht infrage, zumal dann auch andere Helfer das Medikament aufgenommen und Symptome gezeigt hätten. Nein, Josh wurde das Medikament gezielt verabreicht. Und das war nur über seine Getränkeflasche möglich gewesen. »Sind solche Tabletten geruchs- und geschmacksneutral?«, interessierte sie näher.

Charu wägte ab. »Geruchsneutral würde ich unterschreiben, geschmacksneutral nicht ganz. Natürlich, wenn du die Tabletten direkt verschluckst, was üblich ist, schmeckst du nichts, aber wenn du sie rein hypothetisch zerkauen würdest, wären sie bitter.«

Hm … Jetzt blieb nur noch eine Frage übrig und Elsy sträubte sich, sie zu stellen, wenngleich es die wichtigste von allen war. »Ist eine Überdosierung sehr gefährlich?«

»Du meinst, ob eine Überdosis tödlich sein kann?« Charu schaute wissend und sprach gleich weiter. »Bei einer bedeutenden Überdosis und sagen wir mal anderen Vorerkrankungen können manche Medikamente gefährlich werden. Deswegen ist es ja so wichtig, dass der Arzt den Patienten gut kennt und die Dosierung bestimmt.«

»Vorerkrankungen?« Imelda wurde hellhörig, ebenso wie Elsy. Josh war doch ein gesunder, junger Mann gewesen.

»Diazepam kann – und die Betonung liegt auf kann – bei einer Überdosierung zum Beispiel den Herzschlag verlangsamen oder zu Beschwerden bei der Atmung führen. Hat ein Patient in diesen Bereichen ohnehin Probleme, wirkt sich dies natürlich negativ aus.« Das war interessant … und unheimlich. Und es warf neue Fragen auf. Charus Ausführungen deckten sich mit den Informationen von Q und Hazel, ob Josh eine Vorerkrankung hatte, wussten sie allerdings nicht. Überhaupt, Elsy hatte das dringende Bedürfnis, ihre Gedanken zu sortieren, ihr spukte zu vieles durch den Kopf.

»Habt ihr weitere Fragen?« Charu blickte zwischen Imelda und Elsy hin und her.

»Nein … nein, danke. Aber danke für deine Zeit!«

»Gerne.« Charu setzte ein verschmitztes Lächeln auf, bevor sie weitersprach. »Vor allem da ich weiß, dass ich so auch einen Beitrag leisten konnte.«

Bei Elsy klingelten augenblicklich sämtliche Alarmglocken. »Beitrag? Beitrag zu was?«, antwortete sie irritiert blinzelnd. Himmel, ihr schauspielerisches Talent war wirklich abgrundtief schlecht.

»Ich bin nicht blöd, Elsy! Prudence Patel war gerade hier und hat mir lang und breit von Josh Weatherbee berichtet. Dass er ermordet wurde. Und das ist doch schon ein wenig merkwürdig, oder!? Ich meine, der arme Junge ist von der Leiter gestürzt und infolgedessen gestorben. Wie kann es also jetzt heißen, er wäre ermordet worden? Na ja, und zu guter Letzt schneit ihr beide hier vorbei und fragt nach Diazepam, einem Wirkstoff, der das Bewusstsein trüben kann, ergo dazu führen kann, dass jemand auf einer Leiter das Gleichgewicht verliert. Gehe ich also recht in der Annahme, dass ihr eure eigenen Nachforschungen anstellt?«

Elsy warf einen verstohlenen Blick zu Imelda, die nicht einmal mit den Wimpern zuckte. Verdammt! Warum hatte jeder ein Pokerface, nur sie nicht! Aber egal, das war jetzt ihr kleinstes Problem, denn Charu wusste Bescheid. Tja, das hatten sie ja hervorragend hinbekommen! Das zum Thema Diskretion. Der Inspektor würde sie eigenhändig erwürgen, wenn er davon erführe.

»Elsy Moore, du schaust, als würde ich jemanden zur Schlachtbank führen! Es soll also keiner wissen, dass ihr euch schlau macht. Verstehe …«

Elsy musste einlenken. »So ist es. Weil prinzipiell gesehen, dürfen wir uns als Zivilisten nicht einmischen«, gab sie zu. »Und natürlich wissen wir auch, dass es eigentlich Polizeiarbeit ist. Aber …«

»Aber das heißt nicht, dass ihr nicht trotzdem helfen wollt. Zumal es in der Bibliothek passiert ist, als der Junge bei der Renovierung mit angepackt hat. Das kann ich gut nachvollziehen! Und um euch zu beruhigen: Von mir wird niemand etwas erfahren!«

Elsy war baff und erleichtert. Endlich mal jemand, der ihnen keine Vorhaltungen machte. »Danke!«

»Charu, du bist ein Schatz! Genau genommen habe ich nichts anderes erwartet.« Imelda zwinkerte ihr zu.

»Ja, ich weiß, ich bin zu gut für diese Welt«, erwiderte sie und grinste diebisch. »Eine Bitte habe ich allerdings. Ihr *müsst* mich auf dem Laufenden halten! Ich sterbe sonst vor Neugierde!«

Dass Charu Bescheid wusste, war okay. Sie war es schließlich gewohnt, Stillschweigen zu bewahren und nicht mit den Zipperlein der Dorfbewohner hausieren zu gehen. Außerdem mochte Elsy Charu. Sie war eine kluge, aufgeschlossene Frau. Vielleicht sollten sie Charu irgendwann einmal zu einem ihrer Mädelstreffen einladen. Das würde bestimmt lustig werden. Elsy nickte in Gedanken und folgte Imelda in ihre Wohnung. Ihren Tee hatten sie sich mehr als verdient.

Imeldas Heim war eine elegante Mischung aus Beigetönen und Glas. Sie liebte lichtdurchflutete Räume, Minimalismus und moderne Gemälde. Die wenigen Gegenstände, die hier und dort einen prominenten Platz gefunden hatten, waren ausgewählte Stücke. Eine nicht unerhebliche Anzahl derer machten aufwendig lasierte, getöpferte Kunstgegenstände aus. – Imeldas Mutter war eine anerkannte Künstlerin der Gegend, sie arbeitete mit Ton und Metall, und natürlich besaß auch ihre Tochter Kunstwerke von ihr. – Pflanzen hingegen besaß Imelda keine, obgleich sie die Natur sehr liebte. Die einzigen anderen Lebewesen, die laut Imelda bei ihr überlebten, waren ihre Zierfische im Aquarium, von denen erstaunlicherweise jeder einen eigenen Namen trug. Von Shakespeare über Austen war alles dabei. Sogar Clark Kent. So hieß der Fisch, den Elsy Imelda vor ein paar Wochen geschenkt hatte. *»Superman!? Attraktiv und intelligent. Der Fisch darf in meinem Teich schwimmen«*, hatte Imeldas doppeldeutiger Kommentar dazu gelautet.

»Ist das neu?«, fragte Elsy und deutete auf ein verschnörkeltes, hell marmoriertes Konstrukt, das neben ihr auf dem Beistelltisch stand. Elsy hatte es sich auf der Couch in Imeldas Wohnzimmer gemütlich gemacht.

Imelda schien begeistert und stolz zugleich. »Ja, Mum hat es gestern vorbeigebracht. Ihr liebevoll verdrehter Kommentar dazu war: *Ich brauche Platz in meinem Atelier!* Sie hat einen richtig guten Auftrag reinbekommen, für eine große Skulptur, von irgend so einem Finanzheini«, erklärte sie und trat in die offene Küche, um den Tee zu zubereiten.

»Cool! Und übrigens, so was nennt man, der Apfel fällt nicht weit vom Stamm. Von wem meinst du, hast du dein loses Mundwerk!?«

Imelda lächelte süffisant. »Ja, ja, schon klar … Darjeeling?«

»Gern. Behält sie jetzt doch ihr Atelier in Hoktony, wollte sie nicht langsam ihren Ruhestand genießen?«

»Du kennst sie. Sie wird nie aufhören zu arbeiten«, rief Imelda über das Getöse des Wasserkochers hinweg. »Und vielleicht ist das auch gut so. Dann bleibt wenigstens sie mir länger erhalten.« Imeldas Blick schweifte traurig in die Ferne. Ihr Vater verstarb vor vielen Jahren, ihre Mutter war eine der wenigen Menschen, die ihr geblieben waren. Irgendwo gab es noch andere Verwandte, aber von denen hatte Elsy bislang niemand kennengelernt.

»Ganz bestimmt«, machte Elsy ihr Mut. »Sie ist topfit! Von ihr könnte sich so manche Dreißigjährige was abschneiden.« – Liza James verfügte über Armmuskeln aus Stahl.

Nachdem Elsy kurz im Badezimmer verschwunden war und Imelda den Tee soweit hergerichtet hatte, fielen beide über das frische Naschwerk her. Die Kirschtarteletts waren köstlich. Knuspriger Teig ummantelte eine saftige Füllung, die nicht zu süß war und genau die richtige Art von Säure besaß. Für eine Sekunde hatte Elsy von einem Klecks

Schlagsahne geträumt, aber manche Leckereien brauchten kein Topping. Sie waren perfekt, so schlicht wie sie daherkamen.

Kaum hatte Elsy den zweiten Bissen genommen, schellte ihr Telefon. Fred lächelte ihr vom Display ihres Smartphones entgegen. Ohnehin hatten die Freundinnen vorgehabt, ihn anzurufen, um mit ihm die neuen Erkenntnisse zu teilen. Nun war er ihnen zuvorgekommen.

»Hi, Fred! Du bist auf laut.« Elsy legte ihr Handy vor sich auf den Wohnzimmertisch, um weiteressen zu können.

Imelda lehnte sich genießerisch zurück, elegant schlug sie die Beine übereinander. Sie kostete ihren Tee, ehe sie ihn begrüßte, so viel Zeit musste sein. »Hallo, Fred!«

»Meine Lieben! Schön, dass ich euch erreiche. Gibt es Neuigkeiten?«

Elsy versuchte, den Vormittag aufs Wesentliche beschränkt zusammenzufassen, zum einen das Gespräch mit Hazel, von dem Imelda bislang auch wenig Kenntnis hatte, zum anderen Charus Einschätzung der Dinge.

»Wie schrecklich, die armen Mädchen!« Elsy konnte förmlich hören, wie Fred den Kopf schüttelte. »Selbstverständlich müssen wir ihnen helfen. Ob es dem Inspektor nun passt oder nicht!«

»Hört, hört! Und ich bin ganz deiner Meinung«, machte sich Imelda bemerkbar.

»Das heißt, wir brauchen einen Plan«, merkte Elsy an und dachte im Stillen: *»Und zwar solch einen, der in der Ausführung hoffentlich möglichst unauffällig sein wird.«*

»Klar ist, dass derzeit nur Judy und Crispin in Betracht kommen. Oder ein unbekannter Dritter, den niemand gesehen hat«, mutmaßte Fred.

»Dieser Jemand müsste dann aber verdammt viel über die Mädchen und Josh wissen. Also jemand aus deren näherem Umfeld«, schlussfolgerte Imelda.

Elsy resümierte. »Wir sollten uns als Erstes Crispin und Judy ansehen. Die wichtigste Frage dabei lautet: Was konnten sie für ein Motiv gehabt haben? Außerdem sollten wir uns Josh familiäres Umfeld anschauen. Hazel meinte zwar, dass bei ihm zu Hause soweit alles okay war, von den Meinungsverschiedenheiten zum Studium mal abgesehen, aber man weiß ja nie.«

»Wir könnten kondolieren!«, schlug Fred vor. »Ein ohnehin angebrachtes Verhalten, da wir den Jungen kannten. Montagnachmittag scheint mir ein geeigneter Termin. Was meint ihr? Wir hätten so die Möglichkeit, mehr über den Jungen zu erfahren und bestenfalls stolpern wir sogar über ein Motiv.«

»Ich bin dabei«, schloss sich Elsy an.

»Ich kann leider nicht. Dafür höre ich mich schon mal bezüglich Crispin um«, bot Imelda an.

»Wir müssen auch unbedingt Judy unter die Lupe nehmen«, erinnerte Elsy. »Zugegeben, ich wüsste nicht, welchen Grund sie gehabt haben sollte, ihn umzubringen, aber sie hat sich schlichtweg merkwürdig verhalten. Wie sie ihn beobachtet hat. Ihre Blicke … Irgendetwas steckt dahinter.«

»Und sie kennt sich mit Medikamenten aus …« Sogleich hatte Imelda eine Idee. »Was haltet ihr davon, wenn ich meinen Platz beim nächsten Dinner für Judy freimache? An dem Abend kommt Joshs Ermordung sicherlich aufs Tapet, es ist also die perfekte Gelegenheit.«

»Auch wenn ich nur sehr ungern auf dich verzichte«, Freds Stimme klang wehmütig. »Die Idee ist gut.«

»Dann fahre ich gleich bei ihr vorbei und lade sie ein«, übernahm Elsy das Zepter. »Vielleicht bekomme ich sogar schon die Chance, mich vorsichtig vorzufühlen.« Ganz wohl war Elsy bei dem Gedanken nicht, schließlich war Judy eine gute Bekannte, die sie nicht unbegründet beschuldigen wollte.

»Sehr schön, meine Liebe! Gibt es Weiteres zu besprechen? Haben wir an alles gedacht?«

Elsy grübelte, bislang hatte sie keine ruhige Minute gehabt, um gründlich über all das Gehörte nachzudenken. Aber eines kam ihr sofort in den Sinn. »Charu hat vorhin von Vorerkrankungen gesprochen, dass sich eine Überdosis negativ auf Vorerkrankungen auswirken kann. Nur, ob Josh eine Vorerkrankung hatte, wissen wir nicht … Er hat allerdings gehustet, als er auf der Leiter stand. Das hat Judy erzählt. Ich denke, ich muss Hazel fragen.«

»Tu das!«, pflichtete ihr Imelda bei. »Außerdem wäre es wichtig, zu überlegen, wie Josh das Medikament verabreicht wurde. Wenn es, wie Charu sagt, bitter schmeckt, muss er es mit etwas gegessen oder getrunken haben, das den Geschmack überlagert hat.«

»Der Lunch fällt raus. Logisch. Schinkensandwiches und Käsewürfel lassen sich nicht punschen«, stellte Elsy fest. »Die Wasserflaschen, die ich mitgebracht habe, auch nicht. Das hätte er sofort herausgeschmeckt. Aber er hatte eine eigene Getränkeflasche dabei, so eine wiederverwendbare. Und da war etwas Farbiges drin gewesen, etwas Dunkelgrünes. Da bin ich mir ganz sicher. Ich habe sie für ihn mit in die Spülmaschine gestellt.«

»Farbe bedeutet für gewöhnlich Geschmack. Und Geschmack bedeutet, dass das bittere Medikament überlagert werden konnte«, kombinierte Fred.

»Dann müssen wir herausfinden, was es für ein Getränk war und woher es stammte. Kann Hazel das wissen?«, überlegte Imelda.

»Da ich sie eh noch einmal anrufe, frage ich das gleich mit.« Elsy hatte kaum ihren Satz beendet, da schellte es an der Tür. »Efrem?«

Imelda lächelte. »Vermutlich.«

»Okay …, soweit ich das sehe, sind wir jetzt auch fertig.

Ich fahre gleich bei Judy vorbei und rufe Hazel an. Sonst noch was?«

»Nicht dass ich wüsste.« Imelda schüttelte nachdenklich den Kopf, sie war bereits auf dem Weg zu Tür.

»Elsy, meine Liebe, sei bitte vorsichtig!«, mahnte Fred.

»Natürlich! Ich halte dich auf dem Laufenden. Bis später!«

Nachdem sich alle schnell verabschiedet hatten und Elsy auflegte, öffnete Imelda die Tür.

»Typisch, Mrs Patel! So ein neugieriges Waschweib!«, schimpfte Efrem, der neben Imelda Platz genommen hatte und bereits seinen zweiten Lemonbar verspeiste. – Der Mann war so groß und breit wie ein Bär, kein Wunder, dass er solch einen Appetit besaß. Schick gekleidet für seine Freundin, seine Arbeiterkluft hatte er auf dem Hof gelassen, trug er wie eh und je ein passendes Halstuch. Frisch geduscht hatte er seine längeren schwarzen Haare, die von silbrigen Strähnchen durchzogen waren, ordentlich zurückgekämmt. Man mochte Efrem Martinelli nachsagen, dass er ein uriger, rauer Typ war, jedoch war er stets gepflegt.

Imelda und Elsy hatten ihm soeben die Kurzfassung zu Joshs Ermordung gegeben, jegliche geheime Details sparten sie jedoch aus. Am liebsten hätte Elsy es ganz vermieden, ihn damit zu konfrontieren, vor allem da sie wusste, was Efrem von Klatsch hielt, doch eben jener Klatsch würde über kurz oder lang auch ihn erreichen und folglich war es besser, wenn er es von ihnen erfuhr.

»Hm … Also Mord. Merkwürdig! Immerhin ist der Junge von der Leiter gestürzt. Wenn ihn nicht gerade jemand geschubst hat, wovon wir wissen, dass dies nicht geschehen ist, wie kann es sich dabei um Mord handeln?« Efrem machte einen letzten Biss und der Lemonbar war verspeist. Er strich seine Finger an einer Serviette ab und überlegte dabei. – Elsy musste bei diesem Anblick schmunzeln. Die Serviette wirkte in Efrems riesigen Händen winzig. Überdies war es keine gute Idee gewesen, die Lemonbars ohne Gabel zu essen. Die weiche Füllung klebte an jedem seiner Finger. – »Das Einzige, was für mich Sinn macht, ist Gift. Und das wäre ziemlich perfide …« – Imelda sparte sich einen Kommentar und nickte bloß. – »Die Polizei sollte sich mal Weatherbees Geschäftsfreunde anschauen. So ein Mann hat immer Feinde, und gewiss nicht von der netten Art.«

Nach ihrem jetzigen Kenntnisstand war Efrem auf dem Holzweg, jedoch konnte Elsy ihm das nicht sagen. Wie hätte ein Feind seines Vaters Joshs Trinkflasche vergiften sollen. Sicher, es gab weiterhin die Option, dass ein Fremder sich in die Bibliothek geschlichen hatte, aber dafür gab es kein Indiz, oder? Elsy war neugierig, in welche Richtungen die Polizei ermittelte. Der Inspektor hatte sich ja nichts entlocken lassen. Wussten sie mehr? Nur eins konnte sie mit Gewissheit sagen: »Die Polizei ist ohne Zweifel schwer beschäftigt.«

»Davon gehe ich aus. Weatherbee ist ein harter Knochen und nicht ohne Grund so erfolgreich. Er übt mit Sicherheit Druck auf die Polizei aus.«

»Kennst du ihn besser?«, wollte Imelda erfahren und nippte unschuldig an ihrem Tee.

»Nein, nur seinen Ruf.«

»Und der wäre?«, hakte Elsy nach.

Efrem lupfte kritisch eine seiner dunklen, buschigen Augenbrauen. Er wusste, er begab sich damit selbst auf das Terrain des Klatsches und Tratsches. »Er ist ein Geschäftsmann durch und durch. Ehrgeizig. Zielstrebig. Und er hält Werte hoch. Familie. Bildung. Integrität. Er ist fair und erwartet im Gegenzug einiges von seinen Mitarbeitern und Partnern.«

»Fehler machen, gibt's nicht?«, mutmaßte Elsy.

Um Efrems Mundwinkel zuckte es. »So ungefähr. – Umso heftiger müssen ihn die Vorwürfe hinsichtlich der Einbruchsserie getroffen haben«, fiel ihm ein.

Imelda stand auf dem Schlauch und sah ihn fragend an.

»Die Einbruchsserie hier in Devon. Weißt du nicht? Zwei Häuser, in die eingebrochen wurde, stammen von der Baufirma der Weatherbees. Und da die Einbrüche ohne Einbruchspuren auskamen, gab es eine Untersuchung in ihrem Unternehmen.«

»Ach so das.«

»Ja, allerdings haben sie nichts gefunden …«, bemerkte Elsy nebenbei. In ihrem Kopf überschlugen sich derzeit die Gedanken. Bis jetzt hatte sie keine Verbindung zu Josh und den Einbrüchen gezogen. Bis jetzt. Okay, sie musste zwingend nachdenken! Was wusste sie … Fakt eins: Josh interessierte sich für Kunstgeschichte. Fakt zwei: Die Diebe hatten sich auf Schmuck und alte Kunstwerke konzentriert. Fakt drei: Josh arbeitete einmal in der Woche in der Firma seiner Eltern. Die Frage war also, hatte Josh, weil er sich für Kunstgeschichte interessierte, unter Umständen mit den Diebstählen zu tun? Hm … Durch den Job bei seinen Eltern hatte er Zugang zu vielen Informationen. Rein hypothetisch hätte er dies ausnutzen können, nur … Elsy konnte sich das bei ihm nicht vorstellen. Josh ein Verbrecher? Trotzdem nagte der Gedanke an ihr. Eine ganz andere Idee war, dass Josh durch seine Tätigkeit etwas wusste. Würde man das Ganze auf dramatische Weise weiterspinnen, könnte jemand aus der Firma durchaus mit den Diebstählen zu tun gehabt haben. Vielleicht wusste Josh, wer es war. Bloß, wie hätte dieser jemand ihn vergiften sollen. Ah! Es war fürchterlich! Alles machte Sinn und wiederum keinen. Es lag definitiv viel Arbeit vor ihnen. Und –

»Erde an Elsy!«, weckte Efrem sie mit seiner dunklen, brummigen Stimme.

Elsy blinzelte und kam sofort zu sich. Das Erste, was sie

sah, war Efrems Gesicht.

Mit einer Mischung aus Interesse, leichter Empörung und Belustigung schaute er sie fragend an. »Du hast gestarrt! Du hast ausgesehen, als wolltest du jemanden mit deinem Blick erdolchen. Um genau zu sein: mich!«

Unschuldig zog Elsy die Schultern an und grinste. »Tut mir leid!«

»Das ist ganz normal!«, kommentierte Imelda trocken. »Das kommt davon, wenn man zu viele Krimis liest. Das Gehirn funktioniert dann auf eine andere Weise. Böse Blicke werden unkontrolliert an Unschuldige ausgeteilt. Davon musst du dir nichts annehmen. Und ich erwähne jetzt nicht, dass ich für meine Romanvorlieben regelmäßig kritisiert werde!«, spaßte Imelda und zwinkerte Elsy mit einem vielsagenden Ausdruck, der ihr sagte, dass sie ihr gerade den Hintern gerettet hatte, zu. Efrem durfte schließlich nicht alles wissen und er hätte nachgefragt.

Es dauerte eine Sekunde, da lachte Efrem laut auf, unter ihm wackelte das Sofa.

Elsy stimmte leise mit ein, ihr konnte es nur recht sein. Ein Lachen auf ihre Kosten war allemal besser als ein misstrauischer Efrem.

Immer wieder musste Elsy daran denken, wie Efrem Mr Weatherbee umschrieb. Der arme Josh ... Armer Josh!? War er wirklich ein *armer* Josh? Die Frage, die sie sich angesichts der neusten Überlegungen stellte, war, durfte sie überhaupt Mitleid mit ihm haben? Zumindest hätte sie Mitleid mit ihm, wenn er, wie angenommen, einer von den Guten war und nichts mit den Einbrüchen zu tun hatte. Hin oder her, so einen Vater zu haben, war sicherlich kein Zuckerschlecken. Obwohl, sie wollte auch keine voreiligen Schlüsse ziehen. Das, was sie über Mr Weatherbee in Erfahrung gebracht hatte, waren Gerüchte. Sie wusste nicht, wie er sich in seinem familiären Umfeld verhielt, ob er ein guter Vater war. Sie musste sich ein eigenes Bild verschaffen und dazu sollte sie bald die Möglichkeit haben. Jetzt aber stand anderes auf dem Plan. Nach dem Tee hatte sie sich gleich auf den Weg gemacht. Nun stand sie vor Judys kleinem Einfamilienhaus nahe der Hauptstraße.

Sie schellte und lauschte auf Schritte. Als sich nichts tat, versuchte sie es erneut. »Hey, Judy, ich bin's, Elsy!«

Wieder blieb es still. Hatte Judy etwa Dienst? Kurz überlegte Elsy, ob sie sie anrufen sollte, verwarf den Gedanken aber schnell. Nichts lag ihr ferner, als lästig zu sein. Zumal eine genervte Judy ihr kaum etwas anvertrauen würde.

Sie ging zurück zu ihrem Auto und setzte sich hinein. Irgendwie musste sie einen Weg finden, mit Judy zu sprechen. Ihre traurigen Blicke am Tag des Unfalls trugen eine Bedeutung. Da war sie sich sicher. Nur welche? Es gab so einiges, was sich Elsy vorstellen konnte. Die mit Abstand schlimmste Option war, dass Judy wusste, was kommen sollte und auf irgendeine Art ihren Plan zumindest in Teilen bereute. Eine andere, dass sie Dinge über ihn wusste, die sie mitleidig stimmten. In jedem Fall musste sie feinfühlig vorgehen. Judy war ohnehin ein zurückhaltender Mensch. Was aber war, wenn ihre Zurückhaltung nur eine Fassade darstellte? Elsy zwang sich zu erinnern, dass sie nach einem Mörder suchten. Vorsicht war geboten! Dies jedoch als Ausrede zu benutzen, nicht weiterzumachen, kam nicht infrage. Sie hatte Hazel versprochen, zu helfen und dieses Versprechen würde sie nicht brechen. Sie musste einfach nur klug vorgehen.

Elsy beschloss, es morgen erneut zu versuchen. Ein letztes Mal blickte sie zu Judys Haus. – Moment! Hatte sich da gerade der Vorhang bewegt … Elsy starrte zu der Stelle, doch nichts geschah. War Judy doch zu Hause und öffnete nur nicht? Am liebsten wäre Elsy wieder ausgestiegen, sie beließ es allerdings dabei. Irgendetwas sagte ihr, dass es klüger sei, zu warten. Schlussendlich startete sie den Motor und brauste davon.

8

Am nächsten Tag, Sonntag

Elsy kam sich wie ein Stalker vor, denn sie hatte den gesamten Sonntagvormittag damit verbracht, mehr über die Familie Weatherbee und deren Unternehmen in Erfahrung zu bringen. Auf beruflicher Ebene war dies kein Problem gewesen, auf privater ein totaler Reinfall. Die Weatherbees als Familie schirmten sich in der Öffentlichkeit nahezu ab. Und vermutlich war dies auch gut so. Mit einem geschätzten Jahresumsatz des Bauunternehmens von acht Millionen Pfund war Vorsicht geboten. Summa summarum wusste Elsy jetzt, dass Isabelle und Archie Weatherbee die Firma gemeinsam führten, sie regelmäßig an Wohltätigkeitsveranstaltungen in Hoktony teilnahmen und beliebte Gäste des ansässigen Golfclubs waren. Das war's. Kein Klatsch, kein Tratsch. De facto blieb ihre Recherche ergebnislos, denn nichts davon half ihr, einzuschätzen, wer ein Motiv haben konnte, Josh zu ermorden.

Zum Glück sorgte zumindest ihr Telefonat mit Hazel für einigen Aufschluss. Wie sie erfuhr, hatte Josh an jenem Mittag einen Green Smoothie zum Lunch getrunken. Ein Getränk, das eine der Haushaltshilfen jeden Vormittag für ihn zubereitete, sofern er überhaupt zu Hause schlief, denn in der letzten Woche vor seinem Tod verbrachte er fast die gesamte Zeit bei Hazels Familie. Der Smoothie bestand aus Äpfeln, Zitrusfrüchten und grünem Blattgemüse. Die optimale Kombination also, um den bitteren Geschmack des Medikaments zu übertünchen. Überdies berichtete Hazel von Joshs chronischem Asthma. Es war eine leichte Ausprägung der Krankheit, kaum der Rede wert. Allerdings verbot sie ihm an manchen Sportarten im Unterricht teilzunehmen, folglich war die Krankheit kein Geheimnis und viele Menschen wussten davon.

Bereits auf dem Weg zu ihrem nächsten Ziel, zermarterte sich Elsy noch immer das Hirn darüber. Hatte der Mörder von Joshs Erkrankung gewusst? Und dies miteinkalkuliert? Wer war insgesamt in der Lage dazu, solch einen Plan auszuführen? Das Wissen um das Medikament besaßen nur wenige Personen, wie die Patienten selbst und medizinisches Fachpersonal. Personen wie Judy Gallagher.

Elsy war gespannt, was sie Judy entlocken konnte und betätigte die Türglocke ihres Heims. Demon, der heute mit von der Partie war, setzte sich brav neben sie und wartete. Elsy wollte nicht ungeduldig sein, trotzdem fiel es ihr schwer. Sie ließ ihren Blick über den Vorgarten, hinauf zum Mauerwerk, zu den Fenstern und weiter hoch zum Dach schweifen. Ein immergrüner Blauglockenbaum, der im Mai in einem satten Blauviolett erblühen sollte, ruhte in der Nähe der mit Flechten überzogenen Steinmauer, die Judys schmales Grundstück umgab, und bildete ein schützendes Dach über dem Eingang.

Judys kleines Einfamilienhaus, das Elsys verwunschenem Cottage glich, war sehr gepflegt. Alles war in Schuss. Das Holz der Fensterläden und der altertümlichen Eingangstür machte den Eindruck, gerade erst frisch in einem Dunkelgrün gestrichen worden zu sein.

Als abermals niemand zur Tür kam, schellte Elsy ein zweites Mal. Sie wollte zwar nicht zu einem dieser lästigen Menschen gehören, die penetrant schellten, bis jemand öffnete – schließlich gab es auch Menschen, die keine Lust hatten zu öffnen, weil sie ihre Ruhe brauchten –, aber hier und jetzt musste Elsy hartnäckig bleiben. Schon gestern war sie nicht weitergekommen und wenn sie sich nicht vollends täuschte, war Judy sehr wohl zu Hause gewesen. Der Vorhang hatte sich eindeutig bewegt, da war sie sich im Nachgang sicher.

Nach wie vor blieb es ruhig. Elsy warf wiederholt einen Blick zu den Fenstern. »Komm, wir schauen mal vorsichtig nach«, sagte sie zu Demon und machte ein paar Schritte auf die schmale Terrasse vor dem Haus. Möglichst unauffällig versuchte sie, Einsicht in das kleine, mit dicken Vorhängen versehene Fenster zu erlangen.

»Elsy!«, dröhnte es plötzlich hinter ihr.

Erschrocken drehte sich Elsy um. Eine völlig perplexe Judy schaute ums Eck ihres Hauses. »Was tust du da!?« In ihrer Stimme schwang eindeutig Empörung mit.

Elsy bemühte sich zu lächeln, lief jedoch rot an. Sie spürte, wie die Hitze unangenehm ihren Hals hochkroch. Tja, peinlicher ging's ja kaum. »Hi … Guten Morgen erst mal.«

»Guten Mittag trifft es wohl eher.«

»Stimmt.« Elsy versuchte sich abzulenken und kniete sich zu Demon auf den Boden, um ihn hinter den Ohren zu kraulen. Wenn jemand sie schnell beruhigen konnte, dann ihr kleiner Schatz.

»Kannst du mir mal bitte verraten, was du da an meinem Fenster gesucht hast!« Judy klang ernst und fordernd.

Wie hieß es so schön: Ehrlich währt am längsten … Flucht nach vorn? Beides verursachte Elsy irgendwie Übelkeit, gleichwohl blieb ihr nichts anderes übrig. »Um ehrlich zu sein. Ich habe dich gesucht … Ich war gestern schon einmal hier und habe dich scheinbar verpasst. Jedenfalls wollte ich dich unbedingt erreichen. Entschuldige, dass ich deshalb durchs Fenster gespinkst habe.«

»So etwas gehört sich nicht! Und gerade *du*, als Hauswirtschafterin eines Barons, solltest das wissen.« Missfallend verschränkte Judy die Arme vor der Brust.

»Du hast vollkommen recht«, gestand Elsy ein und richtete sich wieder auf. Ihre kniende Haltung förderte nicht gerade ein Gespräch auf Augenhöhe. »Apropos Fred. Er ist der Grund, warum ich überhaupt hier bin. Er möchte dich Dienstagabend zum Dinner einladen.« Elsy ließ ihre Worte wirken. Die meisten Dorfbewohner freuten sich über die Einladung. Vielleicht vergaß Judy darüber ihren Groll.

»Und dafür kommst du extra her!? Zweimal!« Offensichtlich hatte Elsy sich getäuscht. Judy hörte sich weiterhin genervt an. »Warum hast du mich nicht einfach angerufen? Du hast doch meine Nummer.«

Elsy wunderte Judys Verhalten. Ja, es war falsch gewesen, ins Fenster zu schauen, aber sich deshalb in diesem Maße aufzuregen, empfand Elsy als übertrieben. Wo war die nette, umgängliche Judy aus der Bibliothek geblieben? Was war los …?

Womöglich hatte Judy bemerkt, dass sie stutzte und lenkte nun doch ein. »Na ja, wie dem auch sei, kommst du mit? Ich hänge im Garten Wäsche auf und ich möchte nicht, dass sie zerknittert.«

»Sicher.«

Judys ordentlicher, kleiner Garten beherbergte eine Vielzahl von Rosen. Auch wenn sie jetzt nicht blühten, erkannte Elsy dies auf den ersten Blick. Die Rosen würden im Sommer den Garten hübsch einrahmen und ihn in eine betörende Duftwolke hüllen.

»Vielen Dank übrigens für die Einladung«, sagte Judy und nahm sich einen weißen Kittel aus dem Wäschekorb, um ihn auf der Wäschespinne zu platzieren. »Wenngleich es etwas kurzfristig ist.«

»Magst du denn kommen, beziehungsweise hast du Zeit?«

»Ob ich Lust habe, steht ja mal außer Frage«, antwortete sie lächelnd. Endlich wirkte sie entspannt. »Und Zeit habe ich auch. Dienstag bin ich mit der Frühschicht dran, also passt's.«

»Schön! Fred wird sich sehr freuen. Um achtzehn Uhr dreißig würden wir dich gerne begrüßen.«

Judy nickte erfreut und ließ dann ihren Blick kurz zu Demon schweifen, der zu Elsys Füßen lag.

Demon wusste, dass er in fremden Gärten nicht herumstreunen durfte, und aalte sich stattdessen in der Sonne. Am Himmel ließ sich derzeit keine einzige Wolke blicken. Trotzdem war es mehr als frisch. Die kalte Februarluft zerrte an Elsys Winterjacke. Wie Judy es ohne Jacke, nur in ihrem Langarmshirt hier draußen aushielt, war Elsy ein Rätsel. Sie zitterte allein bei ihrem Anblick.

Während sie Judy beim Wäschemachen zusah, überlegte Elsy, wie sie einen Bogen zu Joshs Ermordung und ihren Fragen ziehen sollte. Gerade noch war Judy ziemlich angespannt gewesen, sie musste behutsam vorgehen, zumal sie nicht die geringste Ahnung hatte, was Judy verbarg. Und weil sie wusste, dass Judy an sich eine zurückhaltende Natur besaß. »Sag mal, hast du das schon von Josh gehört? Du weißt, ich bin kein Freund davon, Klatsch zu verbreiten, aber mich beschäftigt das einfach so sehr ...«

»Du meinst die Gerüchte, dass er ermordet worden sei? Ja, davon habe ich leider auch schon gehört.« Judy schüttelte verhalten den Kopf und stieß hörbar die Luft aus. – War sie genervt? – Gedankenverloren machte Judy mit ihrer Arbeit weiter. Sie schlug eine blaue Stoffhose mit kräftigem Schwung in der Luft aus und hängte diese ebenfalls auf. »Erst der Inspektor und seine Fragen und nun das ... So ein Unfug! Josh Weatherbee ist vor meinen Augen von der Leiter gestürzt und hat sich daraufhin das Genick gebrochen. Das ist passiert. Der Junge ist nicht ermordet worden.« Judy sah aus, als würde sie die Welt nicht mehr verstehen.

Elsy fühlte sich hin und her gerissen. Auf die Art, wie Judy reagierte, hatte sie ganz gewiss nichts mit der Ermordung zu tun. Allerdings konnte dies alles Theater sein. Irgendwie musste sie versuchen, sie aus der Reserve zu locken. Vorsichtig verstand sich. »Ich war auch ziemlich verwundert. Und schockiert. Und was der Inspektor für Fragen gestellt hat. Über Crispin, über die Mädchen … über dich.«

»Über mich!?« Augenblicklich hatte Elsy Judys volle Aufmerksamkeit.

»Alles nur Routine, meinte er. Er hat dir doch sicherlich auch Fragen über mich gestellt, oder?«, sagte sie leichthin.

Elsy bemerkte, wie es in Judys Kopf ratterte. »Ja … ja, das hat er«, erwiderte sie wenig überzeugend.

Okay, das war offensichtlich eine Lüge. Denn wenn Elsy eines mit Gewissheit sagen konnte, dann, dass der Inspektor sie sicherlich nicht verdächtigte und ebenso wenig Fragen zu ihr stellte. Warum log sie also? Aus Verlegenheit …? Obwohl Elsy sich insgeheim schlecht fühlte, eine gute Bekannte auszufragen, durfte sie nicht lockerlassen. Sie musste weiter fragen. »Der arme Josh. Ich mochte ihn, er war ein so netter Junge. Ich wünschte, wir könnten der Polizei irgendwie helfen … Wusstest du irgendwas, was dem Inspektor weiterhalf?«

Jetzt blickte Judy pikiert. »Nein! Und ich möchte ehrlich gesagt auch nicht darüber reden. Der Inspektor bat mich, mit niemandem über diese Unterhaltung zu sprechen, und das werde ich auch nicht tun. Ich werde mich *nicht* am Klatsch beteiligen … Wenn ich nur daran denke, wie es den armen Eltern gehen muss!«, sagte sie mit bebender Stimme. Judy schien geradewegs erbost.

Elsy erkannte, Judy hatte dichtgemacht, und wollte sich erklären. So konnten sie nicht auseinandergehen. »Du hast natürlich vollkommen recht! Ich wünschte einfach, ich könnte helfen«, sagte sie seufzend.

»Das kann ich verstehen. Nichtsdestotrotz ist das Sache der Polizei! Und ich werde mich nicht einmischen. Niemand sollte das.«

Judy war eisern geblieben. Umso unzufriedener hatte sich Elsy auf den Heimweg gemacht. Zum einen, weil bei der Verabschiedung eine komische Stimmung zwischen Judy und ihr geherrscht hatte, und zum anderen, weil Elsy nun genauso schlau war wie vorher. Was konnte sie tun, um Judys harte Schale zu knacken? Um mehr zu erfahren, ohne sie zu bedrängen, ohne eine nette Bekannte zu verlieren? Ja, sie wollte Hazel helfen, dafür jedoch nicht andere Menschen vor den Kopf stoßen oder gar in die Flucht schlagen. Außer, Judy war die Mörderin, aber das wusste sie eben nicht.

Die daraus resultierende Frage lautete: Welche Möglichkeiten hatten sie? Crispin und Judy waren bislang die einzig logischen Verdächtigen. Nur über sie konnten sie Dinge erfahren. Oder über Personen, die sie kannten. Allerdings waren solche dünn gesät. Die Angelegenheit war wirklich keine leichte.

Des Weiteren machte sich Elsy Gedanken, selbst in Gefahr zu geraten. Sie hatte Judy soeben gestanden, gerne helfen zu wollen. Sie konnte nur hoffen, dass dies kein falscher Schachzug war.

Darüber nachzudenken, blieb jetzt allerdings keine Zeit, denn im selben Moment schellte ihr Smartphone. Der Ton alter Wahltelefone hallte ihr entgegen. Elsy liebte diesen warmen, schellenden Sound.

Ihr Display verriet ihr, Imelda rief an. »Egal, wo du gerade bist, ich fische dich ein. Wir haben ein Date!«, verkündigte sie freudig.

»Ein Date. Mit wem?« Elsy hoffte auf gute Neuigkeiten, immerhin verfügte Imelda über Kontakte in alle Himmelsrichtungen.

»Mit Crispin! Auch wenn er noch nichts davon weiß. Ich habe ein bisschen meine Kontakte spielen lassen. Wie ich herausgefunden habe, spielt er Golf und nicht irgendwo. Es muss natürlich das exklusive Hoktony Golf Resort sein. Und rate mal, wer da auch Golf spielt!«

»Archie Weatherbee«, war Elsy klar.

»Genau! Und jetzt kommt's. Crispin ist derzeit vor Ort. Ich denke, das ist die perfekte Gelegenheit, ihn unter die Lupe zu nehmen.«

Elsy war begeistert. Endlich tat sich eine Möglichkeit auf, Crispin auf den Zahn zu fühlen. »Also ich bin so was von dabei! Aber du bist dir auch sicher, dass er heute vor Ort ist?«

»Ein Bekannter von mir arbeitet dort. Er hat ihn vor zehn Minuten auf den Golfplatz gehen sehen. Aktueller können meine Informationen gar nicht sein.«

»Super. Ich kann in fünf Minuten bei dir sein. Ist es okay, wenn wir Demon mitnehmen? Sonst bringen wir ihn vorher zu Fred.«

»Natürlich nehmen wir unseren kleinen Don Juan mit! Glaub mir, die feine Damengesellschaft der Pudel und Chihuahuas wird begeistert sein, und deren Besitzer erst.«

Ja, Demon zog wirklich jeden in seinen Bann. Mal sehen, ob er das Eis brechen konnte und den einen oder anderen Gast des Golfclubs redseliger machte.

Dreißig Minuten später erreichten sie das Golfresort, das idyllisch gelegen am Rande von Hoktony zu finden war. Auf der Terrasse des hiesigen Restaurants, die leicht erhoben lag und von der sie einen traumhaften Blick über die Landschaft der Golfanlage hatten und somit auch auf die Golfspieler, wurde ihnen eine gemütliche Sitzecke angeboten. Ein Heizpilz wärmte sie wohlig von oben, sogar Demon genoss die Wärme zu ihren Füßen. Die Schickeria von Hoktony bekam hier wirklich jeden Luxus geboten. Alles schrie nach Geld, vornehmlich geliftete Frauen gehobenen Alters, die es sich in opulenten Mänteln in der Sonne bequem machten. Toupierte Hochsteckfrisuren und Riesenklunker an Hals und Ringfinger waren an der Tagesordnung. Die bunten Seiten von

Klatschzeitschriften verblassten im Vergleich zu diesem Ort. Wie Imelda es geschafft hatte, hier einen Tisch zu ergattern, war Elsy ein Rätsel, zumal die Anlage nur für Hotelgäste und Mitglieder offenstand. Vermutlich machte das Restaurant eine Ausnahme, um sich keine Einnahmen entgehen zu lassen. Aber was wusste Elsy schon. Zwar arbeitete sie für einen Baron, nur interessierte sich Fred nicht für die, wie er spaßte, feine Gesellschaft. Überhaupt, für Elsy spielte es keine Rolle, welche Zahl auf wessen Bankkonto stand, sagte es doch nichts darüber aus, welchen Charakter jemand besaß.

Das, was sie wirklich gerade beschäftigte, waren die Preise auf der mehr als übersichtlichen Speisekarte. Bereits ein einfacher Salat mit Rauchschinken und hausgemachtem Baguette kostete so viel wie ihr gesamter Lebensmitteleinkauf in der Woche. Also das konnte sie sich wahrlich nicht leisten, und sie wollte es auch nicht. Würde sie das Gericht selbst zubereiten, kostete es mit ziemlicher Sicherheit nur ein Zehntel der genannten Summe. »Du weißt schon, dass ich nicht Krösus bin«, flüsterte sie ihrer Freundin zu, die mit ihrem eleganten, braunen Zweiteiler und dem passenden Mantel dazu ganz hervorragend hier hineinzupassen schien.

»Mach dir keine Sorgen, Elsy, wir sind eingeladen!« Imelda grinste schelmisch.

Aus irgendeinem Grund bezweifelte Elsy diesen Umstand. »Von wem?«, bat sie zu erfahren.

»Von meinem Cousin«, antwortete Imelda, als wäre dies eine Selbstverständlichkeit.

Elsy riss überrascht die Augen auf, gleich darauf verengte sie sie. »Also von deinem Cousin …!? Von dem ich noch nie etwas gehört habe. Verstehe …, und der ist natürlich rein zufällig auch Mitglied im Golfresort. Klar! Und er weiß auch nicht, wohin mit seinem Geld und lädt deshalb dich und mich zum Lunch ein. Imelda James!« Empörung und Belustigung kämpften in Elsys Innerem um die Oberhand.

»Schätzchen, vertrau mir einfach!«, versuchte sie Elsy zu überzeugen. »Es hat alles seine Richtigkeit.«

Im Grunde wusste es Elsy, allerdings, sie war eben auch neugierig. »Du willst mir also nicht verraten, wer dein Cousin ist?«

»Noch nicht.«

»Unter Umständen könnte es sein, dass ich dich gerade hasse!«

»Ich weiß, du ungeduldiges Ding. Nun das nehme ich in Kauf.«

»Freude aus dem Leid anderer zu ziehen ... Ja, ich hasse dich«, schmollte Elsy gespielt.

Imelda warf Elsy eine Kusshand zu. »Ich hab dich auch lieb!«

»Okay, wenn das so ist, benötige ich jetzt ganz klar eine Ersatzbefriedigung. Ich nehme das Sandwich mit den gebratenen Steinpilzen. Was nimmst du?«

Nach wie vor brütete Elsy darüber, dass Imelda einen Cousin hatte und ihn bislang vor ihr verschwieg. Das, was sie ihr während des Essens entlocken konnte, war, dass sie sich schon ewig nicht mehr gesehen hatten, obwohl sie sich früher als Jugendliche recht gut verstanden. Aber so war Imelda, immer für einen Spaß oder eine Überraschung zu haben.

Jetzt, wo der Kellner abgeräumt hatte, richteten beide ihre Aufmerksamkeit auf den Golfplatz. Sie hatten Crispin endlich erspäht.

»Glaubst du, er fährt gleich wieder und wir müssen ihn vorher abfangen?«, überlegte Elsy laut.

»Wen von den Herren haben die Damen denn im Visier?«, ertönte die junge Stimme der Bedienung hinter ihnen. Der Kellner klang amüsiert.

Ja ..., das hatte sie doch wieder prima hinbekommen. Das zum Thema *Unauffällig*.

Elsy verspürte den heftigen Drang, ihren Kopf auf die Tischplatte fallen zu lassen. So groß die Versuchung auch war, sie entschied sich um und schaute stattdessen vorsichtig zur Seite. Überraschenderweise wirkte der Kellner aufgeschlossen, fast begeistert. Konnte dies etwa ihre Chance sein, mehr über Crispin zu erfahren?

Imelda maß ihn ebenfalls mit einem Blick. »Kennen Sie Benjamin Crispin?«

Erstaunt lüftete Tony, das verriet sein Namensschild, eine Augenbraue. »Interessante Wahl, will ich meinen«, erwiderte er leise, damit die Gäste am Nachbartisch ihn nicht hörten. Leicht verschwörerisch lehnte er sich zu ihnen.

Auch Imelda senkte ihre Stimme. »Wir haben kein romantisches Interesse. Es ist sozusagen geschäftlicher Natur.« Das war ziemlich weit ausgelegt, aber die Wahrheit kam nicht infrage.

»Ah! Mr Crispin ist wohlbekannt unter den Kellnern. Er gibt nie Trinkgeld! Allgemein ist er dafür bekannt, sich einladen zu lassen. Nach dem Spiel trinkt er gern ein Glas Champagner oder zwei oder drei. Natürlich nur den besten. Er wird sicherlich gleich zu Ihnen stoßen.«

Imelda schüttelte den Kopf. Mitfühlend legte sie eine Hand auf seinen Arm und lächelte ihm aufmunternd zu.

Elsy erkannte den Augenblick, als Tony Imelda verfiel, sein Blick wurde in dem Moment träumerisch und sehnsüchtig. Herrschaftszeiten, ihre Freundin hatte eine Wirkung auf Männer, das war unfassbar! Unwillkürlich musste sie schmunzeln.

»Sagen Sie, Tony, gibt es sonst noch etwas, was wir über ihn wissen sollten?«, fragte Imelda geradeheraus. »Sehen Sie, wir müssen einfach sicher sein, mit wem wir es zu tun haben. Und keine Sorge, niemand wird erfahren, dass die Informationen von Ihnen stammen. Das versichere ich Ihnen!« Weder Elsy noch Imelda wollten, dass er wegen ihrem

Plausch in Schwierigkeiten geriet. Sicherlich waren die Angestellten zu Stillschweigen angehalten und man drohte ihnen mit Kündigung bei Pflichtverletzung.

Tony winkte nonchalant ab und redete weiter. »Crispin war früher im Finanzsektor tätig und kennt deshalb viele einflussreiche Menschen. Er besitzt mit Sicherheit ein kleines, aber feines Vermögen. Nichtsdestotrotz wird er *mit Abstand* nicht mit den Großen wie Wolf, Benton oder Weatherbee mitschwimmen können. Nicht dass ihn das abhalten würde, sich genauso zu verhalten.«

Imelda nickte wissend, ein Schmunzeln huschte über ihre Lippen.

Elsy hatte keine Ahnung, wer sich hinter den anderen Namen verbarg. Reiche Geschäftsleute aus Hoktony liefen ihr in Stricktony nur selten über den Weg. Interessant dagegen war, dass Crispin in diesen Kreisen verkehrte. Er kannte die Weatherbees. Die Frage war, wie gut? »Glauben Sie, er unterhält weiterhin Geschäfte mit diesen Leuten?«

»Darüber weiß ich leider nichts …« Tony überlegte noch mal. Als ihm nichts mehr einfiel, schüttelte er den Kopf.

»Tony, Sie waren eine so großartige Hilfe! Ich danke Ihnen vielmals.«

»Stets zu Diensten, die Damen!« Lächelnd und mit einem Augenzwinkern an Imelda gewandt verließ er ihren Tisch, um sich anderen Gästen zu widmen.

Kaum war er verschwunden, sahen sie Crispin mit einem weiteren Golfer den kleinen Hügel zu ihnen hinauf nehmen.

Gleich würde es spannend werden.

Vertieft in seine Unterhaltung, hatte Crispin sie bis dato nicht bemerkt. Wie fast jeder Golfer vor Ort trug er eine beige Stoffhose und ein Polohemd, das unter seiner dünnen Sportjacke hervorlugte. Stark gestikulierend unterstrich er seine Worte und wenn er das nicht tat, ging er sich mit den Händen durch sein blondes Haar. Auf die Art, wie er dabei seinen Kopf in den Nacken schwang, strotzte er vor Selbstverliebtheit. Zählte sein Verhalten etwa unter das Imponiergehabe zwischen Geschäftsleuten? Elsy wusste es nicht. Sie stellte fest, dass sie ihn momentan schlecht einschätzen konnte. Ihr Gefühl hatte ihr bislang gesagt, dass er zwar ein Wichtigtuer war, aber ansonsten harmlos. Sein Blick, als er jetzt Imelda und sie ausmachte, warf indes Fragen auf. Im ersten Moment spiegelte er Verwunderung wider. Bloß dass diese kurz darauf der Geringschätzung wich. Er maß sie von oben bis unten. Ihm gefiel es ganz und gar nicht, sie hier anzutreffen. Während er sich wieder seinem Gesprächspartner zuwandte, setzte er bewusst ein unverbindliches Lächeln auf.

Elsy hörte Fetzen des Gesprächs wie: »Bestell … den Champagner! … komme nach … die Leute aus Stricktony … Ein Platz im Restaurant …«

Wenig später stand er vor ihnen, sein Kompagnon war ins Innere verschwunden. »Miss James! Miss Moore! Welch Überraschung *Sie hier* zu treffen? Guten Tag!« Seine Betonung ließ keinen Zweifel übrig, dass er sie so schnell wie möglich von hier wegwünschte.

»Eine Freude auch Sie zu treffen!«, begrüßte ihn Imelda freudestrahlend. Ihr Pokerface funktionierte tadellos.

Elsy bezweifelte, dass ihr Gesichtsausdruck genauso überzeugend rüberkam. Ihre Wangen verspannten sich bereits vom Lächeln. Zugegeben, am liebsten hätte sie ihm einen ebenso abschätzenden Blick entgegengeschleudert. Was dachte er bitte schön, wer er war!? Aber es half nichts. Sie musste einen kühlen Kopf bewahren. Zufrieden war sie mit sich, als sie hörte, wie entspannt ihre Stimme in ihren eigenen Ohren klang. »Mr Crispin, schön Sie hier zu treffen. Sie sind Mitglied im ansässigen Golfclub, nehme ich an?«

Crispin, der sich leicht zu ihr neigte, verströmte augenblicklich eine aufdringliche Wolke eines herben Parfums, welches Elsy schrecklich in der Nase kitzelte. Seine Miene war an Überheblichkeit kaum zu überbieten. »Selbstredend. The Hoktony Golf Resort is *the place to be!*« Bei seinen nächsten Worten blinzelte er. »Umso erstaunter bin ich, Sie hier anzutreffen. Soweit ich informiert bin, werden im Resort nur Mitglieder und Hotelgäste begrüßt. Verstehen Sie mich nicht falsch!« Er machte eine wegwischende Handbewegung.

»Aber nicht doch!« Imelda schüttelte unbekümmert den Kopf und ließ Crispins Frage im Raum stehen. »Verraten Sie uns, war Ihre Golfrunde erfolgreich?«

Imelda hätte gar keine bessere Frage stellen können, um ihn weichzukochen, auf Anhieb taute Crispin auf. »Äußerst erfolgreich. George hatte keine Chance!«, erklärte er mit gekräuselten Lippen. »Ich habe ihn haushoch geschlagen.«

Ein tiefes, grollendes Lachen, durchdringend bis aufs Mark, fesselte im selben Moment die Aufmerksamkeit aller Anwesenden auf der Restaurantterrasse.

Elsy drehte sich reflexartig um. – Holla die Waldfee! Wer war dieser Mann? Der Fremde stand mit Tony am Terrasseneingang und amüsierte sich köstlich. Mr Wikinger, so taufte ihn Elsy postwendend, war vielleicht eine Erscheinung. Groß, sportlich, alles ordentlich verpackt in einem makellosen Hosenanzug. Ein trügerischer Schein, offensichtlich, denn alles an ihm schrie nach Macht und Einfluss, auf eine grobe Weise. Seine längeren, blonden Haare hatte er akkurat zurückfrisiert und seine eisblauen Augen wirkten freundlich, täuschten aber nicht darüber hinweg, dass er es faustdick hinter den Ohren hatte.

Elsy war beeindruckt, das konnte sie nicht leugnen, und spinkste zu Imelda, um ihre Reaktion zu sehen.

Imelda hatte ein raubtierhaftes Grinsen angenommen und stand nun auf. Um Himmels willen, was hatte sie vor?

Sogleich setzten sich die beiden Männer in Bewegung und kamen auf sie zu. Gefolgt von einer kurvenreichen Brünetten, die mehr mit ihrem Handy beschäftigt schien, als mit ihrem Umfeld.

Crispins verdattertem Gesichtsausdruck zu urteilen, verstand er die Welt nicht mehr.

»Lennox Wolf, ein Freund!«, erklärte Imelda mit Bestimmtheit und machte ein paar Schritte auf ihn zu.

Lennox Wolf …? Wer war er? Und woher kannte Imelda ihn? Es wurde immer ominöser, auf eine amüsante Art!

»Imelda, meine Schöne!«, begrüßte er sie mit der tiefsten Stimme, die Elsy je gehört hatte, und lehnte sich vor, um ihre Freundin in eine innige Umarmung zu schließen. Kurz bevor er sich zurückzog, flüsterte er ihr etwas ins Ohr. – Elsy versuchte zu lauschen. – »Du böses Mädchen! Was führst du jetzt schon wieder im Schilde?«, hörte sie ihn mit vertrautem Unterton sagen.

Elsy blieb für einen Moment die Spucke weg. Der Mann kannte Imelda, und zwar gut. Zudem besaß er eindeutig Mumm. Wer traute sich schon, so mit ihr zu sprechen. Elsy mochte ihn auf Anhieb.

Imelda, die Lennox lediglich zugezwinkert hatte, deutete nun auf Elsy. »Darf ich dir meine allerliebste Freundin, Elsy Moore, vorstellen. Sie ist die Hauswirtschafterin und wohlgemerkt eine der wichtigsten Vertrauten des Baron of Faun.« Darauf sprach sie Elsy an. »Lennox Wolf: Finanzguru aus Plymouth mit Ambitionen in Hoktony, Wohltäter, Frauenversteher. Und ganz nebenbei bemerkt, mein Großcousin.«

Er war Familie! Er war ihr geheimnisvoller Cousin. Jetzt war alles klar.

Lennox, der die Situation am Tisch wachsam überflogen hatte, reichte ihr die Hand. Gentlemanlike drehte er die ihre in seiner und hauchte mit Abstand einen flüchtigen Kuss auf ihren Handrücken. »Es ist mir immer ein besonderes Vergnügen, Freunde von Imelda kennenzulernen.« Das Lächeln, das er ihr schenkte, machte seinem Namen alle Ehre. Er sah sie an, als wolle er sie zum Dessert verspeisen.

»Ganz meinerseits.« Elsy lächelte breit. Aus irgendeinem Grund schüchterte dieser Mann sie weder ein noch kam er ihr aufdringlich vor. Er vermittelte ihr eher den Eindruck, als könne man mit ihm Pferde stehlen. Und nicht, dass dies mit seinem Alter zu tun haben sollte, denn Elsy schätzte ihn auf Mitte Vierzig.

»Und wen haben wir da?« Begeistert kniete er sich zu Demon, der ihn lächelnd beäugte. »Darf ich?«

»Sicher! Sein Name lautet Demon.«

Dies ließ sich Lennox nicht zweimal sagen. Zunächst ließ er Demon an seiner Hand schnuppern, ehe er behutsam seine Seite streichelte. Der Mann kannte sich offenkundig mit Hunden aus.

Demon genoss die Streicheleinheit und legte sich auf den Rücken, um ihm seinen Bauch zu präsentieren. »So ein schöner Hund. Aufgeschlossen und schlau! Er weiß, wem er vertrauen kann«, kommentierte Lennox Demons Verhalten und blickte dann auf zu Crispin.

Der beschäftigte sich derweil damit, Lennox' Begleitung zu bemessen. – Die Dame war nicht zu ihnen an den Tisch gekommen, sondern telefonierte konzentriert ein paar Meter abseits.

»Mrs Monica Dubois, meine Anwältin sowie Beraterin«, erklärte Lennox, während er sich aufrichtete, und brachte damit Mr Crispin ordentlich in Verlegenheit.

Elsy bemerkte, wie Crispin versuchte, sich größer zu machen. Neben Lennox sah er schmächtig und klein aus.

»Mr Crispin, ich bin erfreut, Sie wieder zu treffen«, behauptete er, wobei seine Stimme eine deutliche Kühle angenommen hatte.

»Mr Wolf, eine Freude! Eine Freude!«, ereiferte sich Mr Crispin.

Hatte sich Crispin etwa gerade leicht verbeugt!? Imeldas Cousin war also ein besonders dicker Fisch. Elsy musste unwillkürlich schmunzeln. Was Geld bei manchen Menschen für Reaktionen auslöste, war erstaunlich.

Lennox selbst schien davon völlig unbeeindruckt, viel lieber wandte er sich Imelda und Elsy zu. »Die Damen, auch wenn es mich schmerzt, euch gleich wieder verlassen zu müssen, aber ich muss. Ich habe noch einen Geschäftstermin vor der Brust.«

»An einem Sonntag!«, tadelte Imelda.

»Geld schläft nicht. Und *meine Pläne* erst recht nicht«, verkündete er voller Überzeugung, wenngleich ein verschmitztes Funkeln in seine Augen trat. »Ungeachtet dessen, bitte, ihr seid meine Gäste. Lasst euch verwöhnen! Bestellt gerne, was ihr wollt. Elsy! Ich darf Sie doch so nennen! Über ein baldiges Wiedersehen mit Ihnen würde ich mich sehr freuen! Es ist immer schön, Freunde in seiner Nähe zu wissen.«

Dieser Mann machte sie sprachlos, auf eine gute Art und Weise. Sie kannte ihn zwar kaum, aber irgendetwas sagte ihr, dass sie von ihm noch so einiges erwarten durfte. Sie blieb gespannt. »Vielen Dank für die Einladung.« Mit einem Lächeln verabschiedeten sie sich.

»Imelda, wir hören uns. Auf bald, Cousinchen!«, versprach er und hauchte Imelda einen flüchtigen Kuss auf die Wange. Bevor er endgültig verschwand, nickte er Mr Crispin abschließend zu.

Keine Minute später reichte ihnen Tony zwei Champagnergläser. Die rosa Flüssigkeit, in der hunderte kleine Bläschen um die Wette tanzten, duftete herrlich fruchtig.

Die einzige Person, die unglücklich zurückblieb, war Mr Crispin. Er schaute missgönnend auf die Gläser in Elsys und Imeldas Hand. Allem Anschein nach hatte er sich mehr von dem spontanen Aufeinandertreffen mit Mr Wolf versprochen, so wie er ihn angehimmelt hatte. Da es ihm nichts eingebracht hatte, richtete er nun seine gesamte Aufmerksamkeit auf Imelda. »Welch Überraschung! Lennox ist Ihr Cousin.«

»Gut!«, dachte Elsy. Er wollte Imelda umschmeicheln!? Perfekt für sie, um ihn auszuhorchen.

»Mr Wolf«, korrigierte Imelda seine erzwungene Vertrautheit, »ist mein Großcousin.«

»Ein Mann von Welt, will ich meinen. Und wie ich hörte, beabsichtigt er, sich für das Amt des Bürgermeisters in Hoktony aufstellen zu lassen. Nur eins verstehe ich nicht … Ist er nicht gebürtiger Kanadier?«

»Da sind Sie zweifelsohne falsch informiert. Er hat eine Zeit lang in Kanada gelebt, ja, das stimmt, meine Familie jedoch stammt aus Hoktony. Und selbst wenn dem so wäre. Seine Herkunft sollte nicht darüber entscheiden, ob er für das Amt geeignet ist oder nicht. Wie dem auch sei, er ist ein Wohltäter unserer Gegend. Und bald wird er hier ansässig sein. Zwar liegt sein Hauptwohnsitz derzeit noch in Plymouth, allerdings wird sich das zu unseren Gunsten ändern.«

»Sie werden ihn also wählen?«, erdreistete sich Mr Crispin zu fragen.

»Das steht außer Frage. Und Sie?«, fragte Imelda unverhohlen zurück. »Sofern ich das beurteilen kann, haben Sie weitreichende Kontakte in Hoktony. Kennen Sie jemanden, der ebenfalls kandidieren wird? Ich möchte sehr gerne Ihre Meinung zu diesem Thema erfahren.«

Crispin errötete und konnte beim Sprechen kaum ein Grinsen verbergen. »Also, Miss James! Also wirklich!«

»Darf ich Ihnen vielleicht meinen Champagner anbieten?« Imelda reichte ihm ihr Glas. »Ich muss noch fahren«, erklärte sie wehmütig und setzte ihren unschuldigen Augenaufschlag ein, der sofort Wirkung zeigte. Elsy bewunderte das Schauspiel.

»O ja, sehr gern! Bevor er verkommt.« Nachdem Crispin gierig zwei Schlucke genommen hatte, kam er ihrer Bitte nach. »Zu Ihrer Frage. Es gibt in der Tat mehrere Persönlichkeiten mit denen Mr Wolf in Konkurrenz geraten könnte. Wobei sich noch keiner von ihnen offiziell geäußert hat. Es handelt sich hierbei also um Gerüchte. Recht zuverlässige Gerüchte, möchte ich jedoch betonen.« Sein Gesichtsausdruck, den er dabei an den Tag legte, triefte vor Hochmut. »Na ja, aber um ehrlich zu sein, im Grunde hätte nur eine Person Chancen gegen ihn und die wird jetzt ganz gewiss nicht mehr in den Lostopf hüpfen. Sie wissen, wen ich meine?« Mr Crispin ließ es sich nicht nehmen, eine dramatische Pause einzulegen, ehe er fortfuhr. »Mr Weatherbee, natürlich! Nach dem Tod seines Sohnes wird er ohne Zweifel Abstand von seinem Vorhaben nehmen.«

O mein Gott! Was für eine Info! Elsy schossen sogleich tausend Fragen durch den Kopf, mit einer musste sie starten. »Mr Weatherbee, Bürgermeister!? Ich dachte, er hätte so viel mit seinem Bauunternehmen zu tun. Warum sollte er sich für solch ein Amt bewerben. Gäbe es da nicht auch einen Interessenskonflikt?«

»Wie gesagt, es ist nur ein Gerücht. Außerdem, Interessen verschieben sich. Überdies leitet er das Unternehmen mit seiner Frau. Sie hätte übernehmen und weiteres Personal einstellen können. Aber dazu wird es jetzt nicht mehr kommen.«

»Ein derartiger Schicksalsschlag ist für die Eltern wohl kaum zu ertragen.« Elsy schüttelte traurig den Kopf.

»Seine politische Karriere hat damit ein jähes Ende gefunden. Der Verdacht der Mitschuld einer seiner Mitarbeiter an der Einbruchsserie war schon skandalös. Sein Glück, dass sich der Verdacht so gekonnt aus der Welt schaffen ließ. Doch jetzt ein Mord in der Familie und dazu an seinem eigenen Sohn. Überlegen Sie mal, wie viel Hass ein Mann auf sich gezogen haben muss, dass jemand sein Kind ermorden lässt. Wobei mir nach wie vor schleierhaft ist, wie dies ein Mord gewesen sein soll. Der Junge war einfach tollpatschig und ist gestürzt, aber damit muss ich mich zum Glück nicht beschäftigen. Jedenfalls, diese ganze Geschichte wirft ein unfassbar schlechtes Licht auf die Familie. Wer würde ihn jetzt noch wählen wollen … Obwohl, wenn er es pressetechnisch geschickt einfädeln würde, könnte er auch einen Nutzen daraus ziehen.«

Imelda und Elsy tauschten Blicke. Wie gefühlskalt konnte man bitte sein?

Elsy wägte – innerlich bebend – ab. Liebend gern hätte sie ihm ein paar Takte zu seiner geschmacklosen Äußerung gesagt, nur kluges Verhalten sah anders aus. Sie mussten mehr erfahren, darüber was er gesehen hatte. »Sie sagten, er war tollpatschig. Sie meinen also, es war gar kein Mord?«

»Wie soll er denn ermordet worden sein!? Er ist augenscheinlich gestolpert und hat sich das Genick gebrochen. Keine Ahnung, wie dieses Gerücht überhaupt entstehen konnte. Inspektor Quinn, der erst kürzlich meine Beobachtungen schriftlich aufgenommen hat, erwähnte auch nichts dergleichen. Zugegeben, er hat merkwürdige Fragen gestellt. Völlig unnütze Zeitverschwendung, wenn Sie mich fragen. Polizeibeamte …« Mr Crispin schaute, als hätte die Polizei nicht alle Tassen im Schrank, und leerte das Glas Champagner in einem Schluck.

Elsy stellte sich dumm. »Na ja …, vielleicht wurde die Leiter manipuliert? Vielleicht war jemand in der Bibliothek, wie wir den Lunch in der Küche eingenommen haben.«

Crispin blinzelte affektiert. »Also worüber *Sie* sich Gedanken machen, Miss Moore. Da habe ich, weiß Gott, Besseres zu tun. Solche Unfälle passieren! Menschen sterben – jeden Tag. Das ist nichts Besonderes.«

Jetzt riss Elsy endgültig der Geduldsfaden. Was war Crispin bloß für ein gefühlskaltes A… Er machte sie wirklich wütend. Sie wollte gerade ansetzen, um ihm einen verbalen Gegenschlag zu verpassen, als Imelda ihr zuvorkam. Sie lächelte ihr beruhigend zu, bevor sie ihr Wort an Crispin richtete. »Sie haben also niemanden gesehen?«

»Mir ist niemand anderes begegnet. Wenn Josh Weatherbee tatsächlich ermordet wurde, war es wohl jemand von uns.« Crispin gab ein schnorchelndes Lachen von sich, ihn kümmerte all das nicht im Geringsten. Erneut schaute er in sein Glas, allein um festzustellen, dass es bereits leer war. Anscheinend musste Nachschub her, denn plötzlich schien ihn das Gespräch zu langweilen. »Die Damen, wenn Sie mich nun bitte entschuldigen würden, mein Matchpartner wartet auf mich.«

»Aber natürlich. Mr Crispin, einen angenehmen Tag«, wünschte ihm Imelda unverbindlich.

Elsy konnte bloß nicken. So eine einfältige Primel war ihr lange nicht mehr begegnet. Wie er es geschafft hatte, all die Jahre in der Finanzwelt zu überleben, war Elsy ein Rätsel. Zum Glück, das konnte sie jetzt sagen, hatte sie bislang nur wenig Kontakt mit ihm gehabt. In der Leihbibliothek half er nur aus, wenn es sich nicht vermeiden ließ, gewiss war es für ihn ein Pseudo-Ehrenamt, und folglich war sie bis dato von seinen Ansichten verschont geblieben.

In dem Augenblick, als Crispin im Restaurant verschwand, platzte es aus Imelda heraus: »Mir fehlen die Worte! Was für ein Arschloch! Image und Geld sind offenkundig die einzigen Dinge, die ihn interessieren. Wie er über Josh gesprochen hat und seinen Vater. Unfassbar! Und wenn du mich fragst, ist er nicht gerade die hellste Kerze auf der Torte.«

»Das, oder er ist einfach kein weitsichtiger Mensch. Oder er versucht mit diesem Verhalten von seinem Zutun abzulenken …«

»Neee!«, sagten beide im Chor und mussten lachen.

Wie zur Bestätigung kam nun eine Nachricht auf Imeldas Handy, sie war von ihrem Cousin. Imelda hielt das Handy schräg, sodass Elsy mitlesen konnte.

Lennox: Lasst euch bloß nichts von Crispin andrehen! Er kennt sich in der Finanzwelt zwar recht gut aus, hat aber auch schon des Öfteren ein falsches Händchen bewiesen. Er ist eher der kurzsichtige Typ.

Imelda: Der Mann bekommt keinen Penny von uns!

Lennox: Braves Mädchen! XO

»Ich mag deinen Cousin. Er hat so was Verwegenes an sich, so eine unterschwellige … draufgängerische Art.«

»Jetzt spricht eindeutig der Bücherwurm aus dir!«, neckte Imelda sie.

»Ich bin, wer ich bin!« Elsy stand zu ihren Vorlieben. »Schade nur, dass ich ihn jetzt erst kennenlerne.«

»Dieser Mann ist hier und dort und nirgends zu Hause. Er war schon Ewigkeiten nicht mehr in Stricktony, obwohl er seit einigen Jahren vornehmlich in Plymouth arbeitet und lebt. Wobei leben und arbeiten bei ihm auf dasselbe rauskommt. Davor war er in weiß Gott wie vielen Ländern unterwegs, und um ehrlich zu sein, wir hatten wenig Kontakt. Erst vor Kurzem hat er sich gemeldet. Es zieht ihn in die Heimat. Er hat beschlossen, es zukünftig etwas ruhiger angehen zu lassen und kehrt deshalb nach Hoktony zurück. Verständlich, wenn man mit achtundvierzig Jahren schon Multimillionär ist. Derzeit ist er damit beschäftigt, alte Verbindungen wieder aufleben zu lassen.«

»Aha, Hoktony also … Nicht Paris, Mailand oder Rom?«, spaßte Elsy, für sie gab es keinen besseren Platz zum Leben als Stricktony.

»Versteh einer die Männer! Jedenfalls lässt er sich gerade ein schickes, altes Gemäuer nett herrichten. Er wird schon wissen, was er tut.«

»Wenn das so ist, zurück zu Crispin! Denkst du auch, dass er nichts mit Joshs Ermordung zu tun hat?«

»Ich bezweifle, dass er dazu in der Lage wäre. Versteh mich nicht falsch, sicherlich könnte man es ihm zutrauen, dumm ist er auch nicht, aber ein Mord verlangt Geschick. Man muss viele Kleinigkeiten und Zusammenhänge beachten, um ihn schlussendlich zu vertuschen, und *das* traue ich ihm nicht zu.«

»Das sehe ich genauso. Das bedeutet, wir konzentrieren uns vorerst auf Judy. Ich meine, wir müssen Crispin ja nicht völlig außer Acht lassen.«

»Das klingt nach einem hervorragenden Plan.«

9

Einen Tag später, Montagnachmittag

Fred lehnte sich mit seinem Arm weit aus dem Fenster seines Geländewagens, um am Eingangstor der Weatherbees zu schellen.

Heute fuhr er und Elsy saß auf dem Beifahrersitz. Auf ihrem Schoß fixierte sie mit beiden Händen eine hohe Tarteform, sie wog schwer auf ihren Beinen. Ihre Finger krallten sich um die Form und fühlten sich schon leicht taub an, was Freds zuweilen recht turbulentem Fahrstil geschuldet war. Nicht, dass er leichtsinnig fuhr oder Elsy sich gar unsicher fühlte, nur beschleunigte er gerne zügig und nahm mit Schwung die eine oder andere Kurve, und mit einem Kuchen in der Hand war dies ein abenteuerliches Unterfangen. Elsy hatte irgendwann laut gekeucht und gelacht, woraufhin Fred erst bemerkte, was er bewirkte. Daraufhin versprach er, Rücksicht zu nehmen, ein Umstand, der gerade mal fünf Minuten anhielt.

Während sie darauf warteten, eingelassen zu werden, schauten die beiden sich um. Das imposante Tor vor ihnen reichte weit in die Höhe, schien jedoch in die Jahre gekommen zu sein. Das angrenzende Törchen für Fußgänger stand halb offen.

»Ein solides Sicherheitssystem sieht für mich anders aus«, kommentierte Fred das laute Surren der Kamera, die sich nun auf sie richtete. Er rümpfte gespielt die Nase. Freds Sicherheitssystem auf Stricktony Hall war natürlich auf dem neusten Stand. Für jemanden, der Sicherheit sehr schätzte und Technik liebte, war dies nicht allzu verwunderlich.

Gleich darauf ertönte eine männliche Stimme aus der Gegensprechanlage, wider Erwarten gut verständlich: »Das Anwesen der Weatherbees, Sie wünschen bitte?«

»Frederik Smart, in Begleitung von Elsy Moore. Wir haben einen Termin.«

Anders als zunächst geplant, hatte Elsy ihren Besuch angekündigt. So war sichergestellt, dass die Weatherbees überhaupt vor Ort waren. Zumal niemand Fred den Wunsch, persönlich zu kondolieren, abgeschlagen hätte.

»Bitte, fahren Sie vor!«, bat die Stimme und öffnete das Tor, das sich knarzend seiner schweren Tätigkeit ergab.

Die Auffahrt zum Haus war kurz. Die Gebäude dieser schicken Wohngegend standen dicht beieinander und boten keinen Platz für ein imposantes Entree. Aber das brauchte es auch gar nicht. Der Bau an sich, der einer Miniaturausgabe des Weißen Hauses sehr nahekam, besaß bereits eine besondere Strahlkraft.

Fred parkte seitlich des Eingangs.

Bevor Elsy die Tür öffnete, atmete sie noch einmal tief ein. Was jetzt vor ihnen lag, würde nicht einfach werden. Gegenüber jemandem sein Beileid auszusprechen, war aufwühlend. Dass sie darüber hinaus versuchten, Informationen zu sammeln, die halfen, den Mord aufzuklären, war nervenaufreibend. Aber sie mussten es tun. Hazel und Amber verließen sich auf sie. Elsy stieß seufzend den Atem aus und griff zur Tür.

In dem Moment, als sie ausstieg, kam ein junger Mann in schwarzer Jeans und Poloshirt auf sie zu. Elsy schätzte ihn auf Ende zwanzig. Mit einem verhaltenen Lächeln begrüßte er sie. »Eure Lordschaft, schön, Sie hier begrüßen zu dürfen«, sagte er freundlich, seine Stimme jedoch klang unsicher, als fühlte er sich in der Situation unwohl.

Fred, der den Titel eines Barons trug, wurde häufig auf

diese Art angesprochen, wenngleich er selbst gerne auf diese Formalität verzichtete. »Herzlichen Dank! Und bitte, nennen Sie mich bei meinem bürgerlichen Namen. *Mr Smart* reicht völlig.«

»Wie Sie wünschen!« Der Mann schien freudig überrascht und richtete nun seine Aufmerksamkeit auf Elsy. »Miss Moore, nehme ich an? Wir haben telefoniert. Ich bin der Hauswirtschafter der Weatherbees. Seth Caldwell, mein Name«, stellte er sich leise vor.

»Das ist richtig, Elsy Moore. Hallo!« Elsy schenkte ihm ein besonders freundliches Lächeln. Er machte einfach den Eindruck, als könne er es gut gebrauchen.

»Schön, auch Sie kennenzulernen«, erklärte er, während sein Blick über sie hinweg huschte. Interessiert und schüchtern zugleich beäugte er sie von oben bis unten.

Elsy war sich nicht sicher, ob Seth lediglich ein ruhiger Typ war oder wirklich schüchtern. Wie dem auch sein mochte, sie entschloss sich, über die kleine Leibesvisitation hinwegzusehen. »Ganz meinerseits«, erwiderte sie. »Wären Sie so nett und würden mir den Kuchen abnehmen?«

»Aber gewiss doch. Bitte, folgen Sie mir!« Mit einer eleganten Handbewegung deutete er zum Eingang.

Fred und Elsy taten wie geheißen und folgten ihm durch die weitläufige Empfangshalle in das Wohnzimmer der Weatherbees. Die Einrichtung des Hauses ließ sich mit drei Worten beschreiben: schick, zeitlos und kostspielig.

Dort angekommen, verabschiedete sich Seth für einen Augenblick und bat sie, sich wie zu Hause zu fühlen.

Elsy zögerte, bevor sie sich auf das schneeweiße Sofa setzte. Wie sollte man es sich hier gemütlich machen, geschweige denn essen oder trinken? Immer mit dem Gedanken behaftet, das Sofa zu ruinieren, ließ es sich doch nicht entspannen. – Himmel! Sie hatte nach Josefs Rezept eine Apfel-Kirsch-Tarte für ihren Besuch zubereitet. Der Kirschsaft verstand sich mit Sicherheit sehr gut mit dem weißen Polster. Prima! Ihre wohlwollende Geste entpuppte sich nun als wenig glücklich.

Fred, der neben ihr Platz nahm, lächelte sie an und tätschelte ihr in alter Manier die Hand. »Nobel, nobel!«, kommentierte er mit gesenkter Stimme.

Zeit für eine Erwiderung blieb nicht, denn im selben Moment betrat das Ehepaar Weatherbee den Raum.

Voran ging Mrs Weatherbee, die in ein moosgrünes Businesskleid gehüllt war, das ausgesprochen gut zu ihren dunkelbraunen Haaren passte. Sie strahlte Eleganz, Kultiviertheit und eine angenehme Art von Selbstbewusstsein aus.

Mr Weatherbee war das perfekte Pendant zu seiner Frau. In seinem dunkelblauen Hosenanzug sah er sehr geschäftsmäßig aus, zudem machte er einen dominanten Eindruck.

»Herzlich willkommen!«, begrüßte sie Mrs Weatherbee. Sie bemühte sich zu lächeln, aber der traurige Zug um ihre Lippen ließ sich nicht verbergen.

»Vielen Dank, dass Sie uns empfangen.« Fred, der wie Elsy aufgestanden war, reichte ihr die Hand und schloss ihre mit seiner zweiten ein. »Darf ich Ihnen mein tiefempfundenes Beileid ausdrücken.«

Mrs Weatherbee nickte bloß. Sie rang um Fassung.

Elsy, die nah am Wasser gebaut war, konnte kaum zu ihr sehen, und konzentrierte sich darauf, nicht selbst eine Träne zu vergießen. Ein Kloß im Hals hinderte sie daran, normal zu sprechen. »Mein Beileid«, sagte sie mit belegter Stimme.

»Vielen Dank für Ihren Besuch«, erwiderte Mr Weatherbee tonlos und deutete ihnen, sich zu setzen.

»Seth bringt uns gleich den Tee«, nahm Mrs Weatherbee das Gespräch auf.

»Ich bin schon da!« Seth kam mit einem Tablett in den Händen wieder. Da die Tassen bereits parat standen, schenkte er direkt ein. »Miss Moore war auch so freundlich, einen

Kuchen mitzubringen. Was war es noch gleich?« Seth machte jetzt einen gelösteren Eindruck.

Elsy hingegen fühlte sich unwohl. »Eine Apfel-Kirsch-Tarte«, antwortete sie monoton. Sie kam sich dumm vor. Der Kuchen war zwar nett gemeint, aber was half Gebäck bei solch einer Tragödie.

»Das war sehr aufmerksam von Ihnen, Miss Moore«, bedankte sich Mrs Weatherbee und lächelte Elsy freundlich zu. »Seth, bringst du bitte jedem von uns ein Stück!«

»Ich hoffe, unser Besuch kommt nicht ungelegen. Uns war es einfach ein Bedürfnis, persönlich vorzusprechen«, erklärte sich Fred.

»Sie sind uns sehr willkommen«, winkte Mr Weatherbee ab. »Ohne Frage, in den ersten Tagen haben wir auf unsere Privatsphäre bestanden, doch mittlerweile sind so viele Menschen gekommen: der Direktor der Schule, sein alter Nachhilfelehrer, Geschäftsfreunde, seine alte Nanny. Wir erfahren gerade sehr viel Anteilnahme.« Seine Stimme klang gefestigt. Generell machte er einen beherrschten Eindruck. Elsy konnte nicht erahnen, was ihn ihm vorging.

Mr Weatherbee blickte in die Ferne, ehe er weitersprach. »Ich nehme an, Sie haben von der öffentlichen Bekanntgabe der Polizei gehört?« Über Joshs Ermordung wurde seit heute früh in den regionalen Medien berichtet. Das Gerücht war jetzt offiziell bestätigt. »Mord … Ich begreife es nicht, wer bringt ein Kind um!?« Mr Weatherbee rieb sich angestrengt das Gesicht. Zum ersten Mal sah Elsy in seinem Blick einen Ausdruck von Trauer.

Mrs Weatherbee lehnte sich an ihn und griff tröstend nach seiner Hand. Darauf richtete sie ihr Wort an Elsy. »Miss Moore, darf ich Sie fragen, Sie waren vor Ort, als es geschah, haben Sie vielleicht etwas gesehen, was der Polizei weiterhilft?«

»Ich wünschte, ich hätte es«, antwortete Elsy ehrlich. »Ich bin die Situation wieder und wieder durchgegangen, auch mit Inspektor Quinn habe ich gesprochen, aber nein. Ich selbst habe nichts gesehen, was für die Polizei nützlich wäre.«

»Sie wissen, dass er mit irgendetwas betäubt wurde?«, wollte Joshs Vater erfahren.

»Ja, ist es so?«, spielte Elsy die Unwissende. »Ich hatte es vermutet. Nachdem es hieß, es sei Mord, habe ich mir viele Gedanken gemacht. Eine Art Vergiftung schien mir die naheliegendste Erklärung.« Dass sie vom Mord von Q persönlich wusste und überdies von Hazel erfahren hatte, mit was Josh umgebracht wurde, durfte sie hier und jetzt nicht verraten.

»Entschuldigen Sie mein forsches Nachfragen. Auch uns hält die Polizei weitestgehend im Dunkeln. Ein sehr ärgerlicher Umstand, wie ich finde, denn es hindert uns, unseren Privatdetektiv adäquat zu briefen.«

»Sie haben einen Privatdetektiv engagiert?«, interessierte Fred.

»Noch nicht. Später am Tag sprechen zwei Detekteien vor, eine werden wir beauftragen. Wir können die Aufklärung nicht allein der Polizei überlassen. Es war Isabelles Idee, uns Hilfe zu holen.« Mr Weatherbee lächelte seiner Frau stolz zu. »Wir müssen erfahren, wer uns das angetan hat!«, erklärte er entschlossen.

»Darf ich fragen, ob Sie jemanden in Verdacht haben?«, hakte Fred nach.

»Leider, nein … Josh hatte keine Feinde. Amber und Hazel haben es uns bestätigt. Und was hätte mein Sohn schon tun können, um solch einen Hass auf sich zu ziehen? Josh war ein guter Junge!«

»Das war er«, bestätigte seine Frau leise.

»Also … Ich möchte Ihnen nicht zu nahe treten, bloß …
wie ich erfuhr, hat Josh regelmäßig einmal in der Woche in
Ihrer Firma mitgeholfen. Verstand er sich gut mit seinen
Kollegen? Ich erwähne es nur, weil man manchmal über solche Dinge gar nicht nachdenkt«, sprach Elsy geradeheraus
an, auch wenn es ihr schwerfiel, denn vermutlich war dies ihre einzige Gelegenheit, Informationen aus erster Hand zu erlangen.

»Unsere Angestellten …? Sie mochten ihn. Jeder mochte
ihn«, versicherte ihr Mrs Weatherbee. »Er war überall beliebt.«

»Das habe ich mir gedacht.« Elsy nickte wissend, trotzdem stand die Frage im Raum, ob Mrs Weatherbee davon
erfahren hätte, wenn jemand ihrer Angestellten Josh nicht
leiden konnte. Von einem öffentlichen Streit sicherlich, von
irgendwelchen Befindlichkeiten wohl kaum. Das war die
Krux dabei: Die Wahrheit hatte viele Gesichter. »Und Sie …
selbst. Ich meine, haben Sie Feinde?«, sprach Elsy Mr
Weatherbee an, da er die Firma aufgebaut hatte.

»Bestimmt. In meiner Position lässt sich dies kaum vermeiden. Ich leite ein gut gehendes Unternehmen, Konkurrenz
gibt es zuhauf. Nur jemanden konkret zu benennen, ist mir
nicht möglich. Ich führe meine Geschäfte gewissenhaft und
fair. Ich kenne niemanden aus der Vergangenheit, der mir etwas nachträgt, das solch eine Tat rechtfertigt.«

»Archie und Isabelle Weatherbee sind überaus geschätzte
Geschäftsleute. Ihre Reputation ist *tadellos*. Ich kenne nie-
manden, der ihnen Schlechtes wünscht!«, kommentierte eine
fremde Stimme, die sich sogleich zu ihnen gesellte. »Eure
Lordschaft, wenn ich mich vorstellen darf, Mike Ambrose.
Es ist mir eine Ehre!« Ein Mittdreißiger, gestriegelt von
Kopf bis Fuß, verneigte sich mit einem tiefen Diener direkt
vor Fred.

»Miss Moore haben wir diesen zauberhaften Kuchen zu

verdanken«, mischte sich Seth ein, der aus dem Hintergrund zu ihnen trat. Er reichte jedem Anwesenden einen Teller und verkündete dabei: »Ich habe ihn bereits probiert. Er ist köstlich!«

»Vielen Dank«, freute sich Elsy, wenngleich verhalten. Sie hatte anderes im Kopf, wer war dieser Mann?

Mr Ambrose, der völlig unbeeindruckt von Seths Ausführungen schien, würdigte Elsy nur eines flüchtigen Blickes, er begrüßte sie nicht einmal, und konzentrierte sich augenblicklich wieder auf Fred. Wie ein Falke, der seine Beute fixiert, starrte Mr Ambrose zu Fred. Selbst während er sich setzte, versuchte er den Augenkontakt aufrechtzuerhalten.

Elsy kannte derlei Leute, die andere Menschen lediglich in zwei Kategorien einsortierten: nützlich oder unbedeutend. Sie hörten Freds Titel und lauerten auf irgendeine Chance, daraus Nutzen ziehen zu können.

Auch Fred erkannte seine Ambitionen sofort, seine sonst so heitere Miene verschloss sich. »Mr Ambrose, guten Tag«, erwiderte er kühl und richtete dann seine Worte an Seth. »Vielen herzlichen Dank für Ihre Mühe, Mr Caldwell!«

»Bitte, Seth! Und immer gern!« Freudig gestimmt machte er kehrt, zuletzt warf er Mr Ambrose einen pikierten Blick zu. Es war eine flüchtige Geste, Elsy bemerkte es dennoch. Die beiden hatten wohl nicht das beste Verhältnis. Interessant!

»Mr Ambrose ist mein Assistent«, klärte Mr Weatherbee sie auf. »Er arbeitet seit einigen Jahren für uns und ist meine rechte Hand.«

Mr Ambrose genoss die Vorstellung seiner Person sichtlich. Er wuchs auf der Stelle einige Zentimeter, seine Nase richtete sich gen Himmel. Mit Bedacht rückte er seine Armbanduhr zurecht, die gut ein kleines Vermögen wert sein konnte, sollte sie echt sein.

Wie solch eine Persönlichkeit zu den Weatherbees passte,

war Elsy unbegreiflich. Zweifellos, Mr Weatherbee war ein taffer Geschäftsmann, unter der Schale jedoch, so mutmaßte sie, schlummerte eine nette, umgängliche Person. Mr Ambrose hingegen war eine Hyäne! Allein auf seinen Vorteil bedacht. Menschen, die ihm nichts einbrachten, ignorierte er. Elsy verstand nicht, warum manche Menschen sich entschieden, derart durchs Leben zu gehen, und sie würde es vermutlich auch nie ergründen. Menschen waren eben verschieden.

Schnell schüttelte sie den Gedanken ab und konzentrierte sich auf das Wesentliche: mehr über Joshs Umfeld zu erfahren. »Wir sprachen gerade über mögliche Feinde beziehungsweise Absichten. Entschuldigen Sie, wenn ich so direkt bin, allerdings … stimmt das Gerücht, dass Sie, Mr Weatherbee, im Herbst für das Amt des Bürgermeisters kandidieren wollen?«

»Nein, das habe ich nicht vor. Ich wurde gefragt, ob mich der Posten reizen würde, und ich habe dankend abgelehnt. Fragen Sie mich nicht, wer dieses Gerücht in die Welt gesetzt hat, ich war es ganz gewiss nicht. Mit unserem Unternehmen haben wir mehr als genug zu tun.«

»Gut nachvollziehbar …« Elsy schaute sich suchend um, um ihrer nächsten Frage ausreichend Glaubwürdigkeit zu verleihen. »Arbeiten Sie eigentlich hier von zu Hause aus oder haben Sie zusätzlich ein Büro? Tut mir leid, von Bauunternehmen habe ich wenig Ahnung. Irgendwie stelle ich Sie mir viel unterwegs vor«, gab sich Elsy ahnungslos. Sie wusste, dass das Unternehmen mehrere Angestellte hatte und dass das Büro im Stadtzentrum lag.

Sogleich ruhte Mr Ambrose abschätziger Blick auf ihr. »Miss … Miss … Wie war gleich noch mal Ihr Name?« Mr Ambrose schnippte mit den Fingern, er erwartete eine zügige Antwort.

Elsy musste blinzeln. So was nannte man wohl: vollkommenen Realitätsverlust. »Moore«, erinnerte sie ihn freundlich, obgleich mit festem Tonfall.

»Miss Moore …« Er setzte an, als würde er mit einer Fünfjährigen sprechen. »Das sind die Weatherbees! Sie besitzen ein ganzes Bürogebäude.«

»Mike … Wie soll Miss Moore das denn wissen«, reagierte Mrs Weatherbee kopfschüttelnd und wandte sich daraufhin Fred und Elsy zu. »Im Grunde sind wir die meiste Zeit unterwegs. Aber ich gebe zu, wenn es sich anbietet, arbeite ich gerne zu Haus. Vor allem in den Abendstunden bietet es sich an.« Mrs Weatherbee ließ ihre Gedanken schweifen, es dauerte, bis sie weitersprach. »Wir hätten im letzten Jahr viel mehr für Josh da sein sollen. Natürlich, mit achtzehn ist man erwachsen und letztendlich war er auch nie allein. Unsere Hausangestellten sind … waren angewiesen, sich um ihn zu kümmern. Besonders Seth war ihm ein guter Gesprächspartner, trotzdem ersetzt all das nicht die Eltern.«

»Herrgott, Isabelle, wie oft soll ich es dir noch sagen. Josh hatte alles, was er brauchte. Es gab keinen Grund, warum er nicht zufrieden hätte sein sollen. Deine Selbstvorwürfe sind unbegründet.« Mr Weatherbee drückte die Hand seiner Frau und lächelte ihr anerkennend zu. Es war ganz offensichtlich, dass er sie auf Händen trug.

Augenblicklich schellte es. Kaum zwei Minuten später hörte Elsy Schritte. Seths Gemurmel machte sie als Erstes aus, gefolgt von einer weiteren, viel tieferen Stimme. Irrte sie sich oder … Das durfte doch jetzt nicht wahr sein! Warum er, warum ausgerechnet hier! Nein, nein, nein!

Elsy warf Fred einen unauffälligen Seitenblick zu, der hoffentlich in voller Gänze zum Ausdruck brachte, dass sie beide in Schwierigkeiten steckten und er sich wappnen sollte.

Fred verstand, er hatte ebenso gelauscht, blieb jedoch die Ruhe selbst. Er zwinkerte ihr zu und machte vielmehr den Anschein, sich über das Zusammentreffen zu freuen.

»Mrs und Mr Weatherbee! Der Inspektor für Sie«, machte Seth auf sich aufmerksam.

»Danke, Seth!« Isabelle nickte und übernahm. »Inspektor Quinn, willkommen! Gibt es Neuigkeiten?«, fragte sie gespannt.

»Die Herrschaften!«, begrüßte Quinn die Runde. In seinem Kiefer zuckte es kurz, als sein Blick auf Fred und Elsy traf, ansonsten saß sein Pokerface perfekt. »Auf ein Wort, Mr Weatherbee!«, deutete er an, um mit ihm allein zu sprechen.

Mr Weatherbee folgte seiner Bitte umgehend und stand auf. Er führte den Inspektor ein paar Schritte weiter, wo sie ungestört sprechen konnten.

Isabelle blieb und kostete nachdenklich einen Bissen der Tarte.

Plötzlich war es still geworden, selbst Mr Ambrose starrte vor sich hin. Entweder wollten die Anwesenden nicht stören oder sie lauschten.

Auf Elsy traf selbstredend das Letztere zu, aber das, was sie vernahm, beschränkte sich auf zwei mickrige Worte: *Beerdigung* und *stattfinden*. Nun ja, das war wenig aufschlussreich. Überhaupt, ihr Besuch hatte mehr neue Fragen aufgeworfen, als alte geklärt. Wenn sie später zurück in Stricktony Hall waren, müssten sie gründlich überlegen, wie es weitergehen konnte. Zumindest gab es einen kleinen Lichtblick. Morgen fand Freds Abendgesellschaft statt. Judy würde anwesend sein und vielleicht sorgte dies für ein wenig Aufschluss. Hoffen durfte man doch.

»Vielen Dank, dass Sie extra vorbeigekommen sind.«

»Das war selbstverständlich«, versicherte Quinn, während die beiden Männer nähertraten.

»*Der Inspektor*, der Mann der Stunde! Ich sage euch, das Geld für einen Privatermittler könnt ihr euch sparen. Inspektor Quinn macht mir den Eindruck, mehr als fähig zu sein«, tat Mr Ambrose kund.

Mrs Weatherbee, die nicht vorhatte auf seinen Kommentar einzugehen, ging nichtssagend darüber hinweg und deutete dem Inspektor an, sich zu setzen. »Dürfen wir Ihnen einen Tee anbieten? Ein Stück Kuchen? Miss Moore war so aufmerksam und hat uns eine Tarte vorbeigebracht.«

Wie es schien, hatte Quinn andere Pläne. »Vielen Dank für die Einladung, dennoch, ich habe keine Zeit. Sie entschuldigen mich bitte!«

»Und uns ebenfalls! Wir schließen uns an«, verkündete Fred abrupt und stand auf.

W–Was!? Was führte Fred im Schilde? Elsy hatte warten wollen, bis Quinn zumindest wieder in seinem Auto saß. Ohne Zweifel war er nicht begeistert, sie hier zu treffen. Andererseits, ihr Besuch hatte sich eh dem Ende genähert und der Inspektor würde sie ohnehin wissen lassen, wenn ihm etwas nicht in den Kram passte. Vermutlich war es egal.

»Wir danken Ihnen für Ihren Besuch!« Mrs Weatherbee stand auf und reichte zum Abschied jedem die Hand.

»Es war uns ein Bedürfnis«, bekundete Fred.

»Miss Moore, wir bleiben in Kontakt!«, beschloss Mr Weatherbee und reichte ihr seine Visitenkarte.

Wenn in den nächsten Tagen ein Privatdetektiv vor ihrer Haustür stünde, wüsste sie Bescheid. »Gern, wenn ich helfen kann.« – Elsy war es recht. Je mehr Informationen zusammengetragen werden konnten, desto eher würde der Verdacht von Amber und Hazel weichen. Da war sie sich sicher.

Wie aufs Stichwort erschien nun Seth, um sie zur Tür zu begleiten.

Mr Ambrose, der weiterhin nur Augen für Fred hatte, verabschiedete sich erneut mit einem Diener. »Eure Lordschaft, nur kurz, wenn ich so forsch sein darf«, sprach er Fred im Flüsterton an und rückte näher. »Ich hörte von Ihren illustren Dinnerabenden und ich muss gestehen, ich bin begeistert von Ihrer Großzügigkeit dem gemeinen Volk gegenüber. Ob Sie mir wohl auch einmal die Ehre erweisen, mich als bescheidenen Gast zu begrüßen? Stricktony Hall ist ein Schmuckstück, welches ich als Fachmann gerne einmal persönlich in Augenschein nehmen würde. Bitte, haben Sie die Güte und denken über mein Ansinnen nach?«, säuselte er.

Elsy fehlten die Worte, beinahe hätte sie mit offenem Mund dagestanden. So offenkundig, wie er sich bei Fred einschleimte, hatte er alle anderen Dorfbewohner beleidigt. Was für ein Snob!

Selbst Fred blinzelte über Ambroses gestelzte Rede. Für eine Sekunde war auch er sprachlos. Eine adäquate Verabschiedung rang er sich nur mit Mühe ab. »Gewiss. Einen angenehmen Abend.«

»So so, Sie bleiben in Kontakt!«, kommentierte Quinn leise neben ihr, erstaunlicherweise klang er recht neutral, nur ein Hauch von Neugierde schwang mit. – Entweder war dies ein gutes Zeichen oder Elsy musste erst recht auf der Hut sein.

Fred, der derweil Seth mit irgendwelchen Anekdoten zu Stricktony Hall unterhielt, bekam ihre Unterhaltung nur am Rande mit. Er stand neben Seth an der Eingangstür, Quinn und Elsy bereits auf der Auffahrt.

»Ob Sie es glauben oder nicht, das war nicht meine Idee.« Auch Elsy senkte ihre Stimme, wenngleich sie draußen niemand mehr hören sollte.

»Was meinen Sie? Das In-Kontakt-bleiben, Ihren Besuch oder den Privatdetektiv?«

Q versuchte, sie aus der Reserve zu locken, das war eindeutig. Tja, da hatte er die Rechnung ohne sie gemacht. »Weder noch!« Was der Wahrheit entsprach, da Fred den Besuch bei den Weatherbees vorgeschlagen hatte, sie ihm aber bestimmt nicht verraten würde, um Fred nicht in die Pfanne zu hauen.

Elsy hörte nur ein Schnauben.

»Apropos Privatdetektiv!«, ging Elsy darüber hinweg.

»Wissen Sie, wen die Weatherbees engagieren wollen? Und wird die Polizei mit ihm zusammenarbeiten?« Ein Versuch war es wert.

»Miss Moore …«, setzte Quinn geduldig an.

»Ja, ja, verstehe! Es handelt sich um polizeiliche Ermittlungen, über die Sie nicht sprechen dürfen«, kam sie ihm zuvor. »Dennoch werden Sie mich gleich fragen, ob ich irgendetwas in Erfahrung gebracht habe, obwohl Sie eigentlich nicht wollen, dass ich das tue. Vollkommen logisch das Ganze.« Elsy schenkte ihm ein unschuldiges Lächeln und dachte blitzschnell nach, bevor sie weitersprach. Sie entschloss sich, es darauf ankommen zu lassen. Wer wusste, vielleicht konnte sie ihn ja aus der Reserve locken. »Wie dem auch sein mag, ich hoffe, wenigstens Sie haben Anhaltspunkte und dementsprechend eine Spur. – Mr Weatherbee macht Ihnen doch sicher auch Druck. – Jedenfalls, wir haben keine Ahnung. Zugegeben, Mr Crispin ist auf unserer Liste nach unten gerutscht, aber wir befragen ja auch keine Menschen, wie Sie es tun, und Sie haben Unterstützung von der Forensik. Auffällig ist jedoch, dass scheinbar wirklich jeder Josh mochte, dass niemand etwas Schlechtes über ihn zu berichten weiß. Und das ist mehr als merkwürdig. Nicht, dass er nicht ein sehr netter Junge war, bloß, irgendjemand hatte ganz offensichtlich etwas gegen ihn.« Elsys Redeschwall endete damit und sie schnappte begierig nach Luft, schließlich war sie kein Fisch, der Kiemen trug.

»Und wer steht jetzt auf Ihrer Liste ganz oben?«, erkundigte sich Q ruhig. – Okay, das mit dem aus der Reserve locken, hatte nicht funktioniert.

»Es gibt kein Oben. Das ist das Problem. Verdächtig sind nach *Ihren* Äußerungen, Judy, Crispin, Hazel und Amber. Und na ja, Sie wissen, was ich davon halte. Oder haben Sie neuerdings weitere Personen unter Verdacht? Sie kennen die Weatherbees und deren Angestellte doch. Ich meine, die

Einbruchsserie. Das Unternehmen haben Sie ja vor geraumer Zeit durchleuchtet.«

»Das ist korrekt.«

Elsy stöhnte innerlich, wie konnte man so stur sein. »Ist das alles, was Sie dazu sagen wollen?«

Inspektor Quinn trat näher, er wollte gerade zu einer Erwiderung ansetzen, als ein greller Lichtstrahl ihn im Gesicht traf. Blinzelnd taumelte er zurück. »Was zum Teufel …«

Elsy schaute sich um. Sie erblickte das Nachbarhaus, deren Fenster und bemerkte seitlich eine Bewegung. Gerade noch sah sie, wie ein Mann in der Dunkelheit eines Zimmers verschwand. Hatte er etwa am offenen Fenster gestanden und sie von dort beobachtet?

»Dafür können Sie sich bei Mr Fitz bedanken!«, erklärte Seth verstimmt und schloss zu ihnen auf. Seiner Zurückhaltung war Argwohn gewichen.

»Wer ist Mr Fitz?«, fragte Elsy und betrachtete erneut das in die Jahre gekommene Haus. Ranken überwucherten schier endlos das alte Gemäuer, dessen unzählige Schornsteine hoch in den Himmel ragten. Hätte Elsy nicht gewusst, dass sie sich in der wohlhabendsten Gegend von Hoktony befand, hätte sie vermutet, Teil einer Gruselgeschichte zu sein.

»Sie kennen Mr Fitz nicht!? Patrick Fitz ist ein bekannter Drehbuchautor. Er lebt schon *ewig* hier.« Das *Ewig* zog Seth in die Länge und seine Augen weiteten sich dabei fast unnatürlich, offenkundig um auf das hohe Alter des Mannes aufmerksam zu machen. »Und er ist neugierig. Sehr neugierig!« Sein Unmut war Seth deutlich anzusehen. »Jeden Tag steht er am Fenster und beobachtet die Menschen. Die Leute auf der Straße … Die Nachbarn … Mich! Mit einem Fernglas! – Das war übrigens das, was sie geblendet hat. – Er ist sozusagen mein persönlicher Stalker! Unfassbar, wie langweilig manchen Menschen ist. Hätte ich so viel Zeit, wüsste ich Besseres damit anzufangen.«

»Mr Fitz beobachtet also die Nachbarschaft jeden Tag?«, grübelte Quinn.

»Ja. – Sobald wir nicht mehr hinaufsehen, kommt er wieder ans Fenster. Sie glauben gar nicht, wie *nervig* das ist.« Seth klang regelrecht erbost.

Fred nickte mitfühlend, er wusste, wie es war, wenn Menschen die Privatsphäre anderer nicht respektierten.

Elsy beschäftigte derweil ein anderer Gedanke. Ein Mensch, der so viel Zeit darauf verwandte, sein Umfeld zu beobachten, kannte sicherlich das eine oder andere Detail …

»Wenn Sie mich nun bitte entschuldigen!«, verabschiedete sich Seth, wieder freundlich gestimmt. »Vielen Dank für Ihren Besuch und Ihre Anteilnahme. Ich wünsche Ihnen eine gute Heimfahrt.« Ehe sich Seth in Bewegung setzte, schaute er ein letztes Mal hinauf zum offenen Fenster. Sein Blick schien mehr als genervt.

Auch Elsy wollte sich verabschieden. »Ja dann. Einen schönen Tag, Inspektor!«

Wie zur Bestätigung hakte sich Fred bei ihr unter. »Wir freuen uns, Sie morgen Abend begrüßen zu dürfen.«

»Moment! – Bitte!« Das *Bitte* schob er nachträglich hinterher. Quinn räusperte sich. »Gibt es irgendetwas, was sie mir noch mitteilen möchten?« Vornehmlich sah er Elsy an.

»Sie wissen, dass ich meine Augen und Ohren offen halte, nur denke ich nicht, dass ich mehr weiß als Sie. Im Gegenteil.«

»Und Ihr Besuch hier?«, verlangte er zu wissen.

»Wir haben lediglich kondoliert!«, brachte sich Fred ein. »Eine Selbstverständlichkeit, in Anbetracht der Umstände«, ergänzte er.

»Gut …, wenn es nicht mehr ist. Das Einwirken Ihrerseits kann ich nicht weiter tolerieren!« Diesmal rügte der Inspektor ebenso Fred.

»Wo kämen wir da hin! Alles Polizeiarbeit.« Fred bemühte sich ein argloses Lächeln aufzusetzen. Die Betonung lag auf *bemüht*. »Komm, meine Liebe, ich möchte mich vor dem Abendessen ein wenig ausruhen. Guten Tag, Inspektor!«

10

Am Abend

Eingekuschelt unter ihrer Strickdecke saß Elsy auf ihrer Couch vor dem Kamin. Die Hitze des Feuers strahlte zu ihr hinüber und sie genoss das beschützende Gefühl, das diese wohlige Wärme in ihr auslöste. Kaminfeuer hatte eine ganz besondere Art sie zu wärmen, sie einzuhüllen. Vielleicht lag es auch an dem steten Knistern und Knacken des Holzes, wie es in den lodernden Flammen verbrannte, Elsy beobachtete gern die wild tanzenden Flammen. Vielleicht auch an dem feinen Rußgeruch, der sie immer an Weihnachten erinnerte.

Ein Buch ruhte aufgeklappt auf ihrem Bauch. In den Händen hielt sie eine große Tasse Kakao. Der Berg Schlagsahne, den sie darauf getürmt hatte, war längst vernichtet. Bevor Elsy ihren Kakao trank, musste immer erst die Schlagsahne weggenascht werden. Schließlich war dies das Beste daran.

Elsy seufzte entspannt und schaute hinaus in die Dunkelheit. Regentropfen prasselten ungestüm gegen die Scheibe ihres Wohnzimmerfensters, dahinter tobte der Wind.

Demon, der neben der Couch schlief, hatte sich genau auf die Stelle gelegt, wo ein kleiner Zipfel ihrer Decke zu Boden hing. Zum Glück mussten sie heute nicht noch einmal raus. Ihre Abendrunde lag längst hinter ihnen. Demon und sie waren dabei ordentlich nass geworden und so trocknete Demon vor sich hin. Elsy versuchte, den Geruch von nassem Hund zu ignorieren. Ihre Lieblings-Duftkerze, die nach karamellisierten Mandeln roch, half dabei ungemein. Sie selbst war nach ihrem Spaziergang unter die Dusche gehüpft, ihre Haare trockneten derzeit an der Luft.

Ihr Blick wanderte nun zu ihrem weitläufigen Bücherregal. Zwischen der Efeutute, einer wild rankenden Pflanze, die tatsächlich bei ihr überlebt hatte, und ihren Agatha Christies fand eine alte Standuhr Platz. Sie verriet ihr, dass Rufus bald anrufen würde.

Rufus Clark war ihr über die Monate ein enger Freund geworden. Kennengelernt hatte sie ihn bei einem von Freds Dienstagabend-Gesellschaften. Durch Elsys Kochkurse, bei denen er sie tatkräftig unterstützte, freundeten sie sich an. Rufus, der mehreren Berufen nachging, unter anderem war er Chorleiter der hiesigen Kirche, träumte von einer Karriere am Theater. Wie sie wusste, hatte er heute ein Vorsprechen in Bristol und wollte sich danach melden. Sie hatte ihm über den Tag die Daumen gedrückt und war sehr gespannt.

Nachdenklich nippte Elsy an ihrem Kakao, als ihre Gedanken sie zurück zum heutigen Nachmittag trugen. Das Treffen mit Joshs Eltern war wenig aufschlussreich gewesen. Sicher, Ambrose war auf der Bildfläche erschienen und der war ohne Frage eine Type für sich. So wie Elsy Josh kennengelernt hatte, standen die beiden sich ganz bestimmt nicht nahe. Seth hingegen, mit seiner ruhigen Art, konnte ein Vertrauter von Josh gewesen sein. Was ihnen jedoch immer noch keinen Aufschluss darüber gab, warum jemand Josh überhaupt tot sehen wollte. Was war bloß das Motiv? Auf der Rückfahrt hatten Fred und sie hin und her überlegt und sogar eine Liste mit Fragen angelegt, damit sie nicht jedes Mal von vorne beginnen mussten.

1. Der Mörder hatte Kenntnis über Ambers Tabletten und deren Wirkung.
2. Der Mörder wusste um Joshs gesundheitliche Probleme.
3. Der Mörder musste die Möglichkeit gehabt haben, die Tabletten zu entwenden.

4. Und er musste die Möglichkeit gehabt haben, sie unterzumischen.

Fred und sie waren mittlerweile davon überzeugt, dass das Medikament versteckt im Smoothie verabreicht wurde. Darüber hinaus mussten sie berücksichtigen, dass das Medikament natürlich auch schon viel früher zum Smoothie gegeben worden sein konnte und nicht erst in der Bibliothek, folglich bei Josh zu Hause.

Und somit kam sie jetzt zurück zum Motiv. Nach wie vor schwirrte Elsy der Gedanke im Kopf herum, dass Josh entweder an der Einbruchsserie beteiligt war oder Dinge darüber wusste. Eine andere Überlegung war, dass sich jemand der Angestellten etwas zu Schulden hatte kommen lassen und Josh darüber Bescheid wusste.

Augenblicklich blitzte Seths Gesicht vor ihrem geistigen Auge auf. Seine Reaktion auf den neugierigen Nachbarn, Mr Fitz, hatte Elsy verwundert, da Seth deutlich erbost schien. Wenn jemand genervt hätte sein müssen, dann doch wohl die Weatherbees, warum ärgerte sich Seth darüber? Elsy fand seine Reaktion leicht übertrieben. – Fred verstand es, weil er Zeit seines Lebens dem Gerede der Leute ausgesetzt war.

Zum anderen hatten sie im Auto über das übrige Hauspersonal nachgedacht. Von denen hatten sie niemand kennengelernt und die Schwierigkeit war auch, an jemanden von ihnen heranzukommen. Aber sie benötigten Infos von Insidern, ganz dringend! Natürlich kam ihnen ebenfalls in den Sinn, Mr Fitz unter die Lupe zu nehmen. Nur wie sollten sie ihn ansprechen? Er war ein berühmter Mann. So einfach kamen sie sicherlich nicht an ihn heran.

Wie sie es drehten und wendeten, sie mussten sich in Geduld üben. Und morgen stand immerhin schon das Dinner an. Elsy hatte sich fest vorgenommen, herauszufinden, was hinter Judys heimlichen Blicken steckte.

Inständig hoffte sie, dass der Privatdetektiv, den die Weatherbees beauftragten, einen Beitrag leistete oder Q bereits eine Spur hatte.

Q … Aus ihm wurde Elsy genauso wenig schlau. Menschenkenntnis hin oder her, dieser Mann war eine undurchsichtige Wand aus Stahl und Beton. Er war so ruhig geblieben, als sie nach ihrem Besuch bei den Weatherbees gesprochen hatten. Verdächtig ruhig! Observierte er sie etwa …? War er deshalb kurz nach ihnen dort aufgetaucht …? Nein! Nein, das konnte sie sich nicht vorstellen.

Kaum verflog dieser Gedanke, kündigte sich auf ihrem Tablet ein Videocall an. Rufus rief an.

»Hi!«, begrüßte sie ihn freudestrahlend.

Rufus sah sie verdattert an. »Hattest du gerade Sex!? O Gott, sag mir nicht, dass ich störe!«

»Was!? Wovon redest du?« Elsy musste lachen.

»Deine Frisur, diese durchwühlte, heiße Mähne!« Rufus gestikulierte wild um seinen Kopf herum. Seine Frisur saß perfekt, wie alles an ihm.

»Ernsthaft! Ich habe geduscht und lasse meine Haare gerade an der Luft trocknen.«

»Els, mach ein Foto für Insta! Du wirst dich vor Angeboten kaum retten können.« – Els lautete ihr neuer Spitzname, wobei Rufus der Einzige war, der sie so nannte.

»Ich bin mir sicher, dass ich *diese Art von Angeboten* gar nicht erhalten möchte.«

»Braves Mädchen.«

»Ja, ja, das bin ich.« Ein freches Grinsen stahl sich auf ihre Lippen.

Rufus zwinkerte ihr zu und zeigte sein perfektes Zahnpasta-Lächeln.

Im Hintergrund nahm Elsy plötzlich bunte Lichter wahr. »Wo bist du?«, fragte sie skeptisch.

»In einem Bed and Breakfast in der Nähe des Theaters.

Die Lichtshow in meinem Zimmer ist quasi kostenlos. Yeah!«

»Oh …«

»Yeap. Aber es ist günstig und sauber und was will ich mehr. Außerdem, morgen bin ich wieder zurück.« Er seufzte und machte keinen besonders glücklichen Eindruck.

»Stimmt. Wie war es denn?«

»Lange Rede, kurzer Sinn: Bescheiden! Sie meinten, ich wäre gut, ihnen aber mit meinen sechsundzwanzig Jahren zu jung für die Rolle. Nicht dass sie vorher schon gewusst hätten, wie alt ich bin.« Rufus rollte mit den Augen. Er hatte so viel Zeit und Kraft in das Vorsprechen investiert. Selbstverständlich war er enttäuscht.

»Tut mir leid. Aber, sieh mal, sie wussten, wie alt du bist, und wollten dich trotzdem sehen, dir also eine Chance geben. Das ist etwas Positives. Wenn es dann nur wegen des Alters nicht geklappt hat, ist es doch nicht sooo schlimm, oder?« Elsy hoffte, ihn mit ihren Worten aufheitern zu können.

Rufus zuckte belanglos mit den Schultern.

Elsy wusste, er war niedergeschlagen, wollte es nur nicht zeigen. Gewiss half eine Dosis Demon, ihn aufzumuntern. Sie bewegte das Tablet in seine Richtung, um ihn zu filmen. »Guck mal!«

»Demon!«, freute er sich lautstark.

»Pst! Nicht so laut! Er schläft.«

»Tschuldigung!« Erschrocken legte Rufus seine Hände auf den Mund und zog eine Grimasse.

Wie auf Kommando bewegte Demon die Vorderläufe. Er träumte im Schlaf, sehr wahrscheinlich von einer wilden Verfolgungsjagd.

»Er winkt mir zu!«, scherzte Rufus.

»Ganz sicher. Und später, wenn er aufwacht, erzählt er mir, dass er von dir geträumt hat«, bemerkte Elsy trocken.

»Mein Schatz!«, hauchte Rufus theatralisch.

»Solange du das nicht mit einem zischenden oder röchelnden Unterton sagst, ist alles gut«, mahnte Elsy auf eine spaßhafte Weise und nahm das Tablet wieder auf ihren Schoß. »Gollum darf Demon nämlich nicht zum Spazierengehen ausleihen.«

»Durchaus verständlich. Er würde ihn zweifelsohne fressen.«

»Whoa! Hör auf, falsche Richtung!« Bei diesem Gedanken schüttelte es Elsy.

»Gut, Thema-Wechsel! Was gibt es Neues? Ich habe von der Polizeimeldung gehört.«

»Ja, Josh Weatherbee wurde ermordet. Es ist unfassbar …«

»Wie schrecklich.«

Bislang war Rufus nicht in ihre Pläne, Hazel zu helfen, eingeweiht. Elsy brauchte nur eine Sekunde zu überlegen. »Also … wie du dir vielleicht denken kannst, habe ich mich etwas umgehört, Hazel zuliebe, damit sie und ihre Schwester nicht in Verdacht geraten, aber es ist echt schwierig, etwas herauszufinden.«

»Nachtigall, ich hör dir trapsen. Hab ich's mir doch gedacht! Wenn du bei Hide schon nicht die Füße stillhalten konntest, dann jetzt erst recht nicht.« Rufus war einer der wenigen, denen Elsy im Nachgang von ihren eigenen Nachforschungen zur Mordserie vergangenen Herbst berichtet hatte.

»Ja, aber, bis jetzt habe ich nicht viel unternommen. Und bislang konnte ich auch nichts Großartiges herausfinden, nichts, was nicht ohnehin schon gemunkelt wird.« Ambers Geheimnis sparte sie aus, es war schließlich ihr Geheimnis. »Selbst bei ihm zu Hause haben wir nichts herausgefunden. Ich war mit Fred heute Nachmittag bei Joshs Eltern zum Kondolieren.«

»Aha …« – Elsy sah, wie sich die Rädchen in Rufus' Kopf drehten. – »Arbeitet da ein gewisser Seth So-und-so?

Dunkelhaarig, schlank, sehr zurückhaltend?«

»Jaaa! Seth Caldwell. Sag bloß, du kennst ihn!?«

»Jein. Wir haben gemeinsame Bekannte. Ich traf ihn mal auf einer Party. Süß ist er.«

»Süß heißt allerdings nicht, dass er einer von den Guten ist.«

»Hast du ihn unter Verdacht?« Rufus klang erstaunt.

»Nein, nicht wirklich. Momentan ist jeder verdächtig. Das ist ja das Schlimme. Aber … womöglich weiß er was.«

»Also wenn es dir hilft, ich kann uns bestimmt ein Date mit ihm organisieren.« Rufus schenkte ihr ein verschmitztes Grinsen.

Das wäre perfekt! Elsy nickte eifrig. »Ja!«

Sofort blickte Rufus konzentriert auf sein Smartphone und wischte mit seinen Fingern darauf hin und her. »Ich schaue auf Insta nach ihm.«

Elsy gab ihm Zeit. Wenn sie so die Möglichkeit hatte, mit Seth unter vier Augen zu sprechen, war es das Warten mehr als wert.

»Hast du morgen Abend Zeit? Ach nein, Freds Dinner!«

»Ich könnte nur im Anschluss. Was ist denn?«

»Soweit ich das sehe, trifft er sich morgen mit ein paar Bekannten in einer Bar. Wenn du magst, fahren wir hin.«

»Ja *und* nein.« Was Elsy jetzt sagen wollte, fiel ihr schwer. »Rufus, ich kann dich nicht mitnehmen«, erklärte sie kleinlaut, sie wollte ihn nicht verletzen.

»Wie, du kannst mich nicht mitnehmen!?«, empörte er sich. Rufus sah aus, als würde er die Welt nicht mehr verstehen.

»Das ist gefährlich!«, stieß sie aus. »Stell dir mal vor, er hat was damit zu tun. Ich will dich da nicht mit hineinziehen.« – Genauso wie Hazel, von der sie hoffte, dass sie nichts im Alleingang unternahm, wollte sie Rufus beschützen. Es war besser, wenn beide nicht involviert wären.

Rufus lächelte verständnisvoll. »Els ..., das ist ja wohl meine Entscheidung. Und überhaupt, zu zweit sind wir stärker. Allein fährst du da auf keinen Fall hin! Außerdem, ich mag dieses kleine Computergehirn. Natürlich helfen wir ihr und ihrer Schwester. Und ... Seth ist wirklich heiß! Hoffen wir, dass er nicht der Böse ist.«

11

Am nächsten Tag, Dienstag früh

Wenn es nicht viele Menschen herumtrieb, wie am heutigen Morgen, war Josefs Laden ein Paradies. Und nicht nur, weil es hier eine große Auswahl an Köstlichkeiten gab, sondern auch, weil immer noch der Charme der Dreißiger- und Fünfzigerjahre in Form von alten Möbeln und Wandschmuck spürbar war. Es war, als reiste man ein Stück weit in die Vergangenheit.

Hier und dort hörte man Gemurmel, ansonsten war nur das leise, monotone Summen der Kühlregale zu hören. Und irgendwie hatte das eine beruhigende Wirkung auf Elsy. Sie nahm sich die Zeit und schlenderte durch die Regalreihen. Ihr Einkauf beschränkte sich auf wenige, frische Produkte für das heutige Dinner. Zuvor jedoch wollte sie die Gelegenheit nutzen, ihren Vorrat an Süßigkeiten und Knabbereien aufzustocken. Neuerdings hatte sie Hummuschips für sich entdeckt. Mit Schokolade überzogene Karamellstangen durften ebenfalls nicht fehlen. Für Fred wanderten Jaffa Cakes in ihren Weidenkorb.

Schließlich steuerte sie die Kühlregale an. Sie benötigte frische Beeren sowie Babyspinat. Sie hoffte darauf, einen Frischepack mit bereits geputzten Blättern zu ergattern, um sich zumindest ein bisschen Arbeit zu sparen. Ihr Blick blieb wie von selbst an der bunt aufgereihten Mischung von Smoothies hängen.

Eben mit solch einem war Josh getötet worden. Mit einem grünen, wie Hazel ihr erzählt hatte, und er war hausgemacht gewesen. Elsy nahm eine kleine Flasche mit dunkelgrünem Gemisch aus dem Kühlregal, öffnete sie und kostete einen kräftigen Schluck. Feldforschung war nicht das Schlechteste.

Okay … Elsy verzog das Gesicht. Vielleicht revidierte sie ihre Meinung. Jetzt musste sie sogar husten. Ein scharfer Geschmack gepaart mit Kohl und Säure reizte ihre Zunge. Bäh, was hatte sie da gekostet!? Sie verschloss die Flasche postwendend und schaute nach.

Der Hersteller warb mit Spicy Ginger Kale Explosion. Tja, dieses Gebräu machte seinem Namen alle Ehre.

Leicht missmutig stellte Elsy die angebrochene Flasche in ihren Korb. Mit einem Preis von knapp vier Pfund, war dies eine teure Feldforschung gewesen, aber jetzt konnte sie zumindest mit hundertprozentiger Sicherheit sagen, dass ein Smoothie, selbst wenn er nicht mit Ingwer gewürzt war, genug Geschmacksintensität aufwies, um ein bitteres Medikament zu überlagern. Und sie wusste, dass sie mit ihrer Vermutung, kein Freund von Gemüsesmoothies zu sein, recht behalten hatte. Sie bevorzugte eindeutig die roten, beerigen Varianten.

Elsy schüttelte es, ihre Geschmacksknospen brauchten dringend einen Ausgleich und so fiel sie über eins ihrer Curly Wurlys her. Auch wenn das Karamell fürchterlich an den Zähnen klebte, liebte sie den Geschmack und die Form der gedrehten, dünnen Stränge.

Genüsslich kauend machte sie sich daran, ihre Einkaufsliste abzuarbeiten. Nachdem Elsy ihre übrigen Einkäufe zusammenhatte, ging sie zur Kasse.

Dort wurde sie längst erwartet.

Mit aufgestützten Armen und allem Anschein nach gelangweilt lehnte Mailin, Jos neue Mitarbeiterin, auf dem Tresen. Hinter der obligatorischen Schürze, die jeder Mitarbeiter tragen musste, verbarg sich die angesagteste Kleidung der

Saison. – Mailin war die erwachsene Tochter eines befreundeten Ehepaars, mit dem Josef seine Leidenschaft für feines, englisches Porzellan teilte. – Erwartungsvoll folgte sie Elsys Schritten. »Elsy, guten Morgen! Endlich habe ich was zu tun«, sagte sie mit glasklarer Stimme und strich sich eine Haarsträhne hinters Ohr. Mailin hatte die schönsten Haare, die Elsy je an einer Frau gesehen hatte. Tiefschwarz glänzten sie im Licht.

Elsys eigene Mähne war zwar kräftig, allerdings auch leicht widerspenstig. Ein bisschen Feuchtigkeit in der Luft und sie trug Ringellöckchen zur Schau. Und jeder, der krauses Haar hatte, wusste, dass es schwierig war, Glanz in solche Haare zu bekommen.

»Guten Morgen!«, grüßte Elsy zurück und nahm den letzten Bissen ihrer Süßigkeit. Das Papier legte sie als Erstes auf den Tresen zum Kassieren, damit sie es nicht vergaß.

»Ein Schoko-Boost um zehn Uhr! Du hast es ja scheinbar nötig«, scherzte Mailin, woraufhin Elsy nur unschuldig mit den Schultern wippte. Mit vollem Mund wollte sie ihr nicht antworten.

Mailin arbeitete seit Oktober für Jo, sie half viel im Büro und manchmal an der Kasse. Ihre Eltern waren stolze Besitzer eines Antiquitätengeschäfts in Hoktony, spezialisiert auf britische Groß- und asiatische Kleinmöbel. Bislang hatte Mailin dort gearbeitet, suchte jedoch selbst nach Veränderung. Für Jo kam sie wie gerufen, da Frances nicht mehr mit aushelfen konnte. »Bist du im Stress wegen des Dinners?«, hakte Mailin nach, während sie kassierte.

»Noch nicht. Und ich hoffe, das bleibt so«, konnte Elsy jetzt endlich antworten. »Möchtest du eigentlich auch mal zum Dinner kommen? Fred hat letztens gefragt.«

»Was, ich? Ja, natürlich, sehr gern!« Begeisterung leuchtete in Mailins Augen auf. »Uh! Meine Mutter wird ausflippen, wenn sie das hört. *Ich* eingeladen beim Baron of Faun zum Abendessen. Und mein Vater wird durchdrehen wegen der Kunstgegenstände, die er auf Stricktony Hall vermutet.«

Elsy musste lachen. Mailin war immer so direkt. Bei ihr wusste man, woran man war. »Irgendwelche Wünsche für deinen Tischnachbarn?«, fragte sie mit einem verschwörerischen Lächeln.

Im Begriff zu antworten, stoppte Mailin, die schrille Türglocke riss sie aus ihrem Geplauder.

Constable Marty Hall, ein Kollege des Inspektors, stand in der Tür. Breit grinsend kam er auf sie zu geschlendert und lehnte sich lässig gegen den Tresen. »Die Damen!« In Lederjacke und mit Motorradhelm unter dem Arm sah er draufgängerisch aus. Im Grunde sah Marty stets so aus, als hätte er gerade etwas ausgefressen. Seine roten, strubbeligen Haare und sein schelmisches Grinsen trugen sicherlich einiges dazu bei.

»Hi, Marty, dein freier Tag?«, wollte Elsy erfahren.

»Yeap! Und wie könnte ich den schöner beginnen, als unserer lieben Mailin einen Besuch abzustatten und mit ihr zu frühstücken.«

»Hab ich was verpasst!?« Mailin guckte ihn an, als hätte er nicht mehr alle Tassen im Schrank. Ihre Stimme klang deutlich kühler. Zumindest lächelte sie noch.

Marty bemühte sich seit Wochen, Mailin zu einem Date zu überreden, das wusste Elsy. Jeder im Dorf wusste es.

»Schau! Es ist nichts los. Setz dich doch einfach zu mir. Ich gebe einen aus.« Marty deutete auf den kleinen Bistrotisch auf der gegenüberliegenden Seite.

»Marty, ich arbeite. Das geht nicht.«

»Elsy, leistest du mir Gesellschaft?« Marty setzte einen treuen Hundeblick auf, zweifelsohne hatte dieser schon oft funktioniert.

Elsy, die zugegebenermaßen Mitleid mit ihm hatte – bestimmt war es für ihn nicht leicht, unentwegt von Mailin zurückgewiesen zu werden –, konnte dennoch nicht. »Sorry, ich muss auch weiter.«

»Das Leben ist grausam! Ladys, ihr macht mich fertig …« Obwohl Marty theatralisch klang, sah er recht munter aus. Vermutlich gab er noch lange nicht auf.

Mailin, die ihn weitestgehend ignorierte, konzentrierte sich nun aufs Kassieren.

Elsy nutzte die Gelegenheit, Marty auszuhorchen. »Und wie läuft's auf der Arbeit?«, fragte sie betont beiläufig.

Für diesen plumpen Versuch erntete Elsy bloß eine hochgezogene Augenbraue. Er nahm sie zur Seite, damit Mailin sie nicht hören konnte. »An deiner Stelle wäre ich vorsichtig. Dein Name ist schon das eine oder andere Mal auf dem Revier gefallen.« An Martys Mundwinkeln zuckte es verdächtig.

Das war glasklar eine Lüge. Inspektor – Ich lasse mir nicht helfen – Quinn würde den Teufel tun, derlei Dinge zu äußern. Oder machte er seine Drohung wahr …? »Ist das so!?«, antwortete sie prüfend.

»Ja und nein. Aber wir beide«, Marty deutete zwischen ihnen hin und her, »wissen, was du treibst. *Er* weiß es. Und ich kann dir sagen, das schmeckt ihm ganz und gar nicht. Generell ist er seit Tagen komisch drauf. Es ist fast wie …« Marty bremste sich selbst. Er sah richtig beklommen aus.

Elsy hatte augenblicklich einen Knoten im Magen. Ihre Empathie war manchmal einfach sehr stark ausgeprägt. »Wie was?«

Marty überlegte, ehe er weitersprach. »Weißt du Elsy, es gibt Gründe, warum Menschen so sind, wie sie sind. Es gibt Menschen, die haben schlimme Dinge erlebt. Dinge, die du dir vermutlich nicht einmal vorstellen kannst. Dinge, mit denen sie tagtäglich leben müssen. Das ist nicht immer leicht. Und wenn dann so jemand wie du plötzlich auf der Bildfläche erscheint und nahezu unbekümmert in diese Schlangengrube eintaucht, ist das einfach ... schwer. Es geht ja auch gar nicht darum, dass wir deinen Scharfsinn nicht schätzen, es geht darum, dass wir dich nicht beschützen können.«

Elsy schluckte. Der Knoten in ihrem Magen hatte mittlerweile die Ausmaße von halb London angenommen. »Ich weiß ... Aber ich möchte Hazel gerne helfen. Du weißt doch auch, dass sie nichts damit zu tun hat. Außerdem, ich bin wirklich vorsichtig. Versprochen!«

»Ja, das denke ich mir. Und trotzdem habe selbst ich manchmal das Bedürfnis dich, Fred und Imelda an einen Stuhl zu ketten, bis die Ermittlungen vorüber sind«, sagte Marty ganz ernst, ein Jungspund der Polizei, und wirkte dadurch nur noch liebenswürdiger.

12

Dienstagabend, Freds Dinner

»Das Betreiben einer Hühnerzucht wie meiner ist arbeitsintensiv. Nicht jeder ist mit so viel Eifer dabei. Meine Hühner haben es gut!«, verkündete Mr Gibbs mit stolzgeschwellter Brust und unterstrich das Gesagte mit einem kräftigen Schlag auf den Tisch, sodass es leicht klirrte. Seit Beginn des Dinners vor einer Viertelstunde hatte er das Ruder übernommen und sprach unentwegt über verschiedene Hühnerarten, Futtermittel und Eigrößen. Der kleine, schmächtige Mann war energisch, selbst Mrs Turner und Mrs Patel hatten keine Chance, ihrem Lieblingsthema, dem Klatsch, nachzukommen. Über seinen Redefluss hatte Mr Gibbs sogar vergessen zu essen.

Elsy nahm gerade den letzten Löffel der wunderbar cremigen Suppe. Eigenlob hin oder her, die Spinatcremesuppe mit Brotchips war ihr gut gelungen. Ohne Zweifel hatte der ordentliche Schuss Sahne seinen Beitrag geleistet. Und die Muskatnuss. Elsy liebte Muskat. Für die Brotchips hatte sie Landbrot hauchdünn aufgeschnitten und mit wenig Öl in einer Pfanne geröstet. Ein Hauch Knoblauch und scharfes Paprikapulver verliehen den knusprigen Scheiben das gewisse Extra.

Fred, der neben ihr saß, hatte längst aufgegessen und schaute durch die Runde. Ihm juckte es in den Fingern. Auch wenn Mr Gibbs' Ausführungen zur Hühnerzucht sehr amüsant waren, oft hatten die Gäste gelacht, Pastor Wilson so laut, dass die Wände wackelten, wollte Fred das Thema gerne wechseln, um jedem die Möglichkeit zu geben, zu Wort zu kommen. Ihm war wichtig, dass sich seine Gäste wohlfühlten.

Tatsächlich war bislang auch kein einziger Ton über den Mord an Josh Weatherbee gefallen.

Zu Beginn des Dinners hatte ausnahmslos jeder einen verstohlenen Blick in Richtung des Inspektors riskiert, doch niemand traute sich nachzufragen.

War dies der Anwesenheit des Pastors geschuldet? Elsy konnte nur mutmaßen. Sie hatte unterdes einen besonderen Blick auf ihr Gegenüber, wenngleich sie sich dabei, zugegebenermaßen, unwohl fühlte. Sie mochte Judy. Nichtsdestotrotz musste sie herausfinden, was Judy verbarg. Ob es nun mit dem Mord zusammenhing oder nicht. Je mehr Informationen sie zusammentrugen, desto eher konnte sich ein Bild aus den vielen Puzzleteilen ergeben. Und Elsy vermutete, dass noch einige Teile fehlten. Sie hoffte, dass sie bald auf den Mord zu sprechen kommen würden. »Darf ich Wein nachschenken?«, erkundigte sie sich und blickte reihum.

Judy winkte freundlich ab.

Pastor Wilson, der neben Judy Platz genommen hatte, ebenfalls. Der unterhaltsame Mittfünfziger lächelte Elsy wertschätzend zu. Er wusste, wie viel Arbeit sie die Dinnerabende kosteten. Zum heutigen Anlass hatte er seine formelle Tracht gegen einen nicht weniger schicken Hosenanzug getauscht, der locker um seine schlanke Gestalt saß.

Mrs Turner hingegen hielt zur Aufforderung ihr Glas ein Stück in die Höhe. »Sehr gerne, meine liebe Miss Moore.« Sie und ihre Schwester genossen Freds Einladung sichtlich. Beide trugen ihre besten Kleider – Hemdkragenkleider mit ausgestellten Röcken, jenseits der aktuellen Mode aus burgunderrotem Samt – und ihre Haare waren frisch onduliert. Sie hatten Schmuck angelegt, den sie gewöhnlich vermutlich sicher verwahrten. Ihre Laune hätte nicht besser sein können.

Ganz gewiss lag dies daran, dass sie in der vergangenen Woche überall verkünden konnten, wo sie heute Abend eingeladen waren. Elsy war froh darum, bisher hatten sie keine einzige Feuerqualle verteilt.

Gleich darauf kam sie zu Inspektor Quinn, der jedoch kopfschüttelnd ablehnte. Zweifellos wollte er einen klaren Kopf bewahren. Wie bei jedem Dinner, an dem er teilnahm, saß er vor Kopf und somit Fred gegenüber. Ein geschickter Schachzug, denn auf die Art hatte er den besten Überblick.

Als Elsy an ihm vorbeiging, fragte sie sich, was er wohl über den Abend dachte. Während der Vorspeise hatte Elsy oft das Gefühl gehabt, von ihm beobachtet zu werden, aber jedes Mal, wenn sie zu ihm sah, schaute er unbeteiligt jemand anderen an. Seine undurchdringliche Miene gab nichts preis. Und es lag so viel Ungesagtes zwischen ihnen. Es wäre so viel einfacher, wenn er sich in die Karten blicken ließe und sie versuchten, gemeinsam das Rätsel um Joshs Tod zu lösen. Aber so war es eben nicht.

Nachdem Mr Gibbs ebenfalls ablehnte und Mrs Patel sich ein weiteres Schlückchen Wein einschenken ließ, nahm Elsy wieder Platz.

»Miss Moore, meine Liebe, Sie trinken nichts?«, fragte Mrs Patel einladend.

»Nein, heute nicht«, sagte sie leichthin und biss sich sogleich auf die Zunge.

»*Heute* nicht?«, hakte Mrs Patel nach, augenblicklich waren alle Augenpaare auf sie gerichtet.

Super! Sie hatte ihr doch tatsächlich eine Steilvorlage geliefert.

»Müssen Sie noch fahren? Haben Sie etwas vor?«, wollte Mrs Turner, die korpulentere der beiden Schwestern, erfahren. Zum wiederholten Male zupfte sie am Stoff ihres Kleides. Der Stoff über ihrem Bauch spannte leicht, was sie jedoch nur beiläufig zu interessieren schien.

»Sagen Sie bloß, Sie haben eine weitere Verabredung? Mit wem, wenn ich fragen darf?«, schickte ihre Schwester, mit einem verschwörerischen Funkeln in den Augen, hinterher. Sie sah aus wie eine Krähe, die auf ihre nächste Beute lauerte.

»Also …« Elsy überlegte schnell, wen kümmerte es schon, dass sie nach Hoktony fuhr, solange niemand wusste warum. Und zu neunundneunzig Prozent war die Wahrheit immer die beste Option. »Ich treffe mich mit einem Freund. In einer neuen Cocktailbar in Hoktony«, sagte sie kurzhin.

Mrs Patels Neugierde war nun endgültig entfacht. Ihre Lippen zuckten sogar leicht vor Aufregung, als könne sie es nicht abwarten, Frage um Frage zu stellen. »Aha, also –«

»Mrs Patel …«, unterbrach Pastor Wilson die Dame mit seinem durchdringenden Organ. »Lassen wir unseren Mitmenschen doch ein wenig Privatsphäre, meinen Sie nicht!?«, appellierte er. Wie zur Unterstreichung seiner Worte, biss er genüsslich in seinen letzten Brotchip, der dabei laut krachte, und nickte zufrieden durch die Runde.

Mrs Patel, die überhaupt nicht glücklich war, schnappte wie ein Fisch auf dem Trockenen nach Luft. Verdrießlich tauschte sie stumme Blicke mit ihrer Schwester.

Fred, der sich ein Schmunzeln nicht verkneifen konnte, besann sich schnell seiner Gastgeberrolle und bemühte sich, für Stimmung zu sorgen. »Sicherlich wird es Sie freuen, zu hören, welches Gericht heute zum Hauptgang serviert wird. Es gibt einen Shepherd's Pie! Nach dem alten Rezept meiner Uhrgroßmutter. Ein Gedicht, sag ich Ihnen!«

»Wenn Miss Moore kocht, kann es ja nur lecker werden«, lobte Pastor Wilson, der häufig bei ihnen zu Gast war.

»Bislang kenne ich nur deine Hafercookies. Ach ja und einmal habe ich einen Carrot Cake von dir gekostet«, erinnerte sich Judy mit leiser Stimme. Unter den Anwesenden wirkte sie zurückhaltend, fast unsicher. »Ich bin sehr gespannt. Die Vorspeise war jedenfalls sehr gut. Vielen Dank dafür. Und vielen Dank an Sie, Mr Smart, für die Einladung. Es ist ausgesprochen schön hier.«

Mit ihrer Behauptung behielt Judy zweifelsfrei recht. Die Dunkelheit der Nacht umfing Stricktony Hall, aber hier im Salon tauchten die sanften Lichter des Kronleuchters und der Kerzenleuchter alles in einen prunkvollen Schimmer. Klassische Musik spielte dezent im Hintergrund und der Esstisch, der das Zentrum des Raums bildete, war aufwendig eingedeckt. So mancher musste überlegen, welches Besteck er als Erstes griff.

»Sehr gerne, und ich habe zu danken, Mrs Gallagher.« Fred freute sich über das Kompliment, schließlich hatte er für Stricktony Hall und alle Annehmlichkeiten, die es jetzt bot, hart arbeiten müssen. Wie er so dasaß vor Kopf, genau in seinem Element, machte er einen zufriedenen Eindruck. Unzählige feine Linien bildeten sich um sein Lächeln und die Augen. Fred war ein gut aussehender Mann und sein modernes Outfit, das an diesem Abend aus Stoffhose und Tweedjackett bestand, unterstrich dies. »Sagen Sie, Mrs Gallagher, ist es richtig, dass Sie sich für die englische Geschichte interessieren? Elsy erwähnte, dass Sie gerne Sach- und Geschichtsbücher studieren.«

»Ja, das stimmt. Mir ist es wichtig, unsere Geschichte zu kennen. Besonders das Elisabethanische Zeitalter hat es mir angetan. Die Menschen haben damals so anders gelebt. Die Medizin war eine gänzlich andere. Die Ansichten, wer heilen durfte.«

Elsy klinkte sich mit ein. »Eine spannende Zeit, auch wenn ich selbst zu dieser Zeit nicht gelebt haben wollte. Das Frauenbild ...« Sie schüttelte den Kopf.

»Wie wahr, wie wahr, meine Liebe! Und für unsere Rechte haben wir hart gekämpft!«, pflichtete Mrs Turner ihr bei. Sie und ihre Schwester waren über achtzig, sie hatten noch miterlebt, wie ein Leben ohne eigene Rechte aussah.

Mrs Patel nickte energisch und richtete gleichzeitig ihren Fokus auf Judy. »Heutzutage dürfen Frauen zum Glück selbst bestimmen, wen sie treffen, stimmt's Mrs Gallagher?«

Judy blinzelte perplex. »Entschuldigen Sie, aber ich verstehe Ihre Frage nicht.«

»Eine Freundschaft zwischen einer Frau mittleren Alters und einem jungen Mann war früher kaum möglich. Heutzutage kräht danach kein Hahn mehr.« Mrs Patel klang unschuldig, allerdings sagte ihr Blick etwas ganz anderes.

Was deutete Mrs Patel an? Elsy hatte eine Ahnung …

Judy, die unter den Blicken der Gäste nervös zu werden schien, schaute auf ihren Schoß. »Ich weiß wirklich nicht, was Sie meinen«, antwortete sie kühl.

»Ich spreche vom jungen Mr Weatherbee, natürlich! Waren Sie nicht befreundet?« – Es war, als ginge ein Ruck durch den Raum, vermutlich hätte man eine Stecknadel fallen hören können, so still war es plötzlich. – »Beim ersten seiner Besuche war ich mir nicht sicher, jedoch beim zweiten habe ich ihn eindeutig erkannt, als er aus Ihrem Haus trat.«

Judy blickte langsam auf, ihre Wangen waren gerötet und noch etwas sah Elsy. Eine Mischung aus Wut und Trauer tobte in ihren Augen. »Sie müssen sich irren!«, protestierte sie.

»Nein, nein, nein. Ich bin mir ganz sicher. Ich bin vielleicht alt, aber nicht senil«, insistierte Mrs Patel.

»Überhaupt, was wäre schon dabei!«, setzte Mrs Turner Judy weiter unter Druck und kräuselte auf süffisante Weise ihre Lippen.

Judys Röte nahm zu, sie sah zutiefst unglücklich aus. Hatte sie Tränen in den Augen?

»Was wollen Sie damit sagen?«, fragte der Eiermann echauffiert und schaute sich um, als verstünde er die Welt nicht.

»Ja, Mrs Turner, Mrs Patel, was wollen Sie uns damit sagen!«, hörte Elsy jetzt Pastor Wilson mahnen. In seiner Stimme schwang so viel Strenge und Autorität mit, als säße er gerade im Beichtstuhl und nähme einer seiner Lämmchen die Beichte ab. »Tststs, ich muss schon sagen. Klatsch und Tratsch ist bei solch einer ernsten Angelegenheit nicht angebracht. Ich bin beinahe dazu geneigt, aus der Heiligen Schrift zu zitieren.« Seine letzten Worte schloss er mit einem Lächeln.

Elsy atmete erleichtert auf. Wäre der Pastor nicht eingeschritten, hätte sie Judy geholfen. – Nur hatte sie die Rechnung ohne die beiden Kratzbürsten gemacht.

»Papperlapapp! Mord ist immerhin die viel größere Sünde«, lehnte sich Mrs Patel völlig ungerührt gegen den Pastor auf. »Ein bisschen Klatsch und Tratsch, wen stört es, wenn es zur Aufklärung eines Mordes beiträgt. Nicht wahr, Inspektor?«, forderte sie nun ihn heraus.

»Für sachdienliche Hinweise ist die Polizei stets dankbar. Dahingehend stimme ich Ihnen zu, Mrs Patel. Nichtsdestotrotz können Gerüchte und voreilige Schlüsse gefährlich sein. Überlassen Sie also bitte *uns* die Auswertung der Hinweise«, betonte er mit Nachdruck.

Elsy war durch den Wind. Was hatte das zu bedeuten? Hieß das, er wusste längst von Joshs Besuchen bei Judy? Seinem Blick war nichts zu entnehmen. Es war zum Haareraufen.

»Ich muss dem Inspektor beipflichten«, schloss sich Fred an. »Nur ein Fachmann sollte sich damit beschäftigen.« Aufmunternd lächelte er durch die Reihe, gewiss um die Stimmung zu retten, gleichwohl um über die Ironie in seinen Worten, um die nur Elsy und Quinn wussten, hinwegzutäuschen.

Elsy nutzte die Gunst der Stunde für ihre eigenen Pläne. Natürlich hatte sie sich gewünscht, mehr über Judy zu erfahren, aber jemanden in solch eine unangenehme Situation zu bringen, hatte sie nie gewollt. Sie musste etwas unternehmen. »Wenn Sie mich nun bitte entschuldigen würden!«, verschaffte sie sich Gehör und stand auf. »Ich möchte den Hauptgang servieren. Ach herrje …«, hielt sie inne. Elsy spielte die Unschuldige. »Judy, wenn es dir nicht allzu viel ausmacht, könntest du mir kurz helfen? Ich weiß, es ist viel verlangt –«

»Kein Problem!«, beeilte sich Judy zu sagen und richtete sich bereits auf, ohne jemanden dabei anzusehen.

»Äußerst freundlich von Ihnen, Mrs Gallagher!«, kam Fred Mrs Patel zuvor, die angesetzt hatte, um zu widersprechen.

Mit Ausnahme von Inspektor Quinn schauten die übrigen Gäste fragend und aufgewühlt umher.

Was für ein Abend! Elsy beeilte sich den Salon zu verlassen, nur am Rande hörte sie, wie Fred Mrs Turner auf ihren Schmuck am Revers ansprach. »So eine zauberhafte Brosche … Ein Familienerbstück …« Sie musste schmunzeln, auf Fred war immerzu Verlass.

Zur Küche war es nicht weit. Dennoch, die kurze Unterbrechung kam Elsy gerade recht, um ihre Gedanken zu sortieren: Judy kannte Josh, und zwar besser als gedacht. Und niemand wusste bislang davon, nicht einmal Amber oder Hazel. Höchstwahrscheinlich wusste Q Bescheid, denn er hatte ruhig reagiert und nicht weiter nachgefragt. Hm … Die entscheidende Frage war jedoch: Was war so schlimm an ihrer Bekanntschaft, dass Judy sie verleugnete? Sofort kam Elsy der Verdacht, dass Judy und ihn mehr verband. Hatten sie ein Verhältnis gehabt? Judy und Josh … Josh und Judy. Eine merkwürdige Vorstellung … Und noch etwas war ihr soeben aufgefallen. Judys Blick war von Schmerz geprägt. Sah so jemand aus, der einen anderen kaltblütig ermordete? Oder konnte es Ausdruck des Schmerzes sein, der einen verfolgte, wenn man ein Unrecht begangen hatte …? Unter Umständen interpretierte sie auch viel zu viel dort hinein. Sie besann sich, ihrem Bauchgefühl zu vertrauen.

»Danke!«, riss Judy sie aus ihren Überlegungen. Sie klang erleichtert.

»Gern. Die zwei sind … Sie sind, wie sie sind«, bemerkte Elsy nüchtern und bog in ihr Territorium, eine wunderschöne, in Dunkelgrün gehaltene Landhausküche, ein. Sie ging zum Kühlschrank und nahm eine Wasserflasche heraus. »Möchtest du etwas trinken?« Ohne auf eine Antwort zu warten, schenkte sie Judy ein Glas ein.

Judy zitterte, als sie das Glas entgegennahm. Zaghaft nippte sie an der kühlen Flüssigkeit. »Ich möchte gehen. Ich muss gehen. Ich kann das nicht!«, sagte sie unvermittelt und stützte sich erschöpft auf die Anrichte neben sich. Auch emotionaler Stress konnte ermüdend sein.

»Hey, du solltest erst einmal durchatmen.« Elsy lehnte sich an die große, aus Holz gefertigte Arbeitsplatte und schaute kurz zu Demon. Er hatte in seinem Körbchen am Seiteneingang gedöst und wachte langsam auf.

Judy folgte ihrem Blick und entspannte sich. Erneut nahm sie einen Schluck Wasser.

»Ich würde dir ja auch was Stärkeres anbieten, aber ich weiß, du musst noch fahren«, versuchte Elsy die Situation aufzulockern.

Judy schnaufte, zumindest lächelte sie wieder.

»Hör mal, wenn du reden möchtest.«

»Stopp!«, blockte sie ab. Augenblicklich versteifte sie sich. »Ich kann nicht. Nicht hier, nicht jetzt. Ich möchte wirklich gehen!«

»Okay.« Elsy wusste, sie biss auf Granit. Heute Abend würde sie nichts weiter erfahren. Und sehr wahrscheinlich würde sie zukünftig auch nichts erfahren, wenn sie sie jetzt bedrängte. Wenigstens hatte sie eine Idee, um ihr zu helfen. »Sag mal, du hast doch bestimmt Bereitschaft, oder?« Das Lächeln, das sie Judy schenkte, war diebisch.

Judy brauchte einen Moment, um zu begreifen. Ein ersticktes Lachen löste sich aus ihrer Kehle. »Das wird nicht funktionieren«, zweifelte sie.

Elsy ignorierte ihren Einwand, was blieb ihnen anderes übrig. »Wunderbar, du hast also gerade einen Anruf bekommen. Eine Kollegin ist ausgefallen und du musst spontan einspringen. So was passiert! Normaler Krankenhaus-Alltag, richtig?«

»Das wird dir niemand glauben, Elsy.« Judy schüttelte den Kopf.

»Ja, vermutlich nicht. Trotzdem, du möchtest gehen, was ich *wirklich gut* nachvollziehen kann, und irgendetwas muss ich doch sagen. – Okay, pass auf … Warte hier! Ich hole deine Jacke. Wenn ich wieder zurück bin, kannst du den Seitenausgang nehmen. Ja, so machen wir es.«

Elsy haderte mit sich. War es dumm gewesen, Judy gehen zu lassen, immerhin steckten sie in der Sackgasse des Jahrhunderts fest? Sie schaute Judy nach, bis sie hinter dem Eck des Herrenhauses verschwand. Jetzt war es wohl oder übel zu spät. Enttäuscht schloss Elsy die Küchentür und riegelte sogleich ab.

»Ich glaube, dein Frauchen ist zu nett«, tat sie Demon kund, der sie schwanzwedelnd anlächelte. Keine Sekunde später stellte er die Ohren auf.

»Ich glaube, dein Frauchen ist zu neugierig«, ertönte eine vertraute dunkle Stimme hinter ihr.

Elsy wirbelte herum. Verwundert war sie nicht, dass er ihr gefolgt war. »So was nennt man Interesse an seinem Umfeld. Ein ganz normales Verhalten. Sollten Sie auch mal versuchen!«, sagte sie im Spaß und lobte sich im Geiste selbst für ihre heutige Schlagfertigkeit.

Inspektor Quinn schnaufte, gänzlich unbeeindruckt. »Und, wissen Sie jetzt, was Sie wissen wollten?« Er deutete Richtung Tür, er wusste, dass Judy gegangen war. Ungewohnt entspannt lehnte er sich gegen die Front der Küchenschränke. Er verschränkte locker die Arme und lächelte.

Eines wurde Elsy schlagartig klar. Ihn hatte weder Judys Verhalten noch Mrs Patels Anmerkungen gewundert. Definitiv kannte er die Hintergründe und somit war er im Vorteil. Das hieß, er wusste, was es mit den Besuchen von Josh auf sich hatte. Fraglich war, ob er deshalb Judy unter Verdacht hatte. Unwahrscheinlich, sonst liefe sie nicht frei rum. Vergeudeten sie also ihre Zeit? Oder bedeutete es lediglich, ihm fehlten die Beweise. Denn ohne Beweise konnte man niemanden festhalten. So oder so, ihre Mission war klar, sie würde es herausfinden. Hoffentlich! Elsy seufzte, bevor sie ihm antwortete: »Nein, und Sie werden es mir, nehme ich mal an, auch nicht verraten. Egal!« Elsy winkte ab, warum sollte sie ihre Kräfte vergeuden, und band sich stattdessen eine Schürze um, damit sie ihr neues, dunkelgraues Wickelkleid nicht beschmutzte. – Der Hauptgang wartete auf sie. Leise brutzelte er im Backofen vor sich hin. Für jeden ihrer Gäste hatte sie eine eigene kleine Form hergerichtet. Das gelbgold gebräunte Kartoffelpüree lachte ihr geradezu entgegen, wenigstens etwas war auf ihrer Seite. Als sie Schritte auf sich zukommen hörte, schaute sie auf.

Langsam trat Q näher. Interessiert warf er zunächst einen Blick in den Backofen, ehe er sie ansah. Prüfend studierte er ihr Gesicht, während er fragte: »Warum waren Sie gestern wirklich bei den Weatherbees?«

»Warum Sie?«, konterte sie reflexartig.

Zum ersten Mal entdeckte Elsy, wie Inspektor Quinn eine Schnute zog. Zugegeben, eine der grimmigen Art.

»Sie bemerken, dass wir uns im Kreis drehen?«, machte

er sie aufmerksam.

»Es tut mir leid, dass Sie so empfinden.« Elsy wusste nicht, woher es kam, aber sie war richtig in Fahrt.

»Sie wissen schon, dass Ihr Verhalten unter den Passus *Behinderung der Justiz* fällt und ich Ihnen diesbezüglich mit Folgen drohen könnte?«

Elsy sah ihn mürrisch an. »Es ist wirklich gemein so etwas zu sagen. Sie wissen ganz genau, dass ich es nur gut meine.«

»Also *gemein* hat mich das letzte Mal jemand im Kindergarten genannt«, spottete er.

»Wären wir im Kindergarten, hätte ich Ihnen vermutlich gegen das Schienbein getreten.« Sie setzte ein zuckersüßes Lächeln auf.

»Das wäre Körperverletzung und – Ach, vergessen Sie's! Miss Moore, was wollten Sie bei den Weatherbees?« Diesmal klang Qs Stimme kühler. Er trat einen weiteren Schritt vor, sodass sie zu ihm aufschauen musste.

»*Was soll's!*«, dachte Elsy. Wenn keiner den Anfang machte, würden sie noch übermorgen hier stehen. »Zum Kondolieren. Und ja, ich gebe es zu, auch um mehr über Josh und sein Umfeld zu erfahren. Ehrlich gesagt, wir haben nicht die geringste Ahnung, warum ihn jemand ermorden wollte. Wir wissen viel zu wenig über ihn, als dass wir irgendwelche Schlüsse ziehen könnten. Das ist deprimierend. Wir müssen endlich Licht ins Dunkle bringen.«

»Sie erinnern sich nicht zufälligerweise daran, worum ich Sie gebeten habe?«, erkundigte er sich mit einer Spur Argwohn in der Stimme und fixierte sie.

Elsy fühlte sich nicht gerade wohl unter seinem kritischen Blick. Himmel, warum musste er so starren? Elsy wusste es nicht. Auf jeden Fall wurde ihr warm. Kein gutes Zeichen! Warum wurde ihr neuerdings immer warm in seiner Gegenwart? Andere Männer, ganz zu schweigen von Roy, ihrem

Exverlobten, hatten diese Wirkung nie auf sie gehabt. Elsy spinkste zur Seite, um seinem Blick auszuweichen, so konnte ja nun wirklich niemand klar denken, und entdeckte sogleich den wahren Grund der Hitze. Ha! Ganz eindeutig war der Backofen schuld. Zweihundertzwanzig Grad neben ihr konnten nicht spurlos an ihr vorbeigehen. Augenblicklich schärften sich auch wieder ihre Sinne, ihre Antwort kam wie von selbst. »Natürlich. Wir haben uns darauf geeinigt, dass ich Fragen stellen darf.«

Als er sich jetzt tiefer zu ihr hinunterbeugte, wurde seine Stimme leiser. »Also meine Erinnerung sieht deutlich anders aus. Sie haben mir versprochen, nichts zu unternehmen, sich rauszuhalten. Miss Moore, Sie dürfen sich *nicht* einmischen.«

Das was Q sagte klang streng, aber seine Augen … Holy moly, dieser Mann hatte wirklich tolle Augen. Hinter dunklen Wimpern verbarg sich eine leuchtend dunkelblaue Iris, verziert mit grünen Sprenkeln. Und so vieles war darin zu lesen: Entschlossenheit, Neugierde … und noch etwas anderes lag darin. Es war Güte. – Güte!? W–was, was dachte sie da!? Erde an Elsy! Gezwungen, ihm in seine Augen zu schauen, tat ihrer Klugheit offenkundig nicht gut.

Sie blinzelte und bemerkte erst jetzt, dass sie sich anscheinend näher zu ihm gelehnt und dort reglos verharrt hatte. Und *das* war völlig inakzeptabel!

Auch Quinn blinzelte jetzt und trat fluchtartig zwei Schritte zurück.

Automatisch fing Demon an zu bellen. Schnelle Bewegungen eines großen Mannes in der Nähe seines Frauchens gefielen ihm gar nicht. Aufgebracht sprang er vor Quinn umher.

»Demon, aus!«, wies ihn Elsy sofort an, woraufhin er auf sie zugelaufen kam. Sie kraulte ihn beruhigend hinter den Ohren, bevor sie ihn zurück in sein Körbchen schickte.

»Tschuldigung!«, sagte sie leichthin zu Quinn, immerhin war es keine große Sache gewesen. »Er wollte mich nur beschützen.«

Quinn rieb sich den Nacken. Er hatte sich zeitweise der Küchenfront zugewandt. Als er sich umdrehte, wirkte er genervt. »Sie sollten Ihren Hund besser im Griff haben. Aber das ist Nebensache«, kommentierte er beiläufig und sprach auf eine entschiedenere Art weiter. »Hauptsache, wir sind uns einig!«

Seine Worte waren wie eine eiskalte Dusche für Elsy. Was hatte er eigentlich für ein Problem mit Demon? Meine Güte! Abgesehen davon, wovon redete er? »Einig worüber?«

»Einig darüber, dass Sie sich raushalten!«

Inspektor Quinn grinste so überheblich, dass Elsy kurzum die Hutschnur platzte. »Schön, dass Sie Ihre Traumwelt so lebhaft in Ihren Alltag integrieren können.« – Oh! Hatte sie das etwa gerade laut gesagt!?

Elsy sah, wie ihm förmlich die Kinnlade runterfiel. Sein Kiefer mahlte und sein Grübchen am Kinn trat deutlich hervor. Inspektor William Quinn war sauer.

Nicht, dass sie ihn weiter auf die Palme bringen wollte, bloß manche Dinge mussten einmal gesagt werden und deshalb setzte sie erneut an. »Sehen Sie es denn nicht? Es wäre so viel einfacher, wenn wir zusammenarbeiten würden. Wenn wir uns austauschen würden. Synergien nutzen.«

»Zusammenarbeiten! Gott, Sie treiben mich echt in den Wahnsinn!«, stieß er aus.

»Warum? Habe ich nicht recht?«

»Nein! Weil Sie Zivilistin sind!« Als Zeichen seiner Verzweiflung warf er die Hände in die Höhe. Er schüttelte den Kopf und ging sich dann mit beiden Händen gleichzeitig durch sein ordentlich frisiertes Haar.

Quinn war aufgebracht. Das war unübersehbar. Solch eine Reaktion hatte er bis dato nie gezeigt. Leise kamen ihr

Martys Worte in Erinnerung. Der Inspektor hatte in London schlimme Dinger erlebt. Wer wusste, was er mit sich herumtrug. Vermutlich war es nicht leicht für ihn, all die Menschen um ihn herum zu sehen, die unbekümmert daherredeten, während er versuchte, Beweise zusammenzutragen. Elsy schenkte ihm einen mitfühlenden Blick. »Ich verstehe Ihre Sorge, ehrlich! Und um Sie zu beruhigen, ich habe nicht viel unternommen. Niemand wird vermuten, dass ich mich wegen Joshs Tod umgehört habe. Bestimmt gibt es Menschen im Dorf, die mehr Fragen stellen oder über ihn sprechen. Das ist ja auch ganz normal. Selbst der Mörder wird damit rechnen.«

Mit zusammengekniffenen Augen sah Quinn sie einen Moment lang an. »Gut«, sagte er schließlich.

Für Elsy war die Sache damit erledigt. Sie griff seitlich an ihm vorbei, um sich ein großes Tablett von der Ablage zu nehmen, und machte Anstalten zu gehen.

»Moment! Wir sind noch nicht fertig!«, stoppte er sie.

»Nein? Dann beeilen Sie sich bitte! Denn ich muss garantiert zweimal hin und zurück gehen, um abzuräumen, und dann ein weiteres Mal, um den Hauptgang zu servieren. Außerdem darf ich den Wein nicht vergessen. Und ich muss ja wohl nicht erwähnen, dass Mrs Patel und ihre Schwester es mir gleich nicht leicht machen werden, da Judy die Flucht ergriffen hat. Sie sehen, ich habe eine Menge zu tun.«

Das machte den Inspektor sprachlos. Dennoch schien er zu verstehen. »Eine Frage!«

»Schießen Sie los!«

»Mit wem gehen Sie heute Abend in Hoktony aus?«

Hä! Das war verrückt! Von allen Fragen, die er ihr hätte stellen können, hatte er sich diese ausgesucht. Warum? O nein! Ahnte er etwa, was sie vorhatte? Zögerlich antwortete sie: »Auch wenn es Sie eigentlich nichts angeht. Ich treffe mich mit Rufus.«

»Rufus? Rufus Clark, dem Chorleiter?« Inspektor Quinn

war überrascht, ein Lächeln huschte kaum merklich über sein Gesicht.

Okay, die Antwort schien ihm zu gefallen. Schrägstrich, er hatte keinen blassen Schimmer. Perfekt. Unwillkürlich lächelte Elsy. »Ganz genau, der.«

13

Nach dem Dinner hatte sich Elsy sputen müssen. Fred und sie nahmen sich lediglich die Zeit, schnell ihre Gedanken auszutauschen und Imelda anzurufen, um sie auf den neusten Stand zu bringen, schließlich hatte sie ihren Platz beim Dinner für Judy aufgegeben. Judy … Was hatte es bloß mit ihr und Josh auf sich? Da der Inspektor sie nicht an seinem Wissen teilhaben lassen wollte, mussten sie es selbst herausfinden. Und sie würden einen Weg finden, mit Judy zu sprechen.

Jetzt aber stand anderes auf dem Plan: Die Observation von Seth. So nannte es zumindest Imelda, obwohl der Titel leicht hinkte, da Rufus und sie gleich alles andere als verdeckt vorgehen würden.

Schlussendlich war Elsy froh, dass Rufus sie begleitete. Man wusste ja nie.

Imelda teilte diese Ansicht und deshalb bat sie Elsy zudem, die Standortfreigabe ihres Handys zu aktivieren, damit sie ihren Verbleib verfolgen konnte. Spontan hatte Imelda überlegt mitzukommen, nur waren zwei Leute, die Seth auflauerten, mehr als genug. Seth war ein zurückhaltender Typ. Ohnehin würde es schwer werden, ihm Einzelheiten zu entlocken.

Und nun stand sie hier, in einem der moderneren Viertel von Hoktony. Durch die verglaste Fensterfront der Bar konnte Elsy den Trubel von außen beobachten. Die gesamte Bar war in goldgelbes Licht getaucht. Dunkles Metall und Eichenholz dominierten die Einrichtung. Das Publikum war bunt gemischt, gleichwohl machte Elsy viele Menschen ihres Alters aus. Irgendwo da drin steckte Rufus. Er hatte ihr geschrieben, dass er ihnen einen Tisch gesichert und Seth bereits von Weitem erspäht hatte. Gut: Er war wirklich gekommen.

Elsy hielt sich nicht lange auf, die eisige Kälte der Nacht suchte kriechend ihren Weg unter ihre Jacke, schnell wollte sie zurück ins Warme. Sie trat ein. Ein schwüler und zugleich stark parfümierter Luftzug empfing sie. In der Nähe des Eingangs musste jemand sitzen, der es mit seinem Parfum heute ausgesprochen gut gemeint hatte. Lautes Stimmengewirr mischte sich mit Loungemusik. Augenblicklich waren mehrere Augenpaare auf sie gerichtet, teils flüchtig, teils musternd. Das alte Spiel, legte man es darauf an, Bekanntschaften zu schließen. Dafür stand Elsy jedoch weder der Sinn, noch hatte sie Zeit. Sie ließ ihren Blick schweifen. Rufus' Anweisung zufolge saß er weiter hinten im Raum.

Ihr Umfeld im Blick bahnte sie sich ihren Weg durch die Menschen. Die Bar erstreckte sich über eine Art langen Schlauch. In dem Moment, als ihr jemand voller Elan mit einem Aperol Spritz entgegen prostete, hatte sie ihr Ziel erreicht.

Freudestrahlend nahm Rufus sie in den Arm und half ihr aus ihrer Jacke. »Els! Gut siehst du aus!« Zwinkernd nahm er wieder Platz. »Schick, schick! Dein Dinner-Outfit?«

»Yeap.« Elsy hatte keine Zeit darauf verschwendet, sich für diesen Zweck umzuziehen. Sie hatte sich ihre Jacke übergeworfen und war losgefahren. Letztlich ging es nicht um sie, sondern um Seth. »Du weißt, dass du auch toll aussiehst!?«, zog Elsy ihn auf, während sie sich neben ihn in einen breiten Clubsessel setzte.

Rufus grinste. Eins seiner ungeschriebenen Gesetze lautete, stets nur gepflegt das Haus zu verlassen. Sein Grinsen vertiefte sich, als er sich zu ihr lehnte. »Und wie gehen wir vor?« Er deutete nach rechts.

Keine fünf Meter entfernt stand Seth am Rande einer Gruppe. Er lauschte viel und sprach selbst wenig. Rufus behielt recht, Seth war ein hübscher Mann. Allerdings fiel er in der Menge kaum auf. Alles in allem machte er einen verschlossenen Eindruck. Wie Elsy ihm Informationen über Josh entlocken konnte, war ihr derzeit ein Rätsel. Aber bestimmt wusste er Dinge. Dinge, die ihnen halfen zu verstehen, warum jemand Josh hasste. So sehr, dass dieser Jemand ihn umbrachte. Oder war es vielleicht Seth selbst gewesen? Noch immer spukte Elsy seine Reaktion auf den neugierigen Mr Fitz im Kopf herum. Mit Sicherheit verbarg Seth ebenfalls etwas. Sie mussten vorsichtig vorgehen. Deshalb mussten sie ihn irgendwie allein zu fassen kriegen. Am besten lotsten sie ihn zu sich. »Du bist doch Prince Charming. Ich dachte, du hättest den ultimativen Plan, ihn zu uns zu locken!«, antwortete Elsy halb im Spaß, halb ernst.

Rufus schnaubte. »Ich könnte ihm einen Drink schicken lassen«, schlug er vor. Begeistert von seiner Idee wackelte er mit den Augenbrauen.

»Ganz alte Schule! Zumindest hätten wir dann seine Aufmerksamkeit.« Elsy gefiel die Idee.

Es dauerte nicht einmal zehn Minuten, da hielt Elsy ihre eigene Bestellung, einen Virgin Strawberry Margarita, in den Händen. Mit Argusaugen beobachteten sie, wie nun Seth sein Getränk erhielt.

In dem Moment, als sich Seth zu ihnen umdrehte, setzte Elsy ein einladendes Lächeln auf. Rufus prostete ihm zu.

Seth selbst hätte nicht erstaunter schauen können, wenigstens nahm er den Drink entgegen. Elsy sah, wie es in seinem Kopf arbeitete. Verhalten nickte er ihnen zu. Gleich darauf wandte er sich wieder ab, er sprach mit einer Freundin und Elsy befürchtete schon, sie hätten ihn verloren, als er plötzlich auf sie zukam.

Rufus war eben doch Prince Charming.

Elsy jubilierte innerlich. Dennoch, sie musste sich zusammenreißen, der schwierige Teil stand ihnen noch bevor.

»Danke für den Drink! Genau mein Geschmack«, eröffnete Seth das Gespräch. Er lächelte verhalten.

Rufus beäugte Seth, als stünde eine große Schüssel seiner Lieblingseiscreme vor ihm. »Ich weiß! Ich hab dich ein bisschen gestalkt. Ich weiß, was du magst. Bitte, setz dich doch!«

Einen Augenblick blieb Elsy wirklich die Spucke weg. Holla! Das nannte sie mal flirten! Mit Mühe unterdrückte sie ein breites Grinsen, stattdessen täuschte sie lieber einen trockenen Husten vor und nippte an ihrer Margarita.

Seth setzte sich ihnen gegenüber. Verstohlen blickte er zu Elsy.

»Du kennst Elsy?«, fragte Rufus unschuldig.

»Hallo Seth, schön dich wiederzusehen«, nahm Elsy ihm ab. Außerdem, so waren sie beim Du und das würde vieles vereinfachen.

»Danke, gleichfalls. Was verschlägt dich in die Gegend?«

Du! Wäre die ehrliche Antwort. Na ja, die Wahrheit musste sie wohl oder übel jetzt etwas dehnen. »Rufus war es, der mich hierhergeschleppt hat. Wir waren schon so lange nicht mehr gemeinsam aus. Und du, bist du häufig hier?«

Ein Schatten huschte über Seths Gesicht. »In letzter Zeit selten. Hätten mich meine Freunde nicht gezwungen, würde ich vermutlich allein zu Hause vor dem Fernseher hocken.«

Elsy wusste nicht, in welchem Verhältnis Seth und Josh gestanden hatten. Wenn sie sich nicht täuschte, hatten sie sich gemocht. »Es ist schwer, wieder in den Alltag zurückzukehren, wenn man jemanden verloren hat.«

Seth nahm einen großen Schluck seines bitteren Gin Tonics und verzog das Gesicht. »Ich habe einfach ein schlechtes

Gewissen. *Er* wird nie wieder feiern können.«

»Das zeigt nur, was für ein netter Mensch du bist. Immerhin war er nur der Sohn deines Arbeitgebers«, versuchte Rufus ihn aufzumuntern.

Was nett gemeint war, ging nach hinten los. Rufus erntete einen bösen Blick. »Ich kannte ihn, seit er vierzehn war!«

»Sorry, so war das nicht gemeint«, ruderte Rufus zurück.

»Ich verstehe dich, ich sorge mich auch immer um Fred«, gab Elsy zu. »Er ist zwar mein Arbeitgeber, wir sind aber auch gute Freunde.«

Seth nickte zustimmend, blieb jedoch schweigsam.

Elsy tat es nicht gern, allerdings musste sie ihn aus der Reserve locken. Immerhin konnte das Ganze hier ebenso ein hervorragend inszeniertes Theaterstück sein. »Also an deiner Stelle würde mir Joshs Ermordung keine Ruhe lassen. Konnte eurer Privatdetektiv denn schon etwas herausfinden?«

Sie hatte ihre Worte nicht einmal ganz ausgesprochen, da verschloss sich Seths Miene. »Darüber möchte ich nicht sprechen«, winkte er ab.

»Aber … aber willst du gar nicht wissen, wer es getan hat?«, fragte Rufus vorsichtig.

»Natürlich, will ich es wissen!«, empörte sich Seth und erschrak über sich selbst, wie laut er plötzlich sprach. Der eine oder andere Gast sah sich sogar kurz zu ihm um.

»Hast du eine Vermutung?«, hakte Rufus leise nach und lehnte sich ihm verschwörerisch entgegen.

Seth tat es ihm gleich. »Schön wär's. Ich kenne niemanden, der Josh etwas nachträgt.«

»Wirklich niemanden?«, bezweifelte Rufus stark. – Elsy ließ ihn machen, er hatte, trotz des kleinen Ausrutschers, dem Anschein nach den besseren Draht zu ihm.

»Klar, gab es hier und da mal Auseinandersetzungen in der Schule … Und mit seinem Nachhilfelehrer kam er auch nicht mehr so gut zurecht. Hazel konnte ihm zuletzt besser helfen als er. Aber das ist alles Schnee von gestern. Isabelle hat das geregelt«, erzählte er leichthin.

»Was heißt denn geregelt?« Rufus Stimme war fast ein Flüstern.

»Na ja, eigentlich war Alexander, also der Nachhilfelehrer, bereits für die nächsten Monate engagiert, bloß Josh weigerte sich, weiter mit ihm zusammenzuarbeiten. Ihr könnt euch vorstellen, dass Alexander demnach nicht vor Begeisterung sprühte. Nachdem Isabelle ihm ein Zeugnis ausgestellt und eine nette Abfindung gezahlt hatte, war die Sache allerdings erledigt.«

»Sicher, jeder war glücklich. Na ja, vielleicht bis auf seine Eltern, die zahlen mussten«, kommentierte Rufus.

»Josh ging vor! Und die paar Kröten machen den Weatherbees weiß Gott nichts.«

»Toll, dass er solche Eltern hatte.«

»Ja …« Seth wurde nachdenklich und ließ unbewusst die Schultern hängen.

»Alles gut?«, sorgte sich Rufus. Elsy wusste, es war ehrlich. Rufus gehörte zum fürsorglichen Typ.

»Ja. Mich stimmt es nur traurig, dass es gerade in den letzten Wochen zwischen ihnen gekriselt hat. Es war eine ganz komische Stimmung zu Hause. Josh wollte studieren, und zwar einen völlig anderen Studiengang als den, den Archie für ihn vorgesehen hatte. Es war nicht leicht für Josh, das anzusprechen.«

»Aber wie ich dich einschätze, hast du dich gut um ihn gekümmert«, versuchte Rufus ihm erneut gut zu zureden.

»Natürlich, Josh liegt … Josh lag mir sehr am Herzen. Außerdem, außer mir hat sich doch niemand gekümmert. Victoria und Ed – sie helfen ebenfalls im Haushalt und Garten –, für die ist das nur ein Job, die haben sich keine Zeit genommen, wenn Josh sich mal das Knie angeschlagen oder Kummer hatte. Und Josh hat mir viel erzählt. Wir waren

Freunde. Für mich ist das Haus der Weatherbees wie ein zweites Zuhause.« Als wäre dies völlig selbstverständlich, zuckte Seth mit den Schultern.

»Du bist eben einer von den Guten!«, erwiderte Rufus und warf Elsy einen vielsagenden Blick zu, der ihr mitteilte: *»Hab ich's dir doch gesagt!«*

»Und dieser Mr Ambrose?«, wagte sich Elsy an eine Frage. Sie musste übernehmen, da Rufus ihn nicht kannte. »Kam Josh mit ihm klar?«

Leicht misstrauisch wanderte sein Blick von Rufus zu Elsy. »Langsam fühle ich mich wie in einem Verhör«, beschwerte er sich, gleichwohl nicht sehr energisch.

»Tut mir leid. Ich versuche es nur zu verstehen«, gab Elsy zurück.

»Das ist wirklich das Letzte, was ich dazu sage«, kündigte Seth an. »Außer Isabelle und Archie kommt im Grunde niemand mit Mr Ambrose klar. Und er hängt ständig an ihrem Rockzipfel! Nicht mal am Wochenende habe ich Ruhe vor ihm. Josh mochte ihn auch nicht und er hat es gehasst, dass er ständig bei uns zu Hause herumstreunt und seine Nase in Angelegenheiten steckt, die ihn nichts angehen. Erst kürzlich hat er Josh wegen seiner Arbeit im Büro gescholten. Total anmaßend! Die zwei haben sich richtig in die Haare gekriegt. Mehr habe ich dann allerdings nicht mitbekommen, weil jemand die Tür schloss. Josh meinte später, es wäre nicht der Rede wert.« Seth machte eine Pause, bevor er weitersprach. »Aber bitte, behaltet das für euch! Seine Eltern wissen nichts davon und wem würde es jetzt noch nutzen. Es würde nur ein schlechtes Licht auf Josh werfen und das möchte ich nicht.«

Elsy nickte, während Rufus es ihm auf eine wortreiche Weise versicherte.

Nachdenklich rührte Elsy in ihrer Margarita und nahm einen kräftigen Schlug durch den Strohhalm. Die süß-saure

Mischung kribbelte auf ihrer Zunge und das zerstoßene Eis schickte eine Gänsehaut durch ihren Körper. Dieses Zeug konnte echt süchtig machen und es machte sie hellwach. Alles, was Seth und die anderen berichteten, klang logisch. Alles ergab Sinn. Scheinbar hatte sich jeder gut mit Josh verstanden, bis auf ein paar Belanglosigkeiten. Scheinbar kannte niemand ein Motiv.

Glasklar war: Einer log.

14

Elsy hatte heute früh gestartet. Trotz Schlafmangel, da sie erst nach zwölf ins Bett gekommen war, kämpfte sie sich zeitig aus den Federn. Das musste sie, um die Gelegenheit zu ergreifen, mit Hazel noch vor der Schule zu telefonieren. Denn es gab Informationen, die ihrerseits bestätigt werden mussten.

Hazel, die gerade im Schulbus saß, war erleichtert von ihr zu hören. Für sie fühlte es sich an, als säße sie auf heißen Kohlen, da sie selbst nichts unternehmen konnte. Sie freute sich, jetzt helfen zu können. Schnell klärte sich, dass sich viele von Seths Äußerungen mit Hazels Erinnerungen deckten. Überdies wusste Hazel, dass Josh Mr Ambrose nicht mochte, weil dieser sich im Umgang mit den Hausangestellten schlecht verhielt. Warum wunderte Elsy das nicht!? Josh hatte sich des Öfteren darüber geärgert und sich sogar einmal deswegen mit ihm angelegt. Das Thema Nachhilfelehrer war wirklich Schnee von gestern, Josh hatte längst zwei neue Kandidaten in der Auswahl gehabt. Über die beiden anderen Hausangestellten wusste Hazel leider nichts zu berichten. Aber wenn Josh etwas beschäftigt haben mochte, so meinte sie, hätte sie bestimmt davon erfahren. Obgleich sie sich erinnerte, dass er in der letzten Woche schweigsamer gewesen war. Hazel schob dies allerdings auf den Prüfungsstress.

Nachdem Elsy ihre Fragen der Reihe nach abgehakt hatte, bog Hazels Bus bereits auf das Schulgelände ab und es verblieb nur wenig Zeit. Natürlich war Hazel neugierig, was

Elsy bisher herausgefunden hatte, und darüber enttäuscht, dass es so wenige Anhaltspunkte gab. Zugegeben, Elsy hatte sich sehr kurzgefasst, um Hazel nicht zu verleiten, auf eigene Faust und womöglich ganz allein Nachforschungen anzustellen. Sie versuchte alles, um sie daraus zu halten. Und mit ihrem abschließenden Versprechen, Hazel immer auf dem Laufenden zu halten, versprach sie im Gegenzug, nichts im Alleingang zu unternehmen.

Einige Zeit später beim Frühstück ließen Fred und Elsy alles Revue passieren und kamen zu dem Schluss, schleunigst mit Judy sprechen zu müssen. Darum führte kein Weg. Sie kannte Josh besser als gedacht, immerhin hatten sie sich mehrfach bei ihr zu Hause getroffen. Die Frage war also: In welcher Beziehung standen die beiden, vor allem da sie in der Öffentlichkeit so taten, als würden sie sich nicht sonderlich kennen?

Imelda, die sich spontan beim Frühstück dazugesellte – sie musste einfach ihre Neugierde stillen –, sah dies genauso. Sie schlug vor, Judy noch heute einen Besuch abzustatten. Einen Anruf später, Imelda hatte mit verstellter Stimme im örtlichen Krankenhaus angerufen, wussten sie, dass Judy an diesem Tag Spätdienst hatte, also vermutlich jetzt gerade zu Hause war.

Genau dort, vor Judys Haus, bezogen Elsy und Imelda nun Stellung, um die Frau unter die Lupe zu nehmen, die von allen womöglich am meisten wusste.

Fred blieb mit Demon auf Stricktony Hall und erwartete unverzüglich Bericht. Per Echtzeitverfolgung beobachtete er das Treiben seiner Schützlinge. Sicher war sicher.

»Also, wie besprochen, wir gehen es *langsam* an!«, erinnerte Elsy ihre Freundin, bevor sie die Türklingel betätigte. Elsy grauste es ein wenig vor dem, was kommen sollte. Ihr Magen rebellierte sogar mit einem leisen Grummeln. Sie wusste, dass Judy nicht über Josh sprechen wollte, was vollkommen in Ordnung war, jedoch kamen sie ohne ihre Hilfe nicht weiter und waren somit gezwungen nachzubohren.

Imelda sah dies entspannter. Immerhin ging es um Mord. Ihre Überzeugung lautete: Wenn jemand helfen konnte, sollte dieser Jemand es auch tun. »Ja, ja. Ich bleib ein braves Mädchen«, versprach sie Elsy zuliebe. Aufmunternd zwinkerte sie ihr zu. Imelda war die Ruhe selbst.

Gleich darauf hörten sie Schritte. Eine übernächtigte Judy mit dunklen Ringen unter den Augen öffnete ihnen die Tür. »Guten Morgen«, begrüßte sie sie mit rauer Stimme und räusperte sich.

Elsy bemerkte, wie viel Mühe es Judy kostete, freundlich zu schauen. »Hey, guten Morgen! Wie geht es dir?«, fragte sie mitfühlend.

Judy seufzte. »Danke, ganz gut.« – Eine offensichtliche Lüge, aber wer konnte es ihr verübeln. – Sie sah von Elsy zu Imelda und wieder zurück. »Warum wundert mich das jetzt nicht …« Resigniert schüttelte sie den Kopf. »Bitte, kommt rein! Ich setze einen Tee auf.«

Das ließ sich Imelda nicht zweimal sagen, fröhlich trat sie ein. »Danke, ein Tee wäre toll!«

Elsy folgte ihnen still, gedanklich dabei, wie sie das Gespräch beginnen sollte.

Kurz ließ Judy sie allein. Imelda und Elsy nahmen im Wohnzimmer Platz. Einem Ort, der der sonst so beherrschten Judy gar nicht ähnlich sah. Creme- und Rosatöne bestimmten den Raum, ebenso wie Stoffe mit groben Blumenmustern. Der leicht altmodische Charme verlieh dem Zimmer Gemütlichkeit. Sogleich fesselte ein feiner, lieblicher Duft Elsys Nase, den sie schnell als etwas Bekanntes ausmachte. Noch verpackt auf einer Anrichte neben ihr lag eine von Jadoos Seifen. In Judys favorisierten Farben passte das Stück hervorragend zur Einrichtung. Ohne Zweifel gehörte Judy zu den Personen, die nach der äußeren Gestaltung der Verpackung kauften. Elsy kannte dieses Phänomen nur zu gut.

Bald darauf gesellte sich Judy zu ihnen und servierte den Tee.

Elsy entschied sich, mit ein bisschen Smalltalk das Gespräch zu starten. »Ich habe übrigens meinen Schlüssel wieder. Den vom Gemeindehaus«, erklärte sie und rührte einen Löffel Zucker unter ihren Tee. »Vielleicht hast du die Tage ja mal Zeit zu überlegen, wie wir mit den übrigen Renovierungsarbeiten weitermachen wollen?«

»Gern … Aber das ist nicht der Grund, warum ihr beide hier heute unangekündigt aufgetaucht seid.« Judy lächelte säuerlich.

»Das stimmt«, antwortete Elsy ehrlich und legte langsam ihren Löffel zur Seite. Warum tat sie sich bloß so schwer!? »Ich wollte natürlich sehen, wie es dir geht und …« Elsy nahm einen Schluck von ihrem Tee. Im Geiste schüttelte sie über sich selbst den Kopf. Mensch, sag es, sie weiß es sowieso!

»Es liegt auf der Hand. Du kanntest Josh besser, als alle dachten. Und wir wollen wissen, warum!«, sagte Imelda geradeheraus.

Das zu ihrem Plan! Elsy funkelte ihre Freundin von der Seite an.

»Was!? Judy ist doch nicht blöd.«

»Mir ist vollkommen klar, warum ihr hier seid. Das ganze Dorf wird dieselben Fragen haben, jetzt da Mrs Patel diese Bombe hat platzen lassen.« Judy stöhnte und rieb sich die Augen. »Als ich vor drei Jahren hierherzog, dachte ich nicht, dass es so schlimm werden könnte. Dorfmenschen sind wirklich ein neugieriges Volk. Ihr beide eingeschlossen!«, sagte sie anklagend.

Autsch! Das tat weh. Elsy zuckte förmlich zusammen. Ja, es stimmte, sie war neugierig, allerdings nur wegen der Ermittlungen. Ansonsten hielt sie sich von Klatsch und Tratsch fern. »Tut mir leid. Ehrlich! Aber uns beschäftigt die Sache mit Josh. So ist das, wenn man in einem Dorf lebt. Die Menschen kennen sich und interessieren sich für einander. Hier ist man eben nicht nur ein anonymer Name auf einem Briefkasten. Außerdem, willst *du* gar nicht erfahren, wer es war?« – Elsy wusste um das Provokante in ihrer Frage, vor allem, wenn Judy mit Joshs Ermordung zu tun hatte.

»Natürlich, will ich es erfahren. Nur, was kann ich schon tun!? Alles, was ich weiß, habe ich dem Inspektor erzählt. Es liegt jetzt an ihm, die Fäden zusammenzuspinnen.«

»Und wenn das nicht reicht? Was ist, wenn die Polizei es alleine nicht schafft?«, bohrte Elsy weiter.

Judy wirkte ehrlich überrascht. »Und deshalb soll ich mich jetzt in Gefahr bringen!? Nein, danke!«

Elsy fragte sich: Reagierte so ein Mörder? War ihre Furcht, selbst ins Visier des Mörders zu geraten, bloß gespielt? Judy machte einen aufrichtigen Eindruck.

Imelda schien ihr Gefühl zu teilen. »Niemand verlangt, dass du dich in Gefahr bringst«, lenkte sie ein. »Dennoch, wir könnten gemeinsam Informationen sammeln, unauffällig versteht sich, und diese der Polizei zur Verfügung stellen. Wir selbst könnten Schlüsse ziehen.«

»Entschuldigt, aber bei so was bin ich echt raus!«, riegelte Judy vehement ab. Darüber hinaus war sie erstaunt. »Habt ihr denn keine Angst?«

»Das fällt eindeutig unter die Kategorie: Verdrängung«, stellte Imelda klar.

»Okay …« Judy schaute die beiden an, als sähe sie sie heute zum ersten Mal. Gewiss hatte sie die Freundinnen gänzlich anders eingeschätzt.

»So, jetzt weißt du, wie es ist«, teilte Imelda ihr mit. »Und deshalb wären wir dir sehr dankbar, wenn du uns erzählen könntest, warum Josh dich besucht hat. Was steckt dahinter?«

»Ein Geheimnis«, vertraute Judy ihnen an. »Und das ist auch der Grund, warum ich nichts sagen möchte.« Judy wägte ab. »In Ordnung, nur das: Josh kam zu mir, weil er einen Rat suchte. Von mir als Krankenschwester. Er wusste nicht, an wen er sich sonst wenden sollte. Er machte sich Sorgen um eine Freundin und wollte meinen Rat. Da ich selbst nicht in diesem Bereich tätig bin, habe ich mich für ihn informiert. Ich habe mit ein, zwei Ärzten darüber gesprochen. Deshalb war Josh dann noch ein zweites Mal hier. Letztendlich konnte ich ihm nicht viel weiterhelfen.«

Bestimmt sprach Judy über Amber. Nur erklärte dies nicht, warum sie Josh beobachtet hatte. »Ist das der Grund, warum du ihn in der Bibliothek immer so traurig angeschaut hast?«, fragte Elsy behutsam.

»Ja. Und weil …« Judy rang plötzlich um Fassung. Es war ganz offensichtlich, dass noch etwas anderes, viel Schwerwiegenderes dahintersteckte. »Der eigentliche Grund ist, dass er mich sehr an meinen eigenen Sohn erinnert hat.«

»Du hast einen Sohn?«, platzte es aus Imelda heraus. Als sie bemerkte, wie geschockt sie geklungen haben musste, zog sie reumütig eine Schnute. Ohne zu zögern, setzte sie sich neben Judy und griff mitfühlend nach ihrer Hand.

Eine Träne stahl sich aus Judys Augenwinkeln und sie tupfte sie eilig fort. »Ja … Und die beiden … Gott, sie sehen sich so ähnlich!«

»Und wo ist dein Sohn?«, horchte Elsy sanft nach.

»Er lebt bei seinem Vater. Wir haben nur wenig Kontakt. Ich vermisse ihn. Unendlich!«

Das erklärte nun wirklich alles. Elsy fühlte mit ihr. »Oh, das … das tut mir leid.«

Judy nickte und winkte zeitgleich ab. Sie versuchte zu lächeln und nahm einen großen Schluck von ihrem Tee. Sie seufzte, bevor sie weitersprach. »Schon gut. So, und ihr zwei seid also auf Verbrecherjagd?«

Jeder Mensch besaß Geheimnisse, aus den verschiedensten Gründen, wie auch Judy. Bei Elsy und Imelda waren sie jedenfalls sicher. Noch lange hatten die drei Frauen gesprochen und Judy hatte sie an ihrer Vergangenheit teilhaben lassen. Kurzum beschloss Elsy, Judy vor zukünftigen Attacken neugieriger Dorfbewohner in Schutz zu nehmen. Judy trug ihr Geheimnis weitestgehend allein und so sollte es bleiben.

Als sie sich verabschiedeten, fühlte sich Elsy erleichtert. Jemanden zu befragen, den sie eigentlich mochte, war ihr schwergefallen. Am Auto angekommen, zog sie eine Tüte mit Schokoladencookies aus ihrem Rucksack und biss direkt in einen hinein. Genüsslich stöhnte sie auf, sie spürte die neue Energie durch ihre Adern schießen. Sie lehnte sich gegen den Wagen und atmete die frische, kühle Luft des nahenden Frühlings tief ein. – Graue, dicke Wolken reihten sich am Himmel dicht aneinander, wenigstens gehörte der Frost der Vergangenheit an.

»Nicht dein Ernst?«, neckte Imelda sie und spähte dann selbst begierig Richtung Cookietüte.

»Was!? Das hat mich total gestresst. Ich brauche Zucker«, wehrte sich Elsy und reichte die Kekse wortlos an sie weiter.

Wie auf Kommando klingelten nun ihre beiden Handys im Chor, eine Sprachnachricht von Fred war eingegangen. Mit Sicherheit hatte Fred jeden ihrer Schritte verfolgt und jetzt, da sie wieder auf der Straße standen, machte er sich bemerkbar.

Elsy spielte die Nachricht ab.

Fred: Meine Lieben, ich sehe, ihr beide seid wohlauf. Das ist schön. Leider habe ich schlechte Neuigkeiten. Radio Hoktony

Imelda und Elsy tauschten bedeutungsvolle Blicke, keine Minute später hatten sie ihn am Telefon. Zunächst wurde er auf Stand gebracht, danach kamen sie auf Mr Fitz zu sprechen.

»Der Reporter sprach von Altersschwäche. Was genau geschah, wurde nicht bekannt gegeben«, unterrichtete sie Fred.

Elsy grübelte. »Schon komisch! Ich meine, erst wird Josh ermordet, ein Junge, der quasi keiner Fliege was zuleide tut, und jetzt stirbt zudem sein direkter Nachbar, wohlgemerkt ein neugieriger, alter Mann! Das schreit ja förmlich nach Zusammenhang! Oder …, meint ihr nicht?«

Imelda war unschlüssig. »*Kann* sein, *muss* aber nicht.«

»Was ist, wenn er etwas gesehen hat, was er nicht sollte?«, stellte Elsy in den Raum.

»Aber diesen Umstand hätte er ganz gewiss der Polizei gemeldet«, mutmaßte Fred.

Imelda zweifelte: »Sicher? Manchmal sind alte Leute auch einfach komisch.«

»Junge Dame!«, protestierte Fred empört, lachte jedoch schlussendlich.

Elsy stockte in ihrer Bewegung, sie wollte gerade nach einem weiteren Cookie greifen. Endlich ging ihr ein Licht auf. Es gab Zusammenhänge. Ja! Und wenn sie sich nicht täuschte, gab es sogar eine Menge. Zugegeben, derzeit mit noch

einigen Variablen. Sie mussten nur zu Tage gefördert werden ... »Leute, ich denke, ich habe eine Idee!«

15

Zwei Stunden später

Ihr Plan war gut durchdacht, total verrückt und mit Abstand das Aufregendste, was Elsy jemals in ihrem Leben tun würde. Zumindest wusste jeder ihrer Freunde genau, was zu tun war. Und sie wusste, sie konnte sich auf sie verlassen. Dass Elsy vor Aufregung fast das Herz aus der Brust sprang, war nicht einkalkuliert gewesen. Sie musste ihre Hände in die Jackentasche stecken, so sehr zitterten sie. Elsy betete zum Universum, dass ihr schauspielerisches Talent genügte und vor allem ihr grob skizziertes Timing passte. Immerhin sollte es auch unbekannte Faktoren geben, die sie nicht beeinflussen konnten.

Zum Glück war sie nicht allein. Imelda gab ihr aus der Ferne Rückendeckung. Sie hatte auf der Straße geparkt und beobachtete die Auffahrt, während Elsy zum Haus ging.

Elsy hatte das offenstehende Törchen genommen, damit sie niemand kommen sah und somit niemand vorgewarnt wurde. Das Überraschungsmoment sollte auf ihrer Seite sein. Sie schellte. Ein letztes Mal atmete sie tief ein und aus, bevor sie ein strahlendes Lächeln aufsetzte.

Sie hörte leicht klackernde Schritte. Ein überraschter Seth öffnete ihr. »Elsy? Hallo! Was machst du denn hier?«

»Hallo, Seth! Tut mir schrecklich leid, dass ich unangemeldet reinplatze, aber ich bräuchte dringend meine Kuchenform zurück. Weißt du, die von der Kirschtarte? Lange Geschichte.« Elsy bemühte sich, einen, hoffentlich, bemitleidenswerten Gesichtsausdruck aufzulegen.

»Oh! Ach so. Ja, bitte, komm herein!«

Das ließ sich Elsy nicht zweimal sagen und trat in die imposante Empfangshalle aus weißem Marmor.

»Warte doch bitte kurz hier! Ich werde sie schnell holen. Gespült ist sie schon.« Seth lächelte ermutigend und eilte los.

Elsy sah Seth hinterher. War er allein? Elsy hoffte inständig auf mehr Publikum. Wenigstens jetzt gleich. Schnell tippte sie eine Nachricht: *Bereit in 5 Minuten.*

Die zwei blauen Häkchen hinter ihrer Nachricht verrieten ihr, dass diese bereits gelesen wurde. Perfekt!

Im selben Augenblick hörte sie weitere Schritte. Zielstrebig, aber dumpf kamen sie auf sie zu. Die Gangart sagte ihr, es war ein Mann. Sehr gut. Sie spekulierte auf Joshs Vater oder Mr Ambrose.

Verwundert blickte Mr Weatherbee von seiner Zeitung auf. Er hatte während des Gehens gelesen. »Miss Moore! Guten Tag. Was verschafft uns die Ehre?« Mr Weatherbee klang geschäftsmäßig, wie beim letzten Aufeinandertreffen. Mit kräftigem Händedruck schüttelte er ihr die Hand.

»Hallo, Mr Weatherbee. Nichts von Bedeutung«, winkte Elsy ab.

»Miss Moore benötigt ihre Tarteform zurück«, erklärte jetzt Seth, der neben ihnen aufgetaucht war.

»Verstehe! Die Probleme des Alltags«, erwiderte er nüchtern. »Sagen Sie, Miss Moore, haben Sie noch einmal über unser Gespräch nachgedacht? Ist Ihnen vielleicht etwas in den Sinn gekommen?«

»Ich habe sogar sehr viel über unser Gespräch nachgedacht«, antwortete Elsy ehrlich. Je näher sie an der Wahrheit blieb, desto weniger musste sie schauspielern. »Und wie Sie kann ich mir leider noch immer keinen Reim darauf machen. Ich wünschte, ich könnte es. Ich hoffe, ihr Privatdetektiv kann etwas ausrichten.«

»Darauf baue ich«, stimmte ihr Mr Weatherbee mit

Nachdruck zu.

Plötzlich schellte Elsys Smartphone. Der Ton war so laut, dass er in der nahezu leeren Eingangshalle widerhallte. – Unter Umständen hatte sie genau dafür vorab gesorgt. Wenn man nach Aufmerksamkeit suchte, war ein schriller Klingelton nicht die schlechteste Option.

»Oh! Entschuldigen Sie bitte!« Eilig zog Elsy das Handy aus der Jackentasche und warf einen Blick darauf. »Das ist mir wirklich peinlich! Aber da muss ich jetzt rangehen.«

»Bitte!«, forderte Mr Weatherbee sie auf.

Elsy blieb an Ort und Stelle. Je mehr Drama die beiden mitbekamen, desto besser.

»Hallo, Rufus, was gibt's?«

»Elsy, gut, dass ich dich erreiche! Ich brauche deine Hilfe!«

Bestrebt möglichst nachdenklich zu wirken, verengte sie ihre Augen zu Schlitzen. »Was ist los? Du klingst besorgt.«

»Du glaubst nicht, was ich gerade gefunden habe!«, verkündete Rufus aufgeregt und dämpfte danach, wie abgesprochen, seine Lautstärke. Das Folgende konnte nur noch Elsy hören.

»Was? Und du bist dir sicher?« Elsys Stimme klang zweifelnd. »Okay. Ja klar, helfe ich! Ich kann so in einer Stunde da sein. Ja. Ja. Okay. Bis gleich.«

Elsy legte auf, ihr nächster Blick ging zu Mr Weatherbee. »Entschuldigen Sie! Das war Mr Clark. Er hilft gerade in der Bibliothek aus. Er hat etwas gefunden. Ein Tagebuch. Joshs Tagebuch!«

»Josh hat Tagebuch geführt?« Mr Weatherbee hätte nicht erstaunter schauen können.

Seth schüttelte ebenso irritiert den Kopf.

Elsy gab sich unschuldig. »Keine Ahnung. Anscheinend …«

»Aber wie kann das sein? Wie konnte die Polizei das übersehen?«, überlegte Mr Weatherbee verärgert und deutete mit seiner Zeitung auf einen imaginären Punkt in der Luft.

»Fragen Sie mich was Leichteres. Mr Clark hat nur gesagt, dass er es zwischen zwei Kartons gefunden hat. Vielleicht hielten sie es für ein Buch aus der Bibliothek.«

»Ich fasse es nicht! Und jetzt?«, verlangte Mr Weatherbee zu erfahren.

»Er bat mich, es abzuholen und aufs Revier zu bringen. Er kann dort gerade nicht weg. Er ist allein und hat keinen Schlüssel.«

Völlig entgeistert riss Joshs Vater die Augen auf. »Und was ist mit der Polizei? Kann die es nicht abholen?«

»Ich weiß es nicht … Von der Polizei hat er nichts erwähnt.«

Grübelnd marschierte Mr Weatherbee ein paar Schritte auf und ab.

Seth sagte keinen Ton. Seine verunsicherte Miene wanderte zwischen ihm und Elsy hin und her.

»Ich übernehme das!«, verkündete er schließlich. »Ich spreche sofort mit Mike. Er muss die nächsten Termine absagen. Miss Moore, ich danke Ihnen für Ihre Unterstützung. Sie entschuldigen uns jetzt bitte.«

»Natürlich! Ich gebe Mr Clark Bescheid. Er wird Sie dann erwarten.«

16

Bis zur Bibliothek in Stricktony hatten sie genau achtzehn Minuten gebraucht. Imelda war gefahren wie der Wind. Niemand durfte ihnen zuvorkommen. Rufus verließ sich auf sie, denn er hatte in der Bibliothek Stellung bezogen.

Jetzt, wo die beiden Frauen vor Ort waren, versteckten sie sich. Hinter der Bibliothek, die lediglich einen einzigen großen Raum umfasste, befand sich eine kleine Abstellkammer. Dort harrten sie, im Dunkeln verborgen, der Dinge. Die Tür der Kammer hatten sie angelehnt, nur ein kleiner Spalt blieb offen. Genau durch diesen Türschlitz beobachteten Imelda und Elsy den Raum.

Rufus hatte sich auf die Art platziert, dass sie ihn und die Eingangstür gut im Blick hatten. Gerade tat er, als würde er Bücher sortieren. Das angebliche Tagebuch von Josh Weatherbee lag prominent vor ihm auf dem Tresen.

Damit sie von sonst niemandem gestört wurden, hatten die Freunde Bitte-nicht-stören-Schilder von außen an die Türen gehängt. Das Letzte, was sie gebrauchen konnten, waren neugierige Dorfbewohner, die ihnen dazwischenfunkten.

»Ich hoffe so sehr, dass es klappt«, bangte Elsy.

»Es *wird* funktionieren!«, versicherte ihr Imelda selbstbewusst.

»Und was ist, wenn wir uns täuschen und doch ein unbekannter Dritter beteiligt ist …?« Elsy haderte, aber nur kurz. »Nein! Es ist so, wie wir dachten. Judy ist raus, ebenso wie Crispin. Die Einzigen, die wirklich die Möglichkeit gehabt hätten, Josh mit dem Smoothie umzubringen, leben oder arbeiten in seinem Haus. Es muss so sein.«

Die Freunde wussten nicht genau, wer der Mörder war, hatten jedoch eine Ahnung. Ehrlich gesagt gab es mehrere Optionen und die einzige Chance, dem Mörder auf die Schliche zu kommen, wie verrückt es auch sein mochte, war eine List.

Natürlich bestand dabei die Gefahr, dass der Mörder im Wissen, dass es ein Tagebuch gab, in dem ganz bestimmt das Motiv festgehalten war, floh, jedoch würde sich der Mörder mit dieser Handlung selbst zu erkennen geben und die Polizei hätte folglich die Möglichkeit, ihn zu schnappen. Allerdings schien diese Variante unwahrscheinlich, das verriet ihnen der Umstand, dass Mr Fitz, der Nachbar der Weatherbees, plötzlich verstarb. Sollte Joshs Mörder ebenfalls dahinterstecken, und dies war recht naheliegend, wäre dies ein Indiz dafür, dass der Mörder seine Probleme in Angriff nahm und nicht davonlief.

Elsy fühlte sich kopflos, vollgestopft mit den widersprüchlichsten Gefühlen. Aufregung, eine komische Art von Vorfreude und Panik tobten in ihrem Innern. Und ihre Ungeduld nagte an ihr, denn ein Teil ihres Plans fehlte derzeit: die Polizei. »Ich rufe ihn an! Lieber zwei Minuten zu früh, als zu spät«, verkündete sie unruhig. Noch hatten sie genügend Zeit, bis jemand dort auftauchen sollte. In den nächsten fünfzehn Minuten, schätzungsweise, würde es so weit sein, und die Polizei benötigte vielleicht drei.

»Gut! Ich passe auf.« Imelda deutete Richtung Rufus.

Elsy suchte den Kontakt im Adressbuch ihres Handys und drückte den grünen Hörer. Sie wappnete sich …

Wenige Freitöne später nahm Q ab. »Guten Tag, Miss Moore! Was kann ich für Sie tun?«

In Elsys Ohren hallte seine tiefe Stimme nach. Sein Tonfall klang freundlich, das würde sich gleich ändern. Oje, wie sollte sie bloß anfangen?

»Miss Moore?«

»Ja! Hallo, Inspektor. Ähm … Also …« – Lächelnd rollte Imelda mit den Augen und versuchte ihr auf imaginäre Weise einen Schubs zu geben. – »Wir brauchen Ihre Hilfe!«, platzte es aus ihr heraus. Es half nicht, um den heißen Brei herumzureden. »Es ist so … Gott, Sie werden mich umbringen, wenn ich es Ihnen sage.« Himmel, was stammelte sie herum, sie hatten keine Zeit! Inspektor Quinn setzte gerade an, als sie ihm zuvorkam. »Mist, egal! Wir haben dem Mörder eine Falle gestellt und vermutlich ist er auf dem Weg zu uns. Wir sind in der Bibliothek. Imelda, Rufus und ich. Und es wäre gut, wenn Sie dazukommen würden. Und zwar unauffällig, das wäre wichtig. Am besten nehmen Sie den Eingang zum Gemeinderaum.« Sie hatte es getan, sie hatte es ihm gesagt. F…!

»Sie haben was!?«, brüllte er fast durchs Telefon. Er war fassungslos. »Miss Moore, das ist jetzt nicht Ihr Ernst!« Qs Stimme bebte.

»Und es wäre gut, wenn Sie sich beeilen könnten«, ergänzte sie kleinlaut.

»Sind Sie denn von allen guten Geistern verlassen!«

Elsys Herz klopfte wie verrückt. Eine Standpauke war jetzt das Letzte, was sie gebrauchen konnte. »Verdammt, Q! Jetzt hören Sie auf zu schimpfen und beeilen Sie sich! Bis … bis gleich.« Prompt legte sie auf.

Imeldas Gesicht sprach Bände. Anerkennend nickte sie ihrer Freundin zu. »Q!? Du hast ihn Q genannt!«

Elsy vergrub ihr Gesicht in den Händen, vermutlich leuchtete ihr Gesicht gerade wie eine Tomate oder sie war schneeweiß, sie wusste es nicht, jedenfalls fühlte sie sich elend. »Hör auf! Ich weiß«, stöhnte sie in ihre Handflächen. Sie brauchte einen Augenblick, um sich zu berappeln. »Okay, okay, egal! Wir müssen uns konzentrieren. Ich schalte jetzt die Diktierfunktion ein.«

Jeden Moment konnte irgendwer auftauchen und Elsy und Imelda verfielen in Schweigen. Der Mörder sollte sich bei seiner Ankunft in Sicherheit wiegen.

»Denkst du, es kommt noch jemand?«, flüsterte Imelda nach fünf Minuten. Das Warten schien endlos.

Wie auf ihre Bitte hin ertönte die leise Türglocke der Bibliothek.

Imelda und Elsy schauten sich an. O nein, das durfte nicht wahr sein …

Elsy hatte recht behalten, die wahrscheinlichste und zugleich entsetzlichste ihrer drei Überlegungen traf wirklich zu. In diesem Augenblick wünschte sich Elsy, sie hätte sich geirrt.

»Guten Tag! Mr Clark, nehme ich an?«, grüßte die dazugehörige Stimme.

»Ja, bitte, und Sie sind?«, fragte Rufus höflich.

»Isabelle Weatherbee, mein Name. Es freut mich! Mein Mann bat mich, hier etwas abzuholen und zur Polizei zu bringen.« Gezielt ging Isabelles Blick zu dem fingierten Tagebuch. »Ist *das* Joshs Tagebuch?«

Rufus nickte verhalten und behielt Isabelle im Auge.

Mrs Weatherbee war ohne jedweden Zweifel hierhergeeilt. Ihre Jacke stand offen und ebenso wie ihre Handtasche passte sie farblich überhaupt nicht zu ihrem übrigen Outfit. Ein Ding der Unmöglichkeit für eine elegante Frau wie sie. Auch ihre Haare waren zerzaust, der kräftige Wind, der derzeit draußen über das Land fegte, hatte ihrer geglätteten Langhaarfrisur übel zugesetzt. All das schien sie wenig zu kümmern, sie strich sich lediglich oberflächlich übers Haar.

»Und Sie haben es gefunden?«, erkundigte sie sich nach einer kurzen Pause. Kritisch musterte sie ihr Gegenüber.

»Ja, es lag am Eingang zwischen zwei Kartons. Verrückt, dass die Polizei es nicht selbst entdeckt hat.«

Rufus spielte seine Rolle perfekt. Elsy wäre an seiner Stelle womöglich in Ohnmacht gefallen. Im Geiste feuerte sie ihn an.

»Darf ich fragen …? Haben Sie reingelesen?« Unschuldig lächelte sie ihm zu.

»Was, nein!« Seine Antwort kam so schnell. Es sollte klar sein, er log.

Augenblicklich verdunkelte sich Isabelles Miene und noch etwas sah Elsy aus der Entfernung. Isabelle wirkte irgendwie erschöpft. Sie stützte sich mit einer Hand auf den Tresen, als bräuchte sie diesen Halt. »Was wissen Sie?«, fragte sie mit Bedacht.

»Ich weiß gar nichts! Nehmen Sie einfach das verdammte Ding und verschwinden Sie!«

Flüchtig schloss Isabelle die Augen, ehe sie erneut Rufus fixierte und einen Schritt auf ihn zu ging.

Rufus keuchte auf. »Halt, kommen Sie nicht näher!« Instinktiv streckte er zur Abwehr die Arme aus.

Isabelle tat wie geheißen und hielt inne. »Schon gut, keine Panik! Ich denke, wir beide verstehen uns auch so. Nicht wahr!?« Siegessicher machte Isabelle eine dramatische Pause. »Ich gebe Ihnen jetzt einen gut gemeinten Rat: Halten Sie einfach den Mund. Wenn Sie irgendetwas verraten, oder nur daran denken, sind *Sie* der nächste!«

Reflexartig machte Rufus einen Satz zurück. Er blinzelte erschrocken und brachte die folgenden Worte nur schwer heraus. »Das … das können Sie nicht tun!« – Elsy war sich nicht sicher, ob Rufus weiterhin schauspielerte oder ob sie ihn tatsächlich einschüchterte.

Isabelle lächelte süffisant. »Und ob ich das kann! Und zwar völlig unauffällig und ohne jegliche Spuren zu hinterlassen. Das haben Sie doch gesehen. Und reden wir bitte nicht von der ansässigen Polizei, die geben für ihren Berufsstand ein ganz jämmerliches Bild ab. Also, wenn Sie nicht der nächste sein wollen …«

»Drohen Sie jemand anderem, Lady! Denn wir wissen Bescheid!« Energisch trat Imelda hinter der Tür hervor und bäumte sich vor ihr auf. Elsy folgte ihr. Es war Zeit, Rufus zu unterstützen.

»Was … was tun Sie hier? Wer sind Sie …?« Vollkommen überrumpelt blickte Isabelle zwischen den Freunden umher. »Miss Moore?«

»Imelda James. Und Sie, Lady, werden gleich verhaftet!«, antwortete Imelda schlagfertig.

Es dauerte keine Sekunde, da begriff Mrs Weatherbee. Erkenntnis blitzte in ihren Augen auf, gefolgt von Angst, als ihr Blick auf dem erfundenen Tagebuch hängen blieb. »Nein! Nein, bitte! Hören Sie, das können wir doch bestimmt regeln!« Aufgeschreckt suchte Isabelle nach einer Lösung. »Brauchen Sie Geld? Kein Problem, ich habe eine Menge.« Verunsichert nestelte sie an ihrer Handtasche, um nach etwas zu greifen.

Jetzt wurde Elsy laut: »Hände weg von der Tasche!« Nicht dass sie eine Waffe bei sich trug. Erst als Isabelle die Arme langsam sinken ließ, sprach Elsy weiter. »Und Ihr Geld können Sie behalten! Wie konnten Sie nur!«, warf sie ihr vor.

Mrs Weatherbee rang mit sich. Die einst so taffe Frau wirkte plötzlich zerbrechlich und kraftlos. War ihre starke Haltung die ganze Zeit über nur Fassade gewesen?

»Wie konnten Sie nur?«, wiederholte Elsy, diesmal mehr fragend. Sie konnte es nicht begreifen.

Isabelle wich Elsys Blick aus. »O Gott! Ich kann nicht mehr, ich kann nicht mehr …«, sprach sie mehr zu sich selbst als zu den anderen und stützte sich erneut auf den Tresen. Sie ließ ihren Kopf hängen und atmete schwer.

»Wollen Sie denn gar nichts zu Ihrer Verteidigung sagen?«, wollte Imelda erfahren.

Erst jetzt schaute Isabelle auf und es brach förmlich aus ihr heraus: »Es war aus Liebe! Aus aufrichtiger, ehrlicher Liebe!«

»Aus Liebe?«, echote Rufus fassungslos.

»Ja, aus Liebe!«, schluchzte sie. Mittlerweile zierten rote Flecken ihren Hals und das Dekolleté. »Weil … weil Josh hätte mich verraten und mir alles genommen. – Er hat es selbst gesagt. Wenn ich es Archie nicht sage, würde er es tun. – Eine Woche hat er mir gegeben. Eine Woche …«, sagte sie klagend. »Und wie er mich angesehen hat, als er Alex und mich erwischt hat. Er hätte es Archie verraten, mit allen ekligen, schmutzigen Details. Und dann … dann hätte er mich verlassen. Und das konnte ich nicht zulassen. Ich liebe meinen Mann. Ich liebe ihn! Diese lächerliche Affäre war doch nur Spaß!« Mit glänzenden Augen blickte sie zwischen den Freunden umher und suchte nach Verständnis.

Elsy bemühte sich, ruhig zu bleiben in Anbetracht ihres Geständnisses. Gerade kümmerte sie es auch wenig, dass sich Mrs Weatherbees Erklärung mit ihrer Vermutung deckte. Sie war einfach nur geschockt. »Alex war Joshs Nachhilfelehrer, richtig?«, versicherte sie sich kurz.

»Ja. Ich wünschte, ich hätte mich nie auf ihn eingelassen«, erwiderte sie beschämt.

»Und Ihr Nachbar? Der wusste wohl auch zu viel«, bemerkte Imelda, ihre Stimme klang deutlich kühler als sonst. – Bereits im Vorfeld hatte Imelda geplant, den bösen Cop zu spielen. Isabelle schien eine starke Persönlichkeit zu sein, mit nett formulierten Fragen, so hatte sie vermutet, kämen sie der Sache nie auf den Grund.

Tiefe Abscheu mischte sich in Isabelles traurigen Blick. »Dieser alte Schnüffler! Ständig hat er mit seinem Fernglas am Fenster gehangen und uns beobachtet. Er hätte einfach die Klappe halten sollen. Er hätte mich nicht bedrohen sollen.«

»Mr Fitz hat Sie tatsächlich bedroht?«, dachte Elsy laut, sie hatte es geahnt.

»Ja!«, rief sie panisch aus, gebeutelt von ihren eigenen Gefühlen. Hass und Verzweiflung kämpften in ihrem Inneren um die Oberhand. »Wie sich rausstellte, wusste der Mistkerl von Alex und mir. Und als Josh starb, hat er eins und eins zusammengezählt. Ich fand einen anonymen Brief unter den Scheibenwischern meines Wagens. Er schrieb, er hätte mich in der Hand und würde zu gegebener Zeit auf mich zukommen. Aber ich lasse mich nicht erpressen!«

Elsy spürte den schweren Groll, den Eifer dabei und die Panik, welche Mrs Weatherbee umgaben und es fiel ihr schwer, sich abzugrenzen. Isabelle kam ihr auf eine unterschwellige Art unberechenbar vor. Nur davon durfte sie sich jetzt nicht beirren lassen. Sie zwang sich, einen kühlen Kopf zu bewahren und Fragen zu stellen, solange Isabelles Redefluss anhielt. »Woher wussten Sie, dass es Ihr Nachbar war?«

»Dieser dumme, alte Mann … Ich habe eine Papageienfeder neben meinem Wagen gefunden. Jeder in unserer Straße weiß, dass er einen Papageien besitzt. Es konnte nur er sein.«

»Verstehe …« Elsy war fassungslos. Was Menschen bereit waren zu tun, nicht nur Isabelle, ebenso Mr Fitz. Nachdenklich machte sie einen Schritt zurück. Auch um Abstand zu gewinnen.

Imelda übernahm und entschloss sich, zu provozieren und zu pokern. »Und verraten Sie uns: Was war schwieriger, ihn umzubringen oder Josh?« – Rufus schnappte bei dieser Frage nach Luft. – »Ich meine, Josh das Medikament seiner Freundin unter den Smoothie zu mischen, war bestimmt nicht leicht und hat eine gewisse Geschicklichkeit von Ihnen erfordert, dennoch war es machbar. Außerdem, das Gute dabei war, Sie konnten sich davon abgrenzen. Sie sahen ja nicht, wie Josh starb. Aber jemanden von Angesicht zu Angesicht umzubringen, ist noch mal eine ganz andere Sache. Na, wie haben Sie es getan? In der Presse hieß es Altersschwäche. Haben Sie ihn die Treppe heruntergestoßen?«

Isabelle riss augenblicklich die Augen auf. »Woher –« Panisch legte sie die Hände auf ihren Mund. »Sie Mist-stück!«, keifte sie.

Dass Imelda mit ihrer Vermutung ins Schwarze traf, war verrückt. Sie selbst nutzte Mrs Weatherbees Gemütszustand, um ihr mehr zu entlocken. »Jaja, sparen Sie sich das!«, setzte sie unbeeindruckt fort. »Erklären Sie uns lieber, wie Sie überhaupt auf die Idee mit den Tabletten gekommen sind?«

Auf einmal herrschte Schweigen. Elsy befürchtete schon Imelda hätte den Bogen überspannt, als Isabelle leise zu reden begann. »Ich hatte ihn belauscht …« – Elsy war baff, wie schaffte es Imelda, dass sie noch mehr preisgab? Es war unfassbar. War es das Überraschungsmoment …? Mrs Weatherbee machte darüber hinaus einen zutiefst erschöpften Eindruck. Vielleicht war sie es auch einfach leid, zu lügen. Vielleicht wusste sie, es war vorbei. – »Ambers Gesundheits-zustand. Die Tabletten. Ich hörte alles. Ich kannte die Tablet-ten von früher, eine gute Freundin nahm sie eine Zeit lang. Daraufhin war alles klar.«

»Sie haben also eins und eins zusammengezählt – Über-dosis plus Joshs Vorerkrankungen –, und dachten: Hey, wa-rum nicht.« Elsy spürte, wie Imelda sich zusammenreißen musste. Am liebsten wäre sie der Frau an den Hals gesprun-gen.

»Sie sagen es, als wäre es leicht gewesen«, jammerte sie. »Aber das war es nicht! Es war fürchterlich. Ich mochte Josh, ehrlich. Aber ich liebe meinen Mann! Er ist alles für mich. Und ich für ihn. Hätte er davon erfahren –« Isabelle stoppte und die Erkenntnis dessen, was geschehen würde, zeichnete sich auf ihrem Gesicht nieder. »Bitte!«, flehte sie. »Können wir uns nicht einigen? Bitte! Wir können das gewiss regeln.«

»Stimmt!«, hörte Elsy die entschlossene Stimme des Inspektors hinter sich sagen. Sogleich kamen Quinn und Marty auf sie zu, bislang hatten sie sich in der Küche versteckt gehalten. Mit finsterer Miene trat der Inspektor vor sie. »Mrs Weatherbee, Sie sind hiermit verhaftet!« Vorschriftsmäßig listete Quinn Mrs Weatherbee ihre Rechte auf, woraufhin Marty ihr Handschellen anlegte.

»Nein!«, schrie Mrs Weatherbee aus letzter Kraft und machte Anstalten sich zu wehren. »Nein! Sie haben *nichts* gegen mich in der Hand. Meine Anwälte machen Sie fertig!«, protestierte sie ein letztes Mal lautstark, schließlich gab sie auf.

»Also … nur für den Fall, dass es Probleme geben sollte«, sagte Elsy zögerlich und hielt ihr Handy hoch. »Wir haben ihr Geständnis als Audiodatei. Oder ist das vor Gericht nicht zulässig?« Unsicher und mit fragendem Blick zuckte sie mit den Schultern. »Sonst muss unsere Aussage reichen.«

Inspektor Quinn war sprachlos, während Marty ungläubig den Kopf schüttelte. Er lächelte, als er sagte: »Elsy Moore, du bist echt unglaublich!«

Epilog

Aufregend war gar kein Ausdruck für diesen Tag. Heute hatte Elsy mehr erlebt als sonst in einer Woche. Nachdem Mrs Weatherbee verhaftet worden war, mussten alle Anwesenden auf das Revier. Quinn veranlasste ebenfalls, dass Joshs ehemaliger Nachhilfelehrer zum Verhör gebracht wurde. Abzuklären war, ob er von Isabelles Machenschaften wusste und gegebenenfalls sogar Beihilfe geleistet hatte, indem er darüber schwieg. Mr Weatherbee blieb fern. Elsy wollte sich gar nicht ausmalen, wie es ihm ging. Er hatte mit einem Schlag seine ganze Familie verloren.

Die Befragung von Imelda, Rufus und ihr hatte der Inspektor persönlich übernommen. Mit gewitterartiger Miene saß er ihnen gegenüber und lauschte ihrem Bericht über das Geschehene. Von seinem Pokerface hatte er sich gänzlich verabschiedet. Noch nicht einmal Tee wurde ihnen angeboten. Quinn war unzufrieden, genervt und gestresst über ihr Handeln, jedoch auch erleichtert, den Mörder nun gefasst zu haben, was er allerdings nur leise in einem Nebensatz fallen ließ. Wörter wie unangemessen, leichtsinnig und dumm fielen. Tja, was hätten sie darauf erwidern sollen, er hatte nicht ganz unrecht. Nur beiläufig kamen sie auf Mr Ambrose zu sprechen, der anscheinend Quinns Hauptverdächtiger und Elsys zweite Wahl gewesen war. Einer Randbemerkung zufolge hatte sich Ambrose verdächtig gemacht, mit der Einbruchsserie zu tun zu haben, was Josh gewusst haben könnte, jedoch weiter untersucht werden musste. Zum Abschied ermahnte er sie mit aller Schärfe, sich zukünftig aus Ermittlungen rauszuhalten. Es würde schwerwiegende Folgen haben, sollten sie sich seinen Anweisungen widersetzen. Als Imelda gleich darauf schnaufte, hätte Elsy schwören können, er wäre ihr am liebsten an die Gurgel gegangen. Nicht dass sie sich davon beeindrucken ließ. Lächelnd stand sie auf und verabschiedete sich. »Wir haben Ihren Standpunkt verstanden. Sollten Sie weitere Fragen an uns haben, rufen Sie uns einfach an. Wir helfen gern.« Mit einem koketten Augenzwinkern verließ sie sein Büro.

Darauf war jeder nach Hause gefahren, wobei Elsy noch einen Abstecher zu Fred machte, um ihm Bericht zu erstatten. Fürsorglich wie er war, hatte er ihr Abendrot gemacht. Zugegeben, es war das trockenste und knusprigste Rührei, das Elsy je gegessen hatte, aber das störte sie nicht, denn es war schön, dass sich jemand um sie kümmerte. Gemeinsam hatten sie in der Küche von Stricktony Hall gespeist und den Abend ausklingen lassen. Fred hatte sie mit alten Geschichten unterhalten und dafür gesorgt, dass sie von ihrem Gefühlschaos herunterkam. Die Umsetzung ihres Plans war, ehrlich gesagt, ziemlich aufreibend gewesen. Die kleine Mahlzeit und das gemütliche Zusammensein wirkten zum Glück wahre Wunder.

Jetzt, wo sie mit Demon nach Hause ging, genoss sie die Stille des Augenblicks. Sie schlenderte entlang der langen Auffahrt, die quer durch den Park von Stricktony Hall führte. Von Freds Heim bis zu ihrem, das einst als Pförtnerhaus gedient hatte, benötigte Elsy fast zehn Minuten. Aber das war egal, wenn sie dafür diesen Ausblick genießen konnte. Stricktony Hall lag leicht erhoben und so sah man von dort nichts als Wiesen, Felder und Wälder. Am Horizont legte sich die Sonne schlafen und ließ den Himmel mit all seinen Schleierwolken in einem Rosa-Apricot-Ton aufleuchten. Eine kräftige Windböe zog über das Land und ließ Elsy frösteln. Sie kuschelte sich in ihre dicke Jacke, während Demon der Kälte trotzte und wie ein Verrückter über die Wiese tobte. Er japste glücklich, als er aufgewirbelten Blättern hinterherjagte.

Elsy empfand Glück in diesem Moment, obgleich es sie auch sehr traurig stimmte, dass ein junger Mensch von ihnen gegangen war und er nie mehr solche Augenblicke erleben durfte. Sie fühlte mit Hazel und Amber, die einen Freund verloren hatten. Und sie war wütend, aus welchem Grund es geschah.

War es nicht verwunderlich, was Menschen aus Liebe taten. Lust und Leidenschaft hatten Mrs Weatherbee verleitet, ihren Mann zu betrügen. Ihre Liebe, die Angst jene zu verlieren, verleitete sie zum Schlimmsten. Aber wer war sie, Isabelles Handlungen zu verurteilen.

Dennoch fühlte sie einen Stich. Sie würde niemals vergessen, wie es sich angefühlt hatte, als sie herausfand, dass ihr Exverlobter Roy sie betrog. Sie hatte es nie verstanden. Vermutlich, weil sie in ihrem Partner alles sah: ihren besten Freund, Vertrauten und Liebhaber. Für sie brauchte es genau das. Und ihrem Partner sollte es mit ihr genauso gehen. Sie wollte alles sein. Sie wollte so genommen werden, wie sie wirklich war, mit ihrer verrückten Liebe zu Krimis, mit ihrer Kekswampe und mit ihrer – ja, sie musste es zugeben – neugierigen Art. Nur diesen Jemand zu finden, in Stricktony, war …

Vielleicht sollte sie sich mal ans Onlinedating wagen. Elsy schmunzelte bei diesem Gedanken. War sie der Typ für Onlineflirts? Sie wusste es nicht, aber die Idee reizte sie.

Augenblicklich klingelte ihr Handy. Das künstliche Gläserklirren sagte ihr, dass sie eine neue Nachricht erhalten hatte. Bestimmt war es Imelda, die wissen wollte, wie es ihr ging. Während ihre Freundin gemütlich mit Efrem auf der Couch kuschelte, vermutete sie sie alleine.

Oh, wie konnte man sich doch täuschen!

Als Elsy sah, von wem die Nachricht kam, machte etwas in ihr unwillkürlich einen kleinen Sprung. Einen Umstand, den sie gern ignorierte.

Gebannt starrte Elsy auf ihr Display, ihr Finger verharrte unentschlossen in der Luft. Wollte sie wissen, was er schrieb? Jaaa und nein, der Anfang der Nachricht verhieß immerhin nichts …

Egal! Vorsichtig, unter Umständen erwartete sie ein heftiges Donnergrummeln, tippte sie auf seinen Namen und sah mit nur einem Auge hin.

Inspektor Quinn: Glauben Sie nicht, dass die Sache vom Tisch ist. Wir beide haben noch ein Hühnchen zu rupfen.

Und ob Elsy wollte oder nicht, die Nachricht zauberte ihr ein Lächeln ins Gesicht.

– Fortsetzung folgt –

Elsys Hafercookies

Zutaten:
(ergibt circa 32 Stück)

150 g Butter, weich
100 g brauner Zucker
100 g weißer Zucker
1 Ei (Größe M)
80 g Mehl
½ TL Backpulver
¼ TL Salz
60 g feine Haferflocken
60 g grobe Haferflocken
60 g Cranberries
100 g weiße Schokolade, grob gehackt

Zubereitung:

1. Backofen auf 180°C vorheizen. Zwei Backbleche mit Backpapier belegen.

2. 150 g weiche Butter, 100 g braunen Zucker, 100 g weißen Zucker und 1 Ei (Größe M) in einer Schüssel verrühren.

3. 80 g Mehl, ½ TL Backpulver und ¼ TL Salz zugeben und unterrühren.

4. 60 g feine Haferflocken und 60 g grobe Haferflocken zugeben und so kurz wie möglich unterrühren, damit die Haferflocken dabei nicht zerkleinert werden.

5. 60 g Cranberries und 100 g weiße Schokolade, grob gehackt, zugeben und ebenfalls nur kurz unterheben. Vom Teig teelöffelgroße Portionen abstechen und mit viel Abstand zueinander auf die vorbereiteten Backbleche setzen (9 Portionen je Blech). Hafercookies auf den Backblechen nacheinander ca. 10 Minuten (180°C) backen, 5 Minuten auf den Backblechen abkühlen und auf einem Kuchengitter vollständig erkalten lassen. Fröhliches Knuspern!

Qs Brownies mit karamellisierten Haselnüssen

Zutaten:
(ergibt 16 Stück)

Brownie:
200 g Zartbitter-Kuvertüre, grob in Stücken
230 g Butter
100 g brauner Zucker
150 g weißer Zucker
50 g Grafschafter Goldsaft
½ TL Salz
½ Fläschchen Butter-Vanille-Aroma
4 Eier (M)
200 g Mehl
50 g Backkakao

Karamellisierte Haselnüsse und Deko:
100 g weißer Zucker
1 Päckchen Vanillezucker
40 g Sahne
100 g Haselnüsse, in grobe Stücke gehackt
100 g dunkle Schokolade, grob in Stücken
10 g Sonnenblumenöl

Zubereitung:
Brownie

1. Backofen auf 180°C vorheizen. Eine quadratische Back- oder Springform (22 x 22 cm) mit Backpapier auslegen.

Tipp: Das klappt gut, wenn man das Backpapierstück zusammenknüllt, unter Wasser befeuchtet und etwas ausdrückt. Auf die Art wird das Papier weich und biegsam und die Form kann einfacher ausgelegt werden.

2. 200 g Zartbitter-Kuvertüre, grob in Stücken, und 230 g Butter in einem Topf auf dem Herd auf niedriger Stufe schmelzen lassen und kurz zur Seite stellen.

3. 100 g braunen Zucker, 150 g weißen Zucker, 50 g Grafschafter Goldsaft, ½ TL Salz und ½ Fläschchen Butter-Vanille-Aroma in eine große Schüssel geben. Dazu die geschmolzene Kuvertüre-Butter-Mischung geben und gründlich verrühren.

4. 4 Eier (M) zugeben und ebenfalls unterrühren. Nicht wundern, die Mischung hat jetzt eine zähe, gelartige Konsistenz.

5. 200 g Mehl und 50 g Backkakao zugeben und kurz, aber gründlich unterrühren. Teig in die vorbereitete Backform füllen, glatt streichen, ca. 25 Minuten (180°C) backen, auf ein Kuchengitter stellen und abkühlen lassen.

Haselnuss-Karamell
Bevor ihr loslegt, bitte einmal die Schritte zur Info lesen, damit ihr zügig arbeiten könnt! Und wichtig: Die Sahne vorher abwiegen sowie die gehackten Haselnüsse bereitstellen.

6. Ein Backblech mit Backpapier belegen.

7. 100 g weißen Zucker und 1 Päckchen Vanillezucker in eine beschichtete Pfanne geben und auf mittlerer Stufe erhitzen, bis sich der Zucker verflüssigt. Jetzt müsst ihr schnell und konzentriert vorgehen. Sobald der Zucker schmilzt, vorsichtig rühren, denn der Zucker wird teuflisch heiß. Das Rühren dient dazu, dass der Zucker gleichmäßig karamellisiert, das heißt, er bräunt. Sobald der Zucker eine hellbraune Farbe annimmt, gebt ihr vorsichtig 40 g Sahne dazu. Achtung, es zischt, blubbert und der Zucker wird kurz wieder fest. Passt bitte auf eure Hände und Haut auf! Dann vorsichtig weiterrühren. Wenn alles gleichmäßig verrührt ist, die Pfanne vom Herd nehmen und 100 g Haselnüsse, in grobe Stücke gehackt, dazugeben und verrühren. Karamellisierte Haselnüsse sofort auf dem vorbereiteten Backblech verteilen und vereinzeln, dies geht am besten mit zwei Gabeln. Die Haselnüsse müssen nun abkühlen.

Tipp: Wer mag, kann die Haselnüsse vor der Verwendung rösten und von ihrer Haut befreien.
Alternative: Wem die karamellisierten Haselnüsse zu aufwendig sind, und das kann ich durchaus verstehen, der kann stattdessen gekauften Krokant verwenden.

8. Abgekühlten Brownie aus der Form nehmen und in 16 Stücke schneiden.

9. 100 g dunkle Schokolade, grob in Stücken, und 10 g Sonnenblumenöl in einem Topf auf dem Herd auf niedriger Temperatur schmelzen. Info: Das Öl macht die Schokolade flüssiger. Die Hälfte der geschmolzenen Schokolade in Fäden auf den Brownies verteilen. Danach die karamellisierten Haselnüsse auf die Brownies geben, ggf. die Nussstückchen

vorher noch mal vereinzeln. Zu guter Letzt wird die übrige Schokolade über die Brownies geträufelt. Fertig! Und um es mit Qs Worten zu sagen, auch wenn er sie niemals laut aussprechen würde: Worauf wartet ihr!? Haut rein und lasst es euch schmecken! Ich liebe Frauen, die gerne essen.

Danksagung

Mit Elsy Moore wird ein Traum für mich wahr, denn so verrückt wie es in meinen eigenen Ohren auch klingen mag, ich bin Krimiautorin. Hätte mir jemand in meiner Kindheit gesagt, als ich vor dem Fernseher gesessen und Miss Marple geschaut habe: »Hey, Miri, irgendwann schreibst du auch solche Geschichten«, dann hätte ich bestimmt im ersten Moment vor Begeisterung gestrahlt und gleich im nächsten gezweifelt und ungläubig geantwortet: »Ja, klar.«

Aber hier sitze ich nun und schreibe die Danksagung für meinen zweiten Krimi, der mir so unfassbar viel bedeutet, für den ich so viel gekämpft habe, für den ich mutig war und mein Leben ziemlich auf den Kopf gestellt habe. Und ich bin glücklich und dankbar, dass ich es gewagt habe, dass ich an mich selbst geglaubt habe!

So und nachdem ich euch jetzt mein Herz ausgeschüttet habe, möchte ich gerne Danke sagen, denn es gibt so viele Menschen, die mich in den vergangenen Monaten unterstützt haben.

Einer Frau, die mich schon mein ganzes Leben begleitet, gilt ein besonderer Dank. Unermüdlich hast du mir Mut zugesprochen und die Werbetrommel für mich gerührt. Danke, Mum, du bist echt der Wahnsinn!

Überhaupt möchte ich mich bei meiner Familie bedanken, insbesondere bei Christiane, die Elsy Moore in die weite Welt hinausträgt.

Danke an alle Freunde und Bekannte, die über meine Geschichten sprechen und mich damit ganz großartig unterstützen.

Ein weiteres wichtiges Dankeschön geht an die ganz großartige Bookstagram-Community. Vor einem Jahr kannte mich nämlich dort niemand und trotzdem bin ich herzlich empfangen worden. Ich habe so viele liebe Menschen kennengelernt. Völlig unvoreingenommen wurde mir Unterstützung angeboten. Über all eure lieben Worte bin ich immer noch ganz gerührt. Danke an Emily (@woertermaedchen) und Kathleen (@kathleens.buecher). Dafür, dass ihr Elsy Moore ganz zu Beginn eine Chance gegeben habt. Ihr glaubt gar nicht, was mir das bedeutet hat! Zwei weitere Herzensmenschen, denen ich auf diesem Wege eine dicke Umarmung schicke, sind Roxy von @roxyspodcast und Manuela Sanne. Ich bin einfach sehr froh, euch kennengelernt zu haben. Danke, Roxy, dass du in deinem wundervollen Podcast bereits über Elsys ersten Fall berichtet und daraus vorgelesen hast. Das war einfach nur: Wow! Als du dich dann auch noch dazu bereit erklärt hast, den zweiten Fall vorab zu lesen und mir ein Zitat dazu zu schreiben, war ich vollkommen im Glück. Danke für deine Unterstützung! Manu, dir danke ich für die unzähligen Ratschläge und Tipps zum Verlagswesen. Du hast dir so viel Zeit genommen und mich ermutigt, den nächsten Schritt zu gehen. Danke von Herzen.

Und zu guter Letzt und jetzt kommt das Wichtigste, danke ich natürlich euch, meinen Leserinnen und Lesern. Vielen Dank, dass ihr euch für Elsy Moore entschieden habt. Ich bin immer wahnsinnig ergriffen, wenn ich lese, wie Elsy, Imelda, Fred und Q euch begeistern und dass ihr mehr über sie erfahren wollt. Zu hören, dass jemand anderes meine Liebe zu diesen wundervollen Charakteren auf die gleiche Weise teilt, ist wunderschön! Ich danke euch!

Ach ja, und wenn ihr jetzt Lust habt, mir zu schreiben oder mehr über Elsy Moore zu erfahren, dann besucht mich gerne auf Instagram (@miri.smith.autorin). Wir sehen uns dort!